慢时光 暖浮生

MANSHIGUANG
NUAN
FUSHENG

琴儿 著

愿尘世里的每一个人，都能以喜欢的方式来照看好自己的生命，安顿好自己的心灵，从而生命丰沛、灵魂安详！

YSP
北京燕山出版社

图书在版编目（CIP）数据

慢时光 暖浮生／琴儿著．—北京：北京燕山出版社，2018.4

ISBN 978-7-5402-5032-4

Ⅰ．①慢… Ⅱ．①琴… Ⅲ．①散文集－中国－当代 Ⅳ．①I267

中国版本图书馆 CIP 数据核字（2018）第 055799 号

慢时光 暖浮生

作　　者 琴　儿
责任编辑 王　迪
设　　计 张合涛
责任校对 岳　欣
出版发行 北京燕山出版社有限公司
地　　址 北京市丰台区东铁营苇子坑路 138 号
电　　话 010－65243837
邮　　编 100078
印　　刷 河北信德印刷有限公司
开　　本 880mm×1230mm　1/32
字　　数 172 千字
印　　张 9.25
版　　次 2019 年 1 月第 1 版
印　　次 2024 年 5 月第 2 次印刷
定　　价 46.00 元

序

且对菱花淡淡妆

祁　云

我并不适合为她为序。

我是羡慕她的，此其一。这羡慕深邃、热烈、迷幻，近乎缠绵，如同大团大团火红色罂粟花的盛开，如同烈焰红唇黑咖啡都市女子对大山深处雪团团小姑娘的朝觐。这深邃、热烈、迷幻、缠绵以及朝觐，都先预设了偏心。

她与我、她的世界与我的世界截然不同，此其二。她是唯美二次元世界里的女子，她有一片清溪般清澈的天穹。天穹下面，有白云一样的羊羔，有闪电一样的骏马，有蝴蝶意象的自由，有情人意象的温柔……而她，是那唯美世界里唯一的公主，她在那蓝格莹莹的天穹下布衣棉裙曼妙奔跑，鸟儿们为她吟唱，花儿们为她噙香，如诗如画的她以及她的日子，将三次元世界里柴米油盐蓬头垢面的我虐进尘埃。

总之是，为序者得有新闻人的客观中立，得有学究天人阅尽道藏的底气，最不济也得是德隆望尊者或一官半职者，如此才合乎明规则暗规则及人情伦理。而我，上述皆不备，却还觍颜为序，非是不着疼热，非是不猧不魀，非是不虞之誉，而是我尽占一个“懂”字。红尘白浪两茫茫，人间最艰难莫过于一个“懂”字——我在你面前咫尺间，心与心却隔了万水千山，这样的时候还少吗？

一、我懂她的人

穿越尘世沧桑，拂却爱恨绝唱，风雪一路，花香一寸，懂她的纯然一如她懂山川丛林窗台屋檐花花草草的风情与惊艳。

素色流年，轻歌若蝶，是她。她，“把一朵花，看到开再看到落。把一盏茶，从唇齿生香品至无色无味。把一本好书，从头读到尾，从尾又翻到头。把一支喜欢的曲，听无数遍，再听无数遍。”

绿意葱茏，陌上情纯，是她。她，“小树林里看花，这一样，那一样，每一种都期待，每一种都舍不得错过，每一种都俯下身仰起头疼爱了又疼爱。”

历练百味，素心盈香，是她。她，“翻找出从酒包装盒里拆下的红的、金黄的绸布来，剪剪缝缝，做几个香包，编几条花丝带，佐证针线活手艺，开心，还有安宁。”

天天之美，瑟瑟穹苍，是她。她，“每次从山坪下的公路上或河畔上经过，抬头看它，一直觉得它像一把快要熄灭的火把，树干穿越树枝从上部露出头来，像是火把露出火焰的把柄。树枝恣肆地伸展着，像熊熊的火焰，偶有风起，随风摇曳，有誓死冲锋的架势，充满了悲壮的意味。”

浮华褪尽，慧心安详，是她。她，“越来越安静了。不再急着打断别人的话发表自己的见解，听她说，听他说，然后笑笑，安慰或者点头表示理解。出去转，不再脚下生风，蹲下看路边草丛里盛开的两朵喇叭花。膝盖上摊开一本书，看看，停停，再看，间或望向窗外，看一朵云由树梢那里移到对面楼檐的顶端。或者，守着一支曲，不开灯，任由夜色漫进窗。”

黄土坡上西风老，却偏生，就有这么一个风纤纤雨细细、水漉漉俏生生的小女子，于一餐一饭、一针一线、一花一叶里，活出江南水乡小桥流水青瓦粉墙的蜿蜒流转。

是啊，布衣棉裙，眼内无尘，清水芙蓉，何须妆颜？

二、我懂她的文

字里的柔情与韧度，行间的婉顺与深艳，篇章后头春之暮野的曼妙、冬之冰河的阑珊、夏之月华的芬芳、秋之风烟的相怜，我懂她字里行间的前世今生一如她懂那“月光半床”和“欢腾腾的尘世”。

纸上玉颜，淡墨含烟，她的文字一盏灯一个梦，月光、草花、羹汤、碾坊、背街、野鸭、猪娃、闲桐、婆婆，以及小树林、弄花香、做饭吃、寻常家、腌辣椒、野丁香、小火炉、狗娃鼓、老院子、风脉树、挽头坪、田家沟，还有那些清宁温和日消情长，这一切的细小清美、淡淡时光，都可用花开结绳记事，都可展素笺提笔就醉。

步步暖香，字字蜜糖，她的文是雨晴是春暖是百花吟香，“杏花好看，桃花好看，梨花好看，可一朵果花一枚果子哦，怎舍得摘？便弄花，翘着手指拨这一朵，挠那一朵，沾染了一身的花香，让身后的男孩看直了眼睛香野了心。”“被我们称为狼他舅的魁蓟也厉害，秆和果实的刺极硬，手若碰着，一定会见血的，让人生出敬畏与恐惧来。它们的花儿却无一例外的好看，只能远远地看，看得心痒痒手痒痒，又爱又恨，真真折磨人的心。”浅浅遇，深深藏，秋花春泥，风卷叶霜，都是她的好时光——啧，“文章写得如此风流云转，简直要人的命了。”

绿连碧波，嫣红梅烙，她的文字是一把细细如眉的柳叶刀，将旧农村旧时光里那些近乎简单近乎粗暴的记忆一一剔开，于腐里头败里头朽里头裁出美、裁出善、裁出好，“猫着身子在玉米地里乱窜，找到细又嫩的结不了玉米的那种甜玉米秆，一脚踏倒，折断，挎掉玉米叶子，折下中间一截来，用牙齿扯掉玉米秆小节上的硬皮，咔嚓，咔嚓，咬玉米秆穰穰当甘蔗嚼，可甜了。”“当家里的每个角落都跃动着火苗的时候，我一贫如洗的家就变成了浪漫辉煌的宫殿，而凝望着灯火的我，就有了一颗天使的极轻极轻的心，就有了许多极美好极美好的梦。”

红尘刹那，玉指情长，她的文字是粗糙暴戾黄土塬上韧柔灵慧的草花，“风里雨里，冷了热了都活得下去，又不挑地，沟里洼里石头缝里，逮着机会就长芽开花，花儿开得明丽，素朴，内敛，坚韧。开得唯我而忘我。”“花儿惊艳人的心，亦教会人趋光，向暖，尚美。花儿一茬一茬开，心便总是柔软着。又把这柔软化成热爱，去真心诚意爱尘世里的种种。”

白雪公主的后母有一面镜子，红楼一梦贾瑞也有一面镜子。西方的魔镜和东方的风月宝鉴，一个要红颜永存，一个要孽海缘生，一言以蔽之，无非欲望而已。她的文字亦是镜子，一面是“慢时光”，一面是“暖浮生”。情孽欲海里深陷的你或者我，若然能够忙里偷得片刻暇，且照照这镜子，且读读这文字，便可得一盏井水湃过的酸梅汤，以抵淬火之夏，以得半亩清凉。

三、我懂她的活

林清玄先生写过一篇《化妆哲学》的散文，他说：“三流的化妆是脸上的化妆，二流的化妆是精神的化妆，一流的化妆是生命的化妆。”她的活，是无妆之活，就像武术的最高境界是“无招胜有招”。《笑傲江湖》里，风清扬诫令狐冲：“死招数破得再妙，遇上了活招数，免不了缚手缚脚。”一个

“活”字，天机尽道。她这个人和她的文字，妙便妙在这一个“活”字上，活而为人的活，活色生香的活。

她说，她家的“歪脖儿树”爬天跪地地将旧时画作全都翻出来，精心装裱作电子版册页，心里头滋滋儿美着。她说，你去，给点个赞给夸两句儿，保准比我跟大丫加起来的夸都让某人翘尾巴……电话那头她咯咯咯笑得无忌，我却猝不及防泪落如雨——一去经年，多少迁变，唯她、唯她的笑声依旧，如同佛前那一朵青莲。最心悦的事就是听她的笑，仿佛她家几案上丰乳肥臀恣肆纵意的蟹爪兰，小小一盆，却明媚了、盈满了整个飘雪的冬天。

去她那里，一张张读那些画，如同读他们汪洋浩荡的青春和火焰，如同读他们春风吹柳的柔情与绻缱，如同读他们心中的过往及将来。是的，生命中最明媚莫过于此：你与她青葱相遇怦然心动，风霜雪雨中年后皓首苍颜的相牵，都能一眼可见。一生一世一辈子，你倾其所有为她撑一方自由天地，她皓首苍颜依旧是你最驯顺的囚徒。花好月圆能得足祝福，可紧紧相随却能得足羡慕和敬服——一个人努力，另一个人会同频相随，前行的脚步与身影彼此交缠，彼此温暖，彼此匹配。

“不畏将来，不念过往。”——以八字相赠，赠她的他，亦赠她。

爱情最摄心凌魂噬骨含香处，是其况味永远不会有尽。文字、艺术、生命亦然，其四者异曲同工，昨天的美与今天不一样，今天的美与明天不一样，明天的美与后天不一样，每过一天，美之体验与境界便会深进一层。将过往轻轻放下，才能无分别、不评判、不期待，才能全神贯注在当下，搏象用全力，搏兔亦用全力，唯如此，才得安详，才不荒凉，文字、艺术、生命与爱情，莫不如是。

几许文字穿尘扬，一寸花开一寸香，这个古典而清贵的小女子及她的文字，充盈着新鲜、清新着芳馥，以芙蓉初发之容光，以海棠映日之澄明，与西北风黄土坡握手言和，将心底深处、故土深处那些阴霾与旧痕轻轻荡开，从此姿影葱茏，玉净花明。

是的，她，她的文，她的活，于她而言，已是无与比、无可替的最好。

慢时光，暖浮生，且对菱花淡淡妆，以心印，以为序。

目录

序　且对菱花淡淡妆 / 001

第一辑　用花开，结绳记事

草花记忆 / 002

野丁香 / 008

牵牛花开 / 015

结缘百花香 / 019

弄花香满衣 / 024

草木的灵性 / 027

且吟春尚浅 / 030

花香深一寸 / 034

用花开，结绳记事 / 037

月照花未眠 / 041

第二辑　幸福，我只要一点点

月光半床 / 046
寻常人家 / 049
棉布时光 / 053
雨天好，晴天也好 / 059
那一些些感动 / 062
发光的石头 / 066
养花与养儿子（之一） / 070
养花与养儿子（之二） / 077
幸福，我只要一点点 / 081

第三辑　且会意这淡淡时光

我的小树林 / 086
日消情长 / 091
雨的印记 / 095
女儿香 / 098
且会意这淡淡时光 / 105
风动，幡动 / 107
我心向佛 / 111
祁家三妹 / 119
月色女子 / 127
月光恰恰好 / 130

第四辑　烟火家常

洗手作羹汤 / 136

腌点辣椒过冬天 / 139
烟火家常 / 142
魂儿归来 / 145
一盏灯一个梦 / 147
念及父亲 / 151
雪　忆 / 157
我的暖，我的禅 / 163
婆　婆 / 166
三　叔 / 171
二奶奶 / 175

第五辑　俗世暖阳
所　见 / 182
背　街 / 185
狗娃鼓 / 189
养文字，养猪娃 / 194
娟娟小饭店 / 196
俗世暖阳 / 199
低处，风景独秀 / 203
那些清宁温和 / 208
儿在江湖 / 213
妈守村里 / 217

第六辑　杏花村里
老碾坊 / 224

槐花深处 / 228
核桃熟了 / 234
玉米的记忆 / 237
杏花村里 / 241
田家沟印象 / 249
挽头坪上 / 254
核桃树下 / 258
雾里白家 / 262

后　记　在岁月的指缝间，盛放安暖 / 271

第一辑

用花开，结绳记事

草花记忆

前几天买了铜扣记的布衣，娃娃领，褐色底子，蓝白碎花，样子像小时候妈妈做的围裙护衣，配银白素色阔长裙，去郊外。

草花花一簇一丛跟着脚走。紫云英像蝴蝶在飞，金灿灿的蒲公英仰着脸盘望天空。小朵的狗娃花花像单眼皮的小姑娘，细眉细眼，喜眉喜眼，清纯可爱。我和先生各自拿着手机，拍这一朵，又拍那一丛，也为一种草花的名字争执不休。草花们认真听，笑模笑样的，风来，晃一晃，风又来，再晃一晃。

关于草花的记忆一下子就铺展得无边无际，觉得温柔淹没了心。

小时候眼窝子浅，常常坐在乡村的田埂上想念城市的霓虹灯、酒肉菜，觉得城里人是活在天堂里。走过一些山重水复，越来越真切地感受到一个孩子能在乡村度过童年，才是好福气。

那时候我是个泪孩子，稍有委屈就会哭上一场，哥哥姐姐便挤眉弄眼一遍又一遍冲我喊："猪泪倌，爱叫唤……"我越发哭得收不住了，母亲匆匆来，笤帚疙瘩拎在手，哥哥姐姐便一哄而散。母亲哄我的法子，就是顺手摘下身边的一朵草花簪在我的发际、辫梢，狗尾巴草在她手里三转两扭，就成了草兔子、草狗娃子，若空闲着，她还会编顶着蒲公英花的草戒指给我戴。我破涕而笑，那些自以为的天大委屈不知不觉就散了个干干净净。

草花花开满田野的时候，乡村美得像童话。

草花种类繁多，我们能叫上名字的却不多。读了好多书以后才知道的那些文绉绉的草花名，是有学问人的文艺范儿，乡亲们自然学不来。草花遍地都是，便不金贵，像穷人家的丫头，大花二花三花，喊得响就行。

鸡冠花、牛舌草、孔雀草、蝎子草、狗尾巴草、狗娃花花、蛾蝶花，是把花草的形状跟动物的样子比对得来的。兵草、毒疮花，是以花草的个性定的名。指甲花、扫帚草，来自花草的用途。乡村的草花实在太多了，一大家子人吃穿用度都得从土里刨，大人们是少有心思为草花起名的。孩子却不一样，这一朵那一簇，月白、桃红、茄子紫，

花朵形状又千奇百怪，便绞尽脑汁想弄个明白，最后，想疼了脑瓜仁也想不出个子丑寅卯来，只好作罢。

大人们忙农活，我们小孩子无人管束，田埂上山沟里蹿得甚欢，男孩子藏猫猫、捉鸟雀、斗蚂蚱，女孩子辫子上插花朵，头顶上戴花环，各各相比，一起乐个没完没了。也闹矛盾，憋着气你不理我我不理你。

碗形的小花朵开在路边或田埂上，淡粉色，小而薄，花心里有一个白色小五星，在阳光下闪烁，在晨露中沐浴，像是神仙走笔画出来的一样。我刚摘了一朵撕着玩，姐姐就惊慌失措制止，说："是打碗花呀，弄破了花吃饭会打碎碗的！"此后，我真的打碎过碗，那双沾过打碗花的手，魔咒般的验证了那个预言。那时候日子清贫，对于一个孩子而言，打碎一只碗就是天大的事，当然会被母亲骂上一段时间，我便生打碗花的气。于是，捡猪草时见到打碗花必捞掠来喂猪，有一种报复的快意。长大些看电影《天仙配》，牛郎摘了一朵打碗花吹起曲子迎七仙女成亲，那一幕又浪漫又温馨，矫正了我对打碗花的偏见。再后来，又读到一个故事，说过去有个财主过大寿，一个漂亮的小丫鬟给他煮了一碗长寿面，没留神，一碗面撒在财主面前，碗也摔了个粉碎。财主大怒，认为是不吉的预兆，让家人把小丫鬟活埋在路旁。第二年春天，在活埋丫鬟的路旁，就长满了粉红色的打碗花。苦命的丫鬟，死后也把美丽留给了人间，那一个个粉红的小碗花，是她用生命换来的，那粉红色是她用鲜血凝成的。至此，我又怜惜起打碗花来。

蒲公英、苦苦菜、灰灰菜是可以拿来煮了吃的。蒲公英和苦苦菜都是黄色的花儿，花朵不大，却繁茂，花瓣多得数都数不清。趁着叶瓣嫩就拔了来，挑拣好，切掉根，用清泉水淘洗干净，在沸水锅里氽过，放上切碎的红辣椒、葱花，搁几粒花椒，撒点盐，烧热油一泼，淋醋，菜盘里红配绿，可好看，解馋还清火，也补充了当时粮食的不足。

狗尾巴草不择地，这里那里都是。甚至茅草屋的屋顶上也有一丛，开花了，欣欣喜喜地伸着绿胳膊绿腿儿，毛茸茸的一枝接一枝，上面缀满细细密密的籽，像翘起的狗尾巴。轻轻一拔，就从草节处脱落，我们学着母亲的样子，拿它来编草戒指，十个手指上戴的都是，还编猫儿兔儿，相互比手艺，也拿去挠邻居婶婶家小宝贝的脸，挠得他咯咯咯笑个不停。

最舍不得糟践的是指甲花，因为它是可以让女孩子变美的花儿。每当花开繁茂时，我们就摘几朵花掐些枝叶回家切碎，加上几颗明矾，切碎放在碗里用小蒜锤捣碎，把花泥敷在手指甲上，用核桃叶裹好，又用线扎紧，夜里睡时小心翼翼放在被窝外。村里的小伙伴说若不小心把包好的指甲放在屁股下，会被屁把颜色给冲淡了。我睡觉不老实，等早上醒时包指甲的叶管管落得炕上这里那里都是，包的时间不够，指甲的颜色自然是淡的，哥姐便取笑我晚上放屁了，掩口而笑，也窃窃私语。把一个小女孩儿跟臭屁搁在一起，多伤自尊啊！惹得我又珠泪滚一回。

土崖上的黄花像时钟，开得实在好看，我伸出胖乎乎的小手要摘，却挨了母亲一巴掌，还没来得及放开嗓子号，母亲就骂开了："毒疮花你也敢摘？沾染了它，这里，这里，都长毒疮流脓水，丑死你疼死你！"我便吓得噤了声。还有荨麻，蜇人呢，猫娃到草丛里撒尿，荨麻叶子蹭了它的腿，疼得要死要活的，哭声巨惨烈，惊得草丛里的兔子和野山鸡都逃远了。被我们称为狼他舅的魁蓟也厉害，秆和果实的刺极硬，手若碰着，一定会见血的，让人生出敬畏与恐惧来。它们的花儿却无一例外的好看，只能远远地看，看得心痒痒手痒痒，又爱又恨，真真折磨人的心。

蒿草到处都是，花儿是白色的，极小，自然入不了我们的法眼，又跟庄稼抢夺地盘，父亲就老给我们派拔蒿草的活儿，我们就恨它。蚊虫却闹得慌，胳膊腿儿无一处不有红疤疤，挠呀挠，越挠越痒。父亲割了半背篼蒿草回来，拧成草绳，晒干，晚上点着放在地上，腾起的缕缕细烟是蚊虫的克星，我们终于睡了安稳觉，渐渐地，对蒿草也不再嫌弃。

"最为奇怪的是这样一种花，只在傍晚太阳落山时才开。花儿长在厨房门口，一大蓬的，长得特别茂密。傍晚时候，就开好了，浅粉的一朵朵，像小喇叭，欢欢喜喜的。祖母瞟一眼花儿说，该煮晚饭了，遂折身到厨房里。不一会儿，屋角上方，炊烟就会飘起来，狗开始撒着欢儿往家跑，父母荷锄而归，我早早把四方的桌子在院子里摆开了。花儿在开，开好的时候，充满阖家团聚的温馨。花名更是耐人咀嚼，祖母叫它晚婆娘花。是一个喜眉喜眼守着家的女子呀，等候着晚归的家人。天不老，地不老，情不老，永永远远。” 梅子笔下的草花，有了魂魄，读来别有洞天。俗称槟榔锤锤的蛇莓也是这样的花草，挖它的根茎时千万说不得话，它若听到，就悄没声回娘家去了。女子回娘家，可不就是最温暖最情意的事嘛。

星星花让人对宇宙有无限的猜想，蒲公英变成绒球飞到别处安家。连植物都长了翅膀，是多么怪异的事！看这样那样的草花，就幻想着自己有一天也长出翅膀来，想飞到哪儿就飞到哪儿。

草花生命力极强，风里雨里，冷了热了都活得下去，又不挑地，沟里洼里石头缝里，逮着机会就长芽开花，花开得明丽、素朴、内敛、坚韧，开得唯我而忘我，“当没有阳光的时候，它自已便是阳光；当没有欢乐的时候，它自已便是欢乐。”草花惊艳了我的时光，温柔了我的岁月，在我的脑海里种下许多美好记忆，也启迪我平静生活，坚韧面对生命中诸多不易。

转眼又是草花蓬勃开放的时节了，车前子、玉簪花、鸢尾花、蓝翠雀、蜀葵、山菊花……会一样接一样开到深秋，花儿多得认不完数不清。从初春的第一朵我就舍不得错过，一路跟着看，看呀看的，就觉得离去的亲人、流逝的年华、淳朴的乡村都活泼泼回到眼前了，“近乡情更怯”，便独自欢喜了又欢喜，也愁了又愁。

野丁香

（一）

四月以来，一种淡紫色的花儿把整个王母宫山裹在怀抱里，像是一个温软的女人，环绕着自己心爱的男人，温馨着他、烦腻着他，也依赖着他、缠绕着他。她看似一帧风景，更像是一个故事，乃至是一种想象……

大山裹在花儿的怀里，男人裹在女人的怀里，都是能让人落泪的美好。

她是绽放在石头缝里长出来的藤蔓上的花儿。一开就野了性子，一丛连着一丛；一开就无挂无碍，忘情忘我。植物也好，人也好，长到忘我忘情，活到汪洋恣肆，也算是抵达一种境界了。

她开得柔情似水，也开得个性——只开在与她情意相投的这一架山上，决不去其相邻的另一座山踩一个脚印；她纵情美丽，却决不匍匐在行人的脚畔任其攀折；她高高在上，站在地面的你绝对够不着她，仰望是你表达爱慕的唯一方式。

她还由着性子香。花香并不浓郁，轻悄悄飘过来，钻进你的鼻子，慢慢浸入你的肺腑。“清晨，露重，露是它的味道。傍晚，风起，风是它的味道。阳光遍洒，阳光是它的味道。若逢上下雨，雨还是它的味道。”“你走时，花香追着你走。你坐下时，花香趴在你的膝上。你站起时，花香就停在你的肩上。不经意间，你的一颗心，也被它染香了。”丁立梅如是说。我感觉就是这种淡紫色花儿的魂魄，是她的味道。

她是一种野生的灌木花。野生，就是为着拆除藩篱重建美好而来的，有动人心魂的力量，像烈风中奔跑的马，风驰电掣，哒哒有声。像草书，随心随性，笔走龙蛇。野生是一种大格局。格局大的东西，才气象万千。就像这漫山的花儿，一夜间纵情地开放。就像西王母，在荒野蛮钝的时代，庇佑众生，追逐爱情，用博大母爱，以宽广的情怀，把自己恣意成了一朵母亲花。

泾川地处黄土高原中部，沟壑山体以土质居多，坡势多平缓，植被基本上是人工林。唯王母宫山与众不同，它是石胎石骨，山体自然呈金字塔形状，较为险峻，山上植被也多是自生自长的。山因西王母而得名，山顶端坐着西王母和东王公大殿，山体内孕有北魏时开凿的佛教石窟，石窟外洞内窟。外洞是三层禅洞，从二层禅洞起架三层飞檐楼阁，与石窟浑然一体。春末夏初，飞阁掩映在花丛中，像隐没在紫云堆里，随风而动，半遮真容，若隐若现，极具禅意。

二层飞檐的木柱上镶刻有三副对联，其中一副曰：“日转星移蟠桃让与野桃红，冬尽春始瑶草变成芳草绿。”我每次经过、每次驻足，被这一红一绿、一让一变所吸引、所感动。也为一种野性的率真、大胆的展现、恣意的抢占所震撼。野桃、芳草，芳草、野桃，这极具放任与自由，散发着浪漫与生机，也透露个性和恣肆的景象，与耸立的王母宫、西王母的传说、淡紫色的渲染一瞬间成为了一种狂野的交响。

我好多次徘徊在王母宫山脚下，远远看山花；我在山下的小路上一趟趟走过，绕到距离花儿最近的地方；我也会选一个安静的地方，坐下来仰望。牵了魂又够不着的东西，爱恋的最佳方式便是仰望了。

我在王母宫山脚下欣赏生命葳蕤的野花，也在仰望为王、为母、为女人的西王母。

野花年年盛开，尊贵、祥和、美丽的西王母也在她子民的心中永远盛开如花。

（二）

和很多人争议过这种淡紫色野花的名字。

庄浪县有座紫荆山，山上的花儿像它，因此喊过它紫荆。它的花色、形状跟公园里的紫丁香一个模样，又喊过它丁香。公园里丁香的叶子心形，叶片较大，它的叶却窄小。比对来比对去，总是定不了性。

五一假期我去田家沟风景区，路过兰家山村时看到它又开满远处的一架小山，停车，寻通往它的路。

一农户门前站立的大嫂说：“它年年开，总是开得那么野，也不知道叫啥名，也没人能走到花儿跟前。花儿在山洼石头缝里开，又在山腰，够不着的。”告诉我要想看清楚点，得进到沟里往山跟前绕。

路边，一位老大爷坐在小方凳上晒太阳。

我走过去打听。

他看一眼远山，说："林蘖子啊！"当地人把野丁香这种小灌木叫"林蘖子"。

"为什么只那一座山上有？你看，旁边的山上怎么一蘖都没呢？"我追问。

"那座山上有个庙，有庙宇的地方才有林蘖子。"

"花儿是什么时候就有的？是野生的吧？"

"我小的时候山上就开这样的花儿，老辈人说是旧社会庙里的居士们栽的。也没人管过，却一年赛一年泼辣。真邪性！"老人笑呵呵跟我攀谈。

原来，这花儿跟神仙还沾亲带故呢，怪不得如此清灵秀美。

再回望那座山，顿时觉得那已经不是一簇簇的山花，而是朵朵紫色的祥云了。已经看不见她的喧闹，远远望去，感受到的只有一种安静了。

"开得那么野！""真邪性！"想起这两句话，我心里一震。

从此，我便执拗地喊它野丁香了。

（三）

"丁香——，丁香——，这野丫头，疯哪儿去了？"

邻居王婶的女儿叫丁香，和我同龄。王婶喊丁香赶鸡娃上架，喊丁香摘黄花菜、拔猪草。丁香看我，吐一下舌头，使眼色示意我别出声。我俩于是偷偷溜远一些，在村口的一棵大核桃树下打沙包、踢毽子，玩到天色黑尽。

“丁香——，丁香——， 野哪儿去了？”王婶总长一声短一声地唤。小伙伴们就高一声低一声喊她：“野——丁香，野——丁香！”她便四处抓我们，样子挺横，落在伙伴身上的拳头却是轻的。

后来，我去城市里上学，丁香在田地里劳作。我假期回家后常找她玩，她每次都送我自已绣的鞋垫，鞋垫上的丁香花绣得像活的一样，丁香是村里有名的巧姑娘。再后来，我和丁香都嫁人了，基本上失去了联系。

有一次下乡入户，我意外地走进了丁香的家。丁香在院子里剥玉米，见我突然到来，她拉我的手，左看看右看看，欢喜不尽。我握紧丁香的手，她的手粗糙得都有点硌我，我半天不知道说什么好。

丁香老气多了，但面色红润，眼神炯炯，走路噔噔有劲，健旺得像一棵野生的树。

“丁香——，野——丁香——”我扯长声学小时候喊她，她咯咯咯笑，笑弯了腰。

丁香忙碌着要擀长面给我吃。难得相聚，我也舍不得离开。我俩在厨房里边忙活边拉家常。丁香说家里养了二十头猪，苹果园里的果树正在盛果期，一年下来小日子还算殷实。菜和粮食是自个种的，够吃。人总不闲着，总觉得时间过得很快，一晃一年就过去了…… 记得一位哲人说过：快乐的时光是飞快的，痛苦的时间是漫长的。看见丁香的幸福与开心，我由衷地替她高兴，也被她的简单、知足和率真所感染。说话间她两个虎头虎脑的儿子来捣乱，被丁香操着擀面杖给轰跑了。

看着她红红的脸膛、灿烂的笑容，还有那件普通的花布衣衫，一口气吃了两碗她做的手工面，我觉得味道是那样的纯正、绵长和清爽……

离开丁香家时，我被打扮成了山货贩子——两长串干红辣椒、好几个塑料袋手里提，里面是干黄花菜干葫芦条，还有丁香刚从菜园子里割回的韭菜拔来的葱。

看山上的野丁香泼辣辣地开放，我就想起曾经跟我一担萝卜不零卖的“野丁香”，再看那花儿，更觉得亲切，止不住老想去亲近它。

（四）

三年前春天的一个周末，几个朋友相约春游。车子在村路上慢行，我们在车内欢声笑语。不知是谁惊呼起来：“哇，那座山太漂亮了！”我们一看，是一座开满野丁香的山，于是急忙停车，大家大呼小叫着向满山的野丁香跑去。

一路丁香，丁香一路。我们被遍野的野丁香引向了山的深处。

路转峰回，不远处，在丁香丛中点缀着几户人家。寂寂山谷，淡淡紫云，袅袅炊烟，多美的一幅图景！同伴们不再喧闹，静静地在曲折的山路上行进，只能听见照相机咔嚓咔嚓的声响。

我们不知不觉走到了一个农户门前。

拴在门口的狗冲我们狂叫着。吱呀一声，门里出来一个六七岁的小男孩，他跑过去抱住了狗的脖子，拍着狗的脑袋，捂着狗的嘴巴，狗立刻安静下来。小男孩陌生而又好奇地打量我们。

他奶奶很和善，招呼我们进去喝水，又端了小木凳让我们坐着歇歇脚。随意攀谈，才知道男孩的爸妈都去外地打工，已经两年时间没有回来了。家里只有他们祖孙二人。

小男孩还没有上学，名字叫笑笑。可我很少看到他笑，总是一副怯生生的模样。为了和笑笑消除陌生感、逗他开心，我变着法儿给他拍照，并让他看自己可爱的模样。笑笑很快和我亲近了，拉着我在门前的石头边、杏树旁、土堆上拍照。

在一丛丁香前，我说，笑笑和阿姨一块照一张相吧。我蹲下身，揽着站在旁边的笑笑，笑笑羞涩地笑了。

要下山了，我对笑笑说："喜欢哪张照片，阿姨洗好后给你送来。"笑笑在相机里翻了翻，指着和我在丁香树下合照的那张，不语。我看看笑笑，再看看我们两人的合影，怦然心动。我紧紧地抱住笑笑，在他耳边轻轻问：想妈妈了？笑笑不语，可眼泪骨碌碌地流了下来……

一路丁香，丁香一路。下山时，我们静悄悄的。

频频回头。泥墙青瓦木门，在丁香丛中。那一老一少，也在丁香丛中。

（五）

春风过处，野丁香如期绽放，仍旧野着性子，漫山遍野地恣肆着。

前段时间，突然落了一场雪。早开的花儿遭遇寒流颇为凄惨。油菜花倒伏，牡丹花凋谢，碧桃花面如土色，可只有野丁香精神头儿还是那么足。我在王母宫山下走，它的清香始终萦绕在我的左右。

野丁香生于旷野，长在险处，经历风雨，却年年盛开，年年旺盛，年年繁衍。

感受着这岁岁的花香，不由得想起了野丫头，想必她家的果树也开花了吧!

远望着这漫山的野丁香，我常常想起笑笑，想必他应该长高了、上学了吧?

牵牛花开

家乡的喇叭花是天生天养的。

从我记事起，夏天，田野的地埂上有开不完的喇叭花，花朵一应的粉红色，每朵花的花心里都有一个放射状的白色五角星，村里人喊它们打碗碗花。

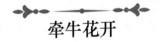

庄户人家的木门外、窗台前、篱笆上常常成片成片盛开着

喇叭花。许是沾染了人的灵气吧，这些喇叭花和打碗花相比，朵儿大，貌相水灵，靓紫暗紫的、深蓝浅蓝的、浓粉淡粉的、白里透红的，花色极多，花朵能盖满一面墙呢。

清晨，篱笆上盛开的喇叭花前，老奶奶正分开豆蔓摘豆架上的嫩豆角，小孙子在黄花丛里追蝴蝶，或者屏住气息看一只蜜蜂嗡嗡地往毛毛腿上缠花粉。小鸡娃们在花藤旁找食吃，一条虫子，你争我夺，叽叽喳喳吵翻了天……这些情景在乡村随处可见。家乡的牵牛花开完一墙又开一墙，多得让人只记得它的盛开，从来不关注它何时凋谢。

喇叭花是家常的花儿，小小喇叭里满满存贮着生活的气息、光阴的味道。光阴荏苒，世事无常，现在，每次在喇叭花身畔走，就想家，想妈妈。

把喇叭花改叫牵牛花，是看电视剧《天仙配》之后的事。放牛娃吹着一朵喇叭花，把天帝的女儿迎回家做了柴米油盐的妻，多么大快人心啊。

我一直有在楼房里种植牵牛花的梦想，觉得家里开出一墙的牵牛花来，日子才算过得风生水起。

王母宫山的月牙泉旁，有很多牵牛花，便心心念念着要收集花籽，却要么去早了花籽还未成熟，要么去晚了花籽已经落入泥土，遍寻不见，我曾因此一度暗暗惆怅。QQ空间里的好友晴雪，一直种植牵牛花，冬季家里都开着牵牛花，实在惹人眼热。一次次去看她发的图片，亦留下些羡慕的字句。晴雪有心，竟真的给我寄来了她采集的牵牛花籽，一小把呢，估计有六七十粒。

早就给家里几个空着的大花盆里盛好冬天用油渣养肥的泥土，收到晴雪快递来的花籽即刻播种。几天后，牵牛花顶着壳皮发芽了，长出心形的叶子了，嫩嫩的藤蔓一天一天蹿高了，现在，它们都攀到晾衣杆缠住晾衣服的衣架了，蓬蓬勃勃的，让我欢喜不尽。

一直盼花开，花开却在不经意间。

真是奇巧啊。七夕那天，哥电话邀我回家看乡戏。（家乡的庙会正好是农历七月初七，牛郎织女鹊桥相会的那一天。）傍晚，看戏归来，照例去花藤前站一会儿，就看见牵牛有两个旋扭的花蕾了。我喜出望外，拽瞳儿来看，邀先生来赏，全家人喜笑颜开。七月八日清晨，牵牛花开了，四朵，靓紫靓紫的，我兴奋得恨不得拿个大喇叭四处广播去。

很久前读过一个故事。秀花的丈夫出差在外，公事未了就被单位紧急召回，原来他走后，秀花把家里的地板砖砸破一绺

儿，铺上泥土，做了个花畦，导致楼底的住户房屋漏水。爱人看到犯错的秀花时，紧紧拥抱了她。生活在钢筋混凝土城市中有乡土情结的人，最能理解秀花的行为——那是一个女子对乡土的眷恋，还是她缔造幸福生活的美好愿望。突然想，秀花那时要播种的，会是喇叭花呀？

现在，我的梦想成真了——牵牛花在墙壁上开放，先生孩子在盛开的牵牛花旁边干自己喜欢的事，我捧一本书，看看花，看看书，拨弄拨弄花叶，真温馨。

心里惦记着牵牛花，今早天微微亮，我就醒了。碎花布旗袍睡裙外，裹了条柔软的薄围巾，在花藤前站。好几朵牵牛花，昨夜还是旋扭的流线型纺锤体，现在逐渐舒展开来，已经露出了嫣红的衣裙。我知道，太阳升起的时候，花儿就会开了。

电视剧《甄嬛传》里牵牛花被唤作夕颜。十七王爷允礼吹给甄嬛的一首笛子曲《长相思》，听得人能流出泪来。曲子里，一朵一朵牵牛花开得单薄无力，令人怜惜。剧中将牵牛花贯穿始终，来渲染一段凄楚的爱情。

说牵牛花是夕颜，纯粹是一种文艺心理。牵牛花是向阳而生的花儿，天亮的时候它才开放，是朝颜哦。太阳光越来越明亮，牵牛花就开放了，悄悄的、巧巧的、翘翘的，紫的靓丽，粉的纯净，像邻家藏猫猫的小妹妹，等不到寻找她的人，偷偷从树后、从墙边探出头来，一张未经光阴打磨的脸，圆圆的、润润的，自然健康的红晕、纤毫毕现的绒毛，就那样自自然然亮在人的眼前，又纯净又质朴。

盛满阳光的牵牛花，是最玲珑可爱的灯盏呢。

养育牵牛花，仿若撞见爱情，让我多了些牵肠挂肚的缠绕，时而欣喜满怀，时而忐忑不安。

一朵牵牛花，清晨六时左右开始绽放，至中午一时左右，就萎缩了，到了傍晚，便会脱离花托。花期这样短暂，再爱牵牛花，就爱得有些情怯。

我用手机给牵牛花拍照，蹲着拍，站小凳子上拍，正面拍，背面拍，侧面拍，牵牛花乐呵呵配合我，一点都不嫌烦。

一篇文章里说，跟花儿说话，花儿会开得更加硕大艳丽。那俩家伙不在家的时候，我就会跟牵牛花唠会儿嗑。

现在，阳光从窗户里亮进来，牵牛花开了七朵，五朵紫，两朵深粉，我低头、抬头，都是它，还是它！

结缘百花香

周末，我从七十公里之外的地方端一盆花回家。

花儿是普通的花儿，蟹爪兰。花盆是最常见的那种土黄色的瓷盆，敦厚如寡言的农人，只盆壁上一句草书墨字“雨晴春暖百花香”为整盆花添了些许文墨气息。

花枝的个头高，叶瓣上遍布幼小的绿色花蕾，叶片瓣瓣丰满，又齐整，像盘了发润过脸的乡下媳妇，因为精心打理过，秀态清姿，惹人爱怜。我腿盘着花盆，用手指稳着花枝架，车子颠一下，心就跟着也颤一下，生怕会磕着碰着花儿。一贯上车就犯迷糊的我，愣是抱着花盆疾走七十公里没打一眼瞌睡。先生开车也分外小心，比往日平稳很多。

（一）

这盆蟹爪兰是从一位面相慈爱的回族老妈妈手里买来的。

我俩进花市前，戴白头巾的回族老妈妈就坐在这盆花前。蟹爪兰花型好，做底根的仙人掌圆得规整，肉厚一寸有余，皮却不糙。花枝是分两层扦插的，低处插两枝，高处插了五枝，整盆花错落有致。叶

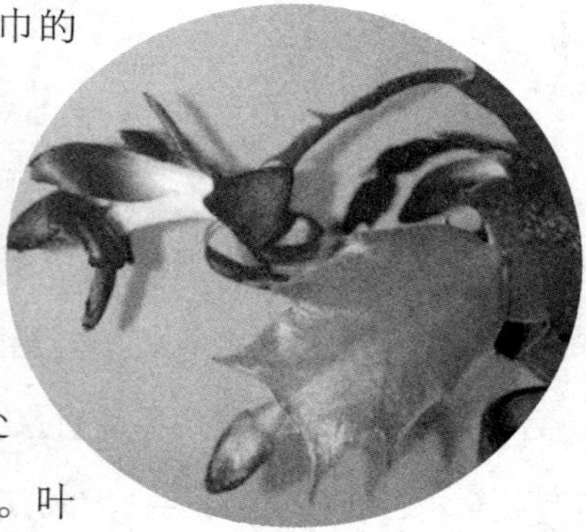

瓣层层分蘖得规规整整，依次放射状散射开来。我沾沾自喜了很久的那盆蟹爪兰跟它相比，简直是披头散发的陋妇了。花架子也搭得细致，用四根竹筷子做支撑，塑料双圈做底层托，顶层的竹圈好像是女人扎花用的绷子的外圈。数不清的花蕾立在叶瓣上，绿突突的，触人的心。

老妈妈告诉我们扦插用的仙人掌她就养了好几年，这盆蟹爪兰她又养了八年，开红色的花朵，很漂亮。说今天太阳好才敢端出来卖，天气冷她就不出来，会冻着花儿的。言语神态，

慈爱毕现。

腹有诗书气自华，养花久了的人，举手投足间也自带清秀气。这位把花儿数十年当孩子养的老妈妈，眉眼神态里有扣人心弦的柔软与温和。

“我母亲和您年龄相仿呢。”他望着老人说。每次见到与母亲年龄相仿的老人，他都这样说。素日里也是坚硬男儿，只这一句话，说多少次都温言软语。

我们说先去花市转转，回首，老妈妈坐在阳光里，守着她的那盆花，像一幅写意画。

花市里花开繁复，鱼翔缸底，鸟儿亦站笼子里自在啁啾。一路看过去，兰花呀，香水百合呀，杜鹃山茶呀，喜欢了个遍，最后选了风信子、口红吊兰、花苞红艳的蟹爪兰，一步三回头离开。

花市外，守着花儿的老妈妈望着满载而归的我们，笑微微目送。

“那盆花，我们买了吧。”关车门前他说。花市上红格莹莹的蟹爪兰，一盆二十，老妈妈这一盆，要价一百元。

相视一笑。我俩穿越车流如梭的公路，又回到老人身边。

蹲在老人身边，我说花型好，他赞花蕾多，我夸花枝壮实，他说花叶精神，老妈妈眉开眼笑的，看一眼我们，看一眼她养的蟹爪兰，慈爱溢出来溢出来，仿似母亲回还。利索付了款，乐滋滋抱花归，老妈妈交代要按时给花儿晒太阳，等花盆的土干彻底了再浇水，水多了会落叶落蕾，叮咛一遍，又叮咛一遍。

“您放一百个心，不会亏待您的花儿的，你养了八年，我会养十年呢，会长这么大这么大。”我舒展胳膊画了个大圆圈，紧紧握了握她骨瘦如柴的手，信誓旦旦，微笑以还。

“看你们两口子面善才卖给你们的。”临走，老妈妈补了这么一句。

我捧着花儿刚坐上车，旁边一辆车的车窗徐徐落下，探出一个开出租车的大姐的笑脸。她问我们是不是买了老妈妈的那盆花，夸老妈妈花儿养得好，又说她盯这盆花好几天了，若不是价钱贵，早就买了。叮嘱我们这花儿不喜水，回家要多晒太阳。也是爱花人哦。爱花的人，都长着一颗柔软的心。

谢过那位大姐，抱花入怀。一路精心，像抱着自己的孩子。

家里添了几盆花，绿意盎然，生机无限。现在，老妈妈养了八年的那盆蟹爪兰端坐在我家窗台上，花儿的干，花儿的枝，花儿的节，深厚安然，清丽端庄。

（二）

花盆壁上的“雨晴春暖百花香”，墨色生香，诗意袅袅。

寻问诗的出处。

“雨晴春暖百花香，戏蝶游蜂各自忙。也拟东郊踏青去，门前流水有斜阳。”是明代桑贞白的《春日即事》诗。旧时女子，留墨迹于世者寥寥无几，细读“春日”诗，字字皆景，句句藏情，且一反旧式女子之闺怨幽幽，有如坐春风之惬意。赞叹不已，按图索骥，竟探查到一对夫妇偕隐唱和之美好姻缘。

桑贞白，约生活于明万历年间，字月姝，号月窗，嘉禾(今浙江省嘉兴)人，周履靖继室。工诗，著有《香奁诗草》二卷，录于《明史·艺文志》传于世。《玉镜阳秋》曰："桑诗牵率，又远山端淑卿、王凤娴下。"果然是个才女子！

"周履靖继室"，对这一句，百思不得其解。况按史料记载的日期推算，周应该大桑二十四岁之多。如此才情女子，应该生于高门大户，应该求之若渴者众，何以下嫁如此老夫做了继室？

再探，方知人家真真是美女配了英雄汉。号称"梅颠道人"的周履靖，"不仅是诗人、词人，还是我国屈指可数的大戏曲家、大画家、大书法家，同时是美食家、园艺家、太极武学家、音乐家、金石家、大医学家、绘画理论家、养生家、茶道家、命相家、气功高手、大藏书家、博物家、游冶家等等，盘古至今，尚未见一人，能涉猎研究如此广泛的领域。周履靖并有专著行世，其著述内容之丰富，涉及领域之广，对后世影响之深远，令人叹为观止。"

周履靖不仅学问好，还浪漫，"于所居之处编茆引流，杂植梅竹，读书其中。其妻桑氏能诗，夫妇偕隐唱和，郡县交辟，不应。"

女中才子嫁与人中俊杰，夫唱妇随。这样情投意合的姻缘，亦是"雨晴春暖百花香"，是尘世里难得的好。

才女子桑贞白怎么也不会想到若干年后，她的诗花会开在慈爱的回族老妈妈的花盆上吧？

缘分是尘世里最妙不可言的东西。老妈妈养一盆蟹爪兰养了八年，是人与花儿结了缘，我们因为喜欢花儿与回民老妈妈结了缘，而若干年前的桑贞白，因为写诗，又穿越时空和我结了缘。每一种缘分，都有相互体贴与担当爱怜。每一份缘，都储存着知情懂意，满是红尘旖旎。相遇是缘，相守是缘，再短暂的缘分，也值得人好好珍惜。

写诗的桑贞白是时光给的好，养花的老妈妈是尘世里的好。现在，我站在这盆蟹爪兰花前，读“雨晴春暖百花香”，被她们的美好浸染，仿似春天就在身畔。

弄花香满衣

夜读唐诗。喜欢极了《春山夜月》里 的“掬水月在手，弄花香满衣”，觉得“弄”字用得最是奇巧，玩味良久，枕书而眠，竟连梦都是清香的。

今晨，读谢子安的《野人家》。这个谢子安，太会写文章了，起笔便是“既然是一条深山沟，天生就该藏住点什么”。接着，一支妙笔，在山沟里藏了山泉藏鸟群，藏了鸟群藏良兽，藏了良兽藏野天野地野世界，最后藏了一户野人家。他这样一藏又一藏，拨云弄月似的，一条普通的山沟就被藏成人间仙境了。却还嫌不够，写“夏季里，无边无际的一个绿，荫住一沟。天弄一些云，云又弄一些雨，下了一场，又一场。雨生绿，土也生绿，此季行车，车辙开始锈死，荒生野草”。读得我的心里淅淅沥沥下起春雨来了。文章写得如此风流云转，简直要人的命了。

白音格力评得也妙，她说：“谢子安文章中这一个‘弄’字，自然，空灵，让人心生欢喜。再看‘荒生野草’，就觉得那是难以形容的美。那种自然而然的‘野’，你看不出一点卑微，只是恣意的一种洒脱。仿佛天地间，全是随性的野草，望之不尽。而这一切，得来的就是那么轻巧一弄。”

“纤云弄巧，飞星传恨，银汉迢迢暗度。金风玉露一相逢，便胜却人间无数。”轻盈的云彩在空中幻化成各种巧妙的花样，作了鹊桥相会的一对有情人的背景，真美。

“云破月来花弄影”，一个“弄”字，写活了月下之“花”，尽显拟人之精妙。春之将去，残花尚且顾影自怜，对这美好的大自然充满了眷恋之情。能不引得词人千回百转吗？

“起舞弄清影”，星星点灯，月华如水，大才子苏轼长袖舞向天宇，对月吟诗，意绪翩翩。若写成“起舞弄倩影”，俏女子的妖娆之态也跃然纸上了。

觉得“弄”字别有风味，翻《新华大字典》，想弄个究竟。词典老先生告诉我——“弄”是个会意字，由表示玉的“王”字和代表双手的“廾”（gǒng）字组成，表示用手把玩玉。果然好出身！

前些年瞳爸画过一幅国画《神童弄潮》，滚滚海浪之上，一穿猫头鞋的男童笑意逐浪，童真快乐。整个画面动感十足，很打动人。现在，敢于跟时代世事叫板的人，人们称“弄潮儿”，他们是人中豪杰时代骄子。

白素贞在西湖遇见许仙，喜欢，却不相识，急煞了娴静美丽的白娘子。她看见许仙手中握一把伞，急中生智弄来一阵雨，以借伞为由搭讪成功，这才上演了一段人与灵异的情爱奇缘。

《甄嬛传》里的甄嬛，大冬天的，竟弄了满怀的蝴蝶，在梅林，惹逗那个疼爱她的帝王。恋爱中的女子，花些小心思弄出些小把戏来吸引恋人的注意力，实在很可爱。

“弄花香满衣”，尤其好。

是巧笑倩兮的年龄啊，春天里，牵着青葱年华的长衫男孩四处追着看花儿，杏花好看，桃花好看，梨花好看，可一朵果花一枚果子哦，怎舍得摘？便弄花，翘着手指拨这一朵，挠那一朵，沾染了一身的花香，让身后男孩看直了眼睛香野了心。

中年了，上有老下有小，养家糊口多劳累，却仍旧从花摊上弄一盆一盆的花儿回家摆满阳台。老人歇了，孩子睡了，他（她）在灯下摆弄一盆花，摘掉枯叶剪掉枯枝施上花肥浇了清水，看着花儿水灵灵的，心里的愁事就都散了。忙得顾不上家的时候，老人、孩子又替你弄着花儿。就这样，一家人欢声笑语的，穷日子富日子都过得有滋有味。

成了耄耋老人，养了半院子花儿，晨光里，夕阳下，一盆一盆侍弄，光阴如花了呀。

电视剧《康熙王朝》里的孝庄太后，唤她喜欢的花儿叫“媚儿”。她鹤发童颜，媚儿在身畔铆足劲儿开，人面花朵相映红，老太太竟比少女还要美三分，让人觉得夕阳无限好。

弄花香满衣。一个人有一颗爱花的心，有一双弄花的手，有一个弄情调的胸怀，会香一辈子美一辈子的。活了九十多岁的塔莎奶奶就是这个样子的。

“风弄来一片夜色，夜色弄来几缕更声，更声弄来几粒微芒，微芒弄来几颗露水，露水再弄来一个黎明。”多么诗情画意！

期待冬弄出纷纷扬扬的雪花来。大家伙儿堆雪人、滚雪球、踩脚印，放逐自己，弄一长串一长串的笑声，弄恰似少年的热情，献给这吉祥满满、刚进家门的羊年。

草木的灵性

一日与友去河堤散步，河水边一大片柳树林，密密的，树不大，却颇有气象。感叹那一片林子好，只是奇怪那是一片湿地，人是怎样在那里栽植柳树的。朋友说是飞来的柳絮落地生根长出来的。柳絮何其轻？落地生根，便是一片密林，真是奇妙啊。

家里各种花儿的生长也让我惊讶。

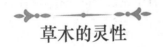

“绿宝石”严重缺水，叶片都耷拉下来了。一盆水浇了个湿透，也不过半个时辰，茎秆绿了，叶子挺了。竟像是血液在

人的脉管里流动一样迅速，看得我瞠目结舌。

蟹爪莲繁衍的方式也很神奇。只要把一枚叶瓣插入泥土里，它就活了。叶瓣长着长着，自顶端嘴唇一样微微分开，于“唇”瓣处吐出叶芽、花蒂，瘦弱弱的，过些时日，叶芽长大，花苞盛开。新叶片又生叶芽花苞，散射状成长，一年时间就长得满盆满钵。

喇叭花苗身子骨软，却情商高，生出的藤蔓简直是长了眼睛的，使劲朝着可以依靠的方向延伸，突然就缠在我立在花盆里的铁丝杆子上了，缠绕攀爬，灵活而有韧劲。铁丝不够用时，她的藤蔓又伸向窗外的防盗护栏——我就是要长高，攀爬是我成长的一种方式，在高处开花，是我生命的意义所在。四两拨千斤，多么聪慧呀。

同一盆满天星各个花枝上的花苞竟在同一天开了，像是听到了某种召唤。

红掌的花苞，蜷缩了很长很长时间，某一日突然发了狠劲，从叶片的丛林里异军突起，在最高处盛开，鲜艳如旗。

与一盆盆花草朝夕相处，时日久了，渐渐觉察出草木的灵性，心里多了敬重。

草木也是有脾气的。

瑶池沟的迎春枝真是繁茂啊，“之”字形上山小道旁的一面土崖，被迎春的枝条全部覆盖。春天刚冒个头，纷披的花枝上就全是迎春花，很壮观。我秋季登山，掐了几枝带回家，花了好长时间，水养出根系来，待根系旺盛时再植入花盆，沃土以伴，花枝却一天赛一天不精神，落了叶，枝条也渐渐撤了水分。磨过三两月，山上的迎春陆续开放之时，它气绝身亡了。

农家小院里的芍药开得恣肆纵情，今年初春回老家，邻居分了少许花根送我，我回家即植入硕大的花盆，殷勤照看。许是花盆的土壤约束了芍药的根吧，新发出的瘦叶越发骨感，慢慢的，绿色褪尽，死了。

那天去大寺坳，田地里的天人菊开得实在旺相喜人，路边草丛里也有几棵，便小心翼翼拔了两棵，还认真带了“娘家土”。回家后喜滋滋栽入花盆，精心照料。终于开花了，却始终无精打采的，像患了相思病的女人，一副犯困却睡不着的样子。

野惯性子的花草被植入花盆，真是受宠了，这样的丰衣足食，于花草而言，却是劫难一场。也不过一些素朴的花草呀，活着时，也卑微低调，却死得铁骨铮铮。

“不自由，毋宁死。”是一种刚烈的活法，不屈服，不让步，不退缩。我就不苟活，我抗争到底。多么有骨气呀！

脱胎换骨，是个血性十足的词语。脱离娘胎，还要换掉肌肉骨头，多疼呀。一些草木却做得到。

掐枝插盆的吊兰，是两头都被掐断的，却于断枝处，朝下的一端生出根须扎进泥土，朝上的一端生出新叶来，一天天生机盎然。

买来的大盆茉莉实在不能接受我隔一段时间就一瓢自来

水浇透的养育方式，叶子变蔫，变枯黄，一片片落了。根却不懈怠，在泥土里拼尽全力，生出毛毛须根来，一点点粗壮成主根，是九九八十一难的折磨啊，花了一年时间长出新叶来，又花了一年时间长旺盛，或许还得花更长时间才能开出花儿来。

三角梅是这样活过来并开出满枝嫣红的花朵的。

滴水观音是这样一片一片换上新叶的。

山茶是这样死去活来之后，茶花朵朵硕大喜人的。

——我要活下去。我适应环境，我改变自己。

——为了这活，我竭尽全力，我褪一层皮，我打碎牙齿往肚子里咽，我把苦难当磨炼。终于，我脱胎换骨，我活出了自己的骨骼底色。

花草的生长，极具禅意，让人不自觉间养育出慈悲心肠来。便不想逼孩子出人头地，便不轻易去评判他人的生活。

是的，草木各有灵性与生存的法子，各自活得欣欣向荣，人与花草相比，应对生活更具有主动性，前路也更广阔一些。没必要对他人的生活方式说三道四，尊重就足够了。

“尊重云的轻也尊重雨的重，尊重高情逸志，也尊重与生活痴缠到底的任性而为。”是读文章读来的一句话。说的极是。

且吟春尚浅

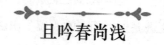

湿润从地缝缝里冒出来，八九分阑珊的雨意了呀，是欲诉

未诉的情爱呢，满胸膛满胸膛的冲动，话都到唇边了，又生生咽了回去。

“春风放胆来梳柳，夜雨瞒人去润花。”是郑板桥先生的妙联，前些天在同学家聚会时他家墙壁上悬挂着，条幅，行书，墨饱，点横撇捺，狂放劲道，味儿十足。

放开胆子的春风，满川道跑，满山头晃，满河面滚，心跳不均匀了，气息急促，生出无数双抚摸的手，吹呀吹，吹呀吹，是戏逗，是勾引。憋屈了一个冬季的生命，哪里经得住这样的挑逗呢？心，一忽儿就热了。管它呢，发芽吧发芽吧，开花吧开花吧，热血在沸腾呢，一时间，“桃花艳，李花浓，杏花茂盛，扑人面的杨花飞满城”。“随风潜入夜，润物细无声”，春雨紧锣密鼓地来了。“夜雨瞒人去润花”，害羞红了脸呢，但血液在脉管里跳，等不及了，夜刚拉开了一帘幕布，就飘呀飘，洒呀洒，艳了花儿的朵，润了花儿的蕊，柔情蜜意，水乳交融，心切切意浓浓，尽是厮守的好。春，就这样来了呀，种子呀，根呀，按捺不住激情了，饱胀、饱胀，变成无数个生命的芽儿，从地缝缝里冒出来，从树干干上钻出来，满世界是嫩的绿，铺张啊铺张，真是汹涌。

“桃花，那一树的嫣红，像是春说的一句话：朵朵凝露的娇艳，是一些玲珑的字眼，一瓣瓣的光致，又是些柔的匀的吐息；含着笑，在有意无意间生姿的顾盼。看，那一颤动在微风里，她又留下，淡淡的，在三月的薄唇边，一瞥，一瞥多情的痕迹！”桃花开了，瓣粉蕊黄，单薄、纯情，是父母精心酿了十八年的女儿红才养育长大的亭亭玉立的女子哦，带着羞含着笑，朱唇未启，气息先就醉了人。《一首桃花》是林徽因写的一首诗，情爱从才子佳人的心窝窝里长出来长出来，眉轻挑，目传情，世界成了一支曲一幅画，多么好，多么好啊。

听《且吟春踪》，钢琴铺就的底子，绸缎一样光滑，是撒金的跳跃的河水，哗啦啦一路东流。里面有野鸭子，在浅水处划呀划，一忽儿排成队步调一致，一忽儿乱了阵脚咿咿呀呀。

听《长相思》。弯的弓，绷紧了丝的弦，在钢丝上一寸寸游走。丝弦与钢弦握手，交错，融合，分离。夜在弦上，月色在弦上，情意在弦上。拉呀拉，弦生了情，心动与迷醉，随手腕起伏，动的有了姿势，雅致而有情谊。

听刀郎的《爱是你我》。“爱是你我，用心交织的生活；爱是你和我，在患难之中不变的承诺；爱是你的手，把我的伤口抚摸；爱是用我的心，倾听你的忧伤欢乐……”男女对唱，质朴，深情，意浓。电视剧《一生只爱你》始终贯穿着它的旋律——胜利与小青，一对玉人，情投意合，却偏偏被生活愚弄，近在咫尺，却总是错过总是错过，一晃好多好多年……最深的爱，该是灵魂与灵魂的欣赏，该是灵魂与灵魂的痴缠，该是灵魂与灵魂的支撑与陪伴吧。

一盏清茶相陪，读一些安静的文字，听一支支契合心意的曲，日子就这么一天天过去了，有一点冷清，但并不寂寞。年龄愈长愈懂得退让，退一步海阔天空，退让是成全别人放自己一马，功德无量。

好端端的，就长出一个瘤子来。那恶的东西，潜伏于我的身体，一天天膀阔腰圆，我却浑然不知。医生说要剜了去（医生说的文绉绉的，这个字是我揣摩出来的）。看“剜”字，就害怕，刀尖划破肌肤，刺入肌肉，剜出一块肉来，会很疼很疼的吧。小时候跑步，总是跌倒，总是蹭破膝盖上的皮，血淋淋的，我就哭啊哭，妈就心疼，妈愈心疼，我哭得愈凶。儿子说——有我呢，甭怕！先生亦这样说。是大着胆子准备着的，准备了好长时间，要上手术台了，却还是怕还是怕。小女孩一般，一个人偷偷哭得梨花带雨。

难是难了点，总归要熬过去的。熬过去了，就是花好，就是月圆。花好月圆才是好日子好生活，安稳喜气藏在一粥一饭一菜一衣间，尘世烟火的味道里，有脚踏实地的温暖。

前些天去看闺蜜萍的新居。她给女儿的房间贴上了粉色小花的壁纸，挂着粉色的帘帐，客厅的玻璃橱窗里挂着珠帘儿，很是雅致美好。我问她又是“粉红色的回忆”又是“一帘幽梦”，春心萌动着想干什么呀？她就乐得眉毛眼睛都笑到一块了。我俩说了好多陈芝麻烂谷子的事，一起忆起那年那月那天那些个青春飞扬，就都说日子过得贼快，以后的日子里还要陪伴着走下去，你一言我一语，情真意切。十六岁起我和萍就一块儿上学，之后在一个单位工作。一个人陪着一个人走过了大半辈子还一起走着，多么难得。

风纤纤雨细细是我的另一个名，有几分春的花枝招展在里面。呵呵，都这么大了，骨子里总还是藏着浪漫的吧。

迎春花还没开呢，春尚浅。急不得。等着吧，等着吧！

花香深一寸

圆盘一样的月，在天上，亮着。夜色笼圆，寒冷铺开。数九寒天里，月亮越圆，冷清越胜。

刚刚拾掇完花草。数绿萝长势好，蔓又扯长了不少，还发出新叶来。红掌的三片叶子有微微的红晕。七角枫与叫不上名的玉米株一样的花儿，只顾着往高里长。去年开得泼辣的蝴蝶兰无论怎样侍弄都焕发不出精神，只一株枝上有小小的花蕾。越来越不济了呢，整个冬天，竟没养出一朵开放的花儿来。

花儿一开满就相爱，是浏览博客时看到的一句话。当时就笑了，是阳光洒满了心房的快乐。满山坡满枝桠开着花儿呀，风一吹，花朵在枝上颤在草梢上摇，花香随着风的脚步蹿，知心人在花树下偎依花丛里牵手，满胸膛满胸膛相遇的好，眼眉间全是温情与爱意。多么好！

有叫《花为媒》的戏剧，剧中报花名的一段甚精彩："春季里风吹万物生，花红叶绿草青青，桃花艳，李花浓，杏花茂盛，扑人面的杨花飞满城；夏季里端阳五月天，火红的石榴白玉簪，爱它一阵黄昏雨，出水的荷花，亭亭玉立在晚风前，都是那个并蒂莲；秋季里天高气转凉，登高赏菊过重阳，枫叶流丹就在那秋山上，丹桂飘飘分外香；冬季里雪纷纷，梅花雪里显精神，水仙在案头添风韵。迎春花开一片金，转眼是新春。”一年四季，全开着花儿呢，满眼都是花儿的艳，欣喜与柔情泛着浪花，天设的良辰花造的景，这么好这么好，不恋爱，干什么呢？花为媒，花为媒呀。

初来的爱，似一缕缕的阳光落下来，像小雨，或是雪花，软软地抱了你。世界这样的美好，美好的仿若人生初相见。初相见是什么？是你的纯真我的懵懂开出了花儿。是你一袭青衫惹了我的心，我追蝴蝶时撞了你眼。是眼睛与眼睛的邂逅，一眼就倾心，再一眼就倾情，看下去看下去，就把你装得满眼满心，甚至舍不得落下你蹙眉的那一个细节。无声的爱，你与我，面对面站着，不说话，却有千军万马，浩浩荡荡杀将过来。

和爱情面对面站着，多么好，多么奢侈呀。

好到不能再好了，就说，我娶了你吧我要了你吧。果真娶了要了，却淡下来淡下来。婚姻的围城里，柴米油盐酱醋茶，一张床，一家人，走过春走在冬，爱情却背对背站着了。电视剧《人到四十》里的郑洁和梁国辉，多么好的女人和男人哪。而，孩子要管教老人要照顾工作要卖力干外加亲戚琐碎事搅扰，添了皱纹累了身心的郑洁总是吵总是吵。一个女人，招架不住劳累的时候总会吵的，吵没了爱吵丢了男人自顾自高喉咙大嗓子着。梁国辉呢？真是累。坚守在很难出业绩的精神病治疗阵地上被郑洁小瞧着指挥着，青春靓丽爱他的华硕阳光一样晃着却不能爱。朋友李长江问：“想离婚吗？”他答：“想，可是不能。”厌倦藏都不愿藏了，生活乏味如车屁股后面的尘土，走到哪里落到哪里。人可不就这样渐渐老了，心可不这样就凉下去凉下去？人生漫长的光阴里，多于激情的是隐忍，是长久的持续的充满定力的隐忍。这隐忍，分明是草原上，暮霭起了，渐渐吞没了花儿，吞没了马群，吞没了蒙古包，吞没了守望的人，只剩下风，空荡荡地穿过草原夜的黑。

电视剧看出些心酸来，思忖着放人一马胜造七级浮屠，爱人出差，五天未回，我不闻不问。为什么要问呢？你看，郑洁打给梁国辉的电话像拴牛的缰绳，多么无聊。我看书写字听音乐养病，给儿子做饭，也不觉得日子长。他却有电话来，问：“我是你们家人吗？外出这么多天怎么都不问一声啊？”我笑，说起电视剧，说不愿束缚了他。那人竟匆匆忙忙地回了，说一个人在天上飘会没着没落，说你放的风筝你就得时不时扯手中的线，啰啰唆唆一大堆，一本正经到让我忍俊不禁。

心在他的絮叨里释然。繁盛的花开与过度的冷寂，原来都是他人精心策划的戏。欢天喜地与玉石俱焚都是演员的事。庸常人家的光阴里，也是开着花儿的，只是花儿，不会开遍原野。朴素的生活里，也是洒着雨吹着风的，雨骤风狂也只是注脚。

人常说女人四十豆腐渣。四十岁于女人而言，是个坎儿。有女友说起去过当董事长的爱人的单位，感叹单位里的姑娘嫩葱水萝卜似的让自己心惊。说这样的美色天天在爱人眼前晃着呢，真是危险。嘱咐我要美容要添新衣要不显山不露水地查询。我被她逗乐了。穿着得体、入时、雅致的确重要，但关爱、温软、丰富，才应该是女人的迷迭香吧。

心和心守在一起，光阴再旧，也隔不开割不断的。

抬起头，月亮仍旧圆在天上。月亮的影子，一点一点斜了。月辉洒在儿子的床上，我坐在床边看他青春的面孔听他平稳的呼吸，心轻到不能碰触，一触，柔软就落下来，落下来。

用花开，结绳记事

“桂花开得特别多，风也尚暖，秋阳正当好，满处都是桂花香，何须风送。”是用圆珠笔抄在本子上的句子，哪一天读到的，谁写的，都不得而知了。许是那一天读文时心情极好，字也写得朗润端庄，此刻看，竟觉得自己被桂花的香包裹起来了。

喜欢各种各样的花儿，是情真意切的那一种喜欢，像是喜欢一个心心相印的人，恒久而热烈。从春来到冬至，树上的花儿、野外的花儿、园林里花房里的花儿，都喜欢。一枝独秀，喜欢。千朵万朵压枝低，也喜欢。花儿开着，我在花儿的身畔走，看一眼花儿，就有希望开在心里头。手包里藏着先生从新疆带回来的一小包薰衣草干花，枕头边也放着一包，小花袋很精巧。每次打开手包，花香扑面。着睡衣床上卧，亦被花香围绕，就把自己浸在台灯的光晕里翻一本书，觉得生活很温馨，自己很美好。

有些人生而美丽，那是上苍的恩赐。有些人的美丽，是用生命活出来的。

我这里没有桂花盛开。去年开得茂盛的雏菊，待我停下忙碌去看时，已经只剩几朵撑着了。中秋节早晨去王母宫山，先生预报会有“淅沥沥的小雨”，带了伞添了夹衣去的，意在寻酒菊看。酒菊，其实就是野菊花，它常被人拿来酿酒。

我曾经写过一个有关酒菊的温情故事，主人公是先生的爷爷奶奶。现在，他旧话重提，极尽渲染之能事，说爷爷奶奶的酒菊应该是纯净的、明黄的、灿烂的，虽然只是小小的花朵，但却像家一样的温暖，像爱情一样的微醉，像米酒一样的芳香。果然寻得几朵酒菊，他撺掇我拍一组照片，并按照花蕾初成、成长、开放、凋谢的过程分别给起名，如：青涩年华、欲说还羞、亭亭玉立、一夜绽放、香溢庭院、花谢花飞等等，用酒菊的一季来叙说爷爷奶奶的爱情故事。说笑间，一抬眼，竟还有红色的喇叭花星星点点开放着。是那样柔而薄的花儿，铺在地面，爬在树上，圆圆的雨珠擎在花瓣上，一动，便滚落下来。花朵在风里动。一下，又一下，像心跳。

就跟陪我看花的人说过些日子一定来采花籽，明年在花盆里种，喇叭花定会爬满家里的每扇窗。去年雏菊开得正旺的时候也跟护花的工人说过同样的话，却没种出雏菊来。有些花，怕生，任你怎么养，就是不开给你看。小时候每到秋天花谢的时候，都想尽办法弄花籽，有大大方方摘的，摘不到的就偷，曾经为偷花籽被邻居的狗追过，被村里的婶婶追着骂过。更小的时候偷尝过花籽的味道，吃了梨呀苹果呀西瓜呀，就吐出籽来藏着第二年埋到地里头。这半生没少为花儿折腾，当然种出来养出来过花儿，没种出来的苗没开过的花儿更多。譬如那盆红的火一样的三角梅被我养了几天就红叶落尽，譬如去年我乐呵呵种下一盆山药，不几天就都在土里坏掉了，连蜜蜂自己来我家窗外搭的巢里第二年春天也没有飞出一只蜜蜂来。“当我们诚实地面对自己，会发现自己是有限的；当我们诚实地面对生活，会发现生活是艰难的。”人活一生，不是所有的梦想都会开花。

北方的秋总是来得早一些。秋杀心太重，又攻势凌厉。秋一来绿色便节节败退，今天旧一点，明天更旧一点，渐渐溃不成军。秋虫的呢喃早就微弱至不见，落在花瓣上的那只彩色的蝶，我放飞了几次都腾不起身躯来。早晚会起雾，雾软而迷离，在山尖上缠，偶尔也在林子里蹿。在林子里散步，雾常常打湿我额前的头发。

二十来岁，最光洁明艳的岁月啊，却每每秋来就伤感个没完没了，为前路迷雾重重，为说了句重话冲撞了我的男孩，为岁月又走丢了一寸……八月十五的圆月亮在我的伤感里一点一点缺成一线，田埂上的野菊花在我的伤感里一簇一簇枯萎，伤感到最后，整个河川都安静下来了。

现在，秋来，秋复来，却处变不惊，觉得身后有好长好长的岁月呢，每一天都不能荒废。早晨不慌不忙梳洗，从洗面奶到护唇啫喱，一样不落；中午不慌不忙做饭，凉拌、炒菜、汤，换花样做，一样不落；傍晚散步、趿拉着拖鞋剪花枝、给花浇水、听音乐看书，一样不落。“只有小半生过来的人，才知道这样的偷得浮生，最美。小半生的时候，放弃了那些看起来华美实际上无用的东西，拾起了最朴素最简单的生活方式，不愿意再与自己交战，而更愿意顺应光阴的河流，在里面做一个最凡俗的角色。”

有的城市，去过很多次。城市确实美，别具一格的建筑，令人惊叹的园林，一池纯净美丽的莲花，都美，美得让人心动。但我知道它不是我的，它与我隔着衣服，我感受不到它的温度。和好多优秀的人一样，我可以欣赏，却无法靠近。与好多美好的愿望一样，我可以仰望，却无力企及。我的小城，有陈旧的面容，也落后，我却能感受到它温热的地气，它与我如影随形，贴心贴肺。住在小城里，安坐在时光深处，看身畔的花儿一朵一朵地开，然后一朵一朵地落。落花当然也要一朵一朵的去数的，两两相望，赏花人不伤怀，不断肠，不作凄凉语，因为知道来年一定会如约而至。

槿说，愿我们以丁点儿的美和爱，结绳记事，攥紧这柔韧的线索，从最深寒处，把自己打捞上来。

爱出者爱返，福往者福来。我许岁月以深情，以欢喜，以坚韧，以安静，岁月也会返还我温情绵长吧。

近日阴雨连绵，一抬头，竟有月在天上了。抬手拉开窗帘，腕上的玉镯在月辉中清秀温润。呵呵，温一壶酒，与月对酌，甚好。

月照花未眠

花儿含蕾时最可爱，像长大的女孩儿，眉眼里心窝里全是情绪的水在涨潮。只等一张粉脸上，淡描一笔眉，淡匀一点胭脂，情窦的门就徐徐开启。你看，你快看，是一只穿绣花鞋的小巧的脚从红漆铜环大门的门槛里轻盈盈迈出来了，多么激动人心啊！

开花却在一瞬间。我出门时，花蕾还微微螺旋着，才两三个小时，我回家，一推门，她用一张胭脂红的粉脸来迎我——脸盘儿天庭饱满，肌肤滑润，似乎吹弹即破，那翘翘的花蕊，该是她泠泠的笑声吧。

自己种的花苗开了花儿，像是自己生养的孩子中了状元，不只是孩子聪明，不只是花儿争气，还是自己有能耐。状元及第，得披红游街呀，得宴请宾客呀，得普天同庆呀。喜滋滋拍了花开，空间里微信里，花喜鹊一样，喳喳喳，喳喳喳报喜。

友友们跟脚就到，赞呀赞的，一起乐呵不尽。

因为花籽的样子像极了一颗黑黢黢的粗糙小地雷，从下种到长大，我一直喊她地雷花。前几日晒花苗的照片，有朋友说是十样锦。现在花开了，花开就是揭晓谜底。荻花说，是香粉豆啊。晴雪回应说应该是紫茉莉或者草茉莉。妈呀，我养的草花花竟然是大家闺秀，真是石破天惊唷。马上搜索验明正身，果然大名紫茉莉。还有几个小名呢，胭脂花，粉豆花，草茉莉，每一个小名，都含着羞藏着娇。

是"五一"假期把种子埋在花盆里的，叶芽顶着种壳钻出地面，使劲儿褪掉硬硬的壳皮，展开如祈祷的手掌，之后间苗呀，移盆呀，寻着阳光挪移花盆呀，到现在三月有余，精心照看，居然真养育出个出水芙蓉一样的"娇娇女儿"来，俺的心花花立刻怒放成牡丹天姿国色的模样。

荻花跟晴雪讨价还价："就叫香粉豆好不好，然后摘朵花花给我们兰儿做香粉。"茉然跟帖说，花粉豆好听，花在枝头，香气入心。我一边读，一边瞥一眼事不关己高高挂起的那朵花，莞尔。

旧时女子爱美，就收集干了的花朵研制成花粉用来美颜，实则是一个赏美、集香的过程。之后，粉面薄施，把一颗颗小女儿粉扑扑的爱美之心，侍弄得春情满满，是浪漫到极致了呀。只不过旧式女子伺候容颜，多是为了嫁入豪门。把一颗芳心拴在男人身上，祈望被垂青以获得幸福，多么冒险啊！以色侍人，也是轻薄怠慢自己呢。

晴雪告诉我，化一点点复合肥浇花，花儿会多得我数不过来。含苞的紫茉莉还有三四盆呢，若花多得数不过来，我的阳台就是花朵的海洋了呀。多么令人向往。

荻花跟晴雪都是冰雪聪明的女子。冰雪聪明的女子是尘世里的花朵，永远盛开的花朵。

欢喜呀欢喜，夜色渐渐浓了。我没开灯，和紫茉莉面对面坐。坐着坐着，月辉就从窗缝缝里溜进来，洒在花叶上，落在我身上。“花朦胧，夜朦胧，晚风叩帘栊……”莫须有的，那支曲就在心里往复回旋。

对面楼房里的灯，一盏一盏熄了。院子草丛里的蟋蟀在叫呢，一声高，一声低。

从窗户里探出头去，星星不算多，但每一颗都亮晶晶的。

天心月圆，月光不管不顾地铺排开来，柔软的绸缎那样起伏在远山树影间，绵软，质感，仿似笼着轻纱的梦。

第二辑

幸福，我只要一点点

月光半床

半夜醒来，月光洒了半床。

爱人睡得安，偶尔一两声呼噜，舍不得推醒他。他口腔溃疡，疼，好几天吃不下东西，每每张开嘴让我看疮口，或捂着腮帮子不说话，烦躁不安，像个受了委屈的孩子。我做了鸡蛋羹给他吃，做了面疙瘩糊糊给他吃，把西瓜切成小块让他用牙签扎着吃，把毛巾用水一次次凉过，给他擦手心脚心。又煎好中药，逼着他喝得一滴不剩。

习惯了疼孩子一般疼他。一个女人，做妻子久了，有时候对丈夫就像对孩子一样，惯着，惯出些坏毛病来。同样，一个男人，全心全意爱自己的妻，久而久之，也会娇惯她，不知不觉间把那个女人疼宠成丫头的模样。

久经岁月历练，仍然不离不弃相依相偎，是人世间难得的圆满。感谢上苍给了我好姻缘。

月光轻柔，洒在被单上，像诗词平仄的韵脚，像起伏的绸缎。盛在杯中的月色，像绵柔的酒。要是能满饮一杯月色，该多么浪漫！

盛夏的月光是让人心安宁的东西，亲人的依恋也让人心安。

睡不着了，轻手轻脚起床。轻轻推开儿子卧室的门，儿子浸在月色中，被单掀在一旁，半裸，蜷成一团，像一只憨憨的小猪。这家伙最近迷上了机械舞，对着视频练呀练的，把个活蹦乱跳的孩子硬生生变成机械的模样，让人忍俊不禁。

他一天天长大，便浑身是刺，眼神话语里，对我们多了提防与敌意。想起母亲那时候说我："是端端正正顶着的，不知怎么就给顶偏了，娃大了，把人难的！"一晃，我就走到了艰辛育儿的路口。有时候被他给扎疼了，会默默难过一阵子。被他激怒的那一瞬，也会失去理智用暴烈的方式待他，之后又会后悔好多天。他拒我于千里之外，像一匹烈马，时不时尥蹶子踢人，我却不因此而放弃，该将就时将就，该出招时出招，我家就有了"不是东风压倒西风，就是西风压倒东风"的尴尬局面，我制伏他难，他拿下我也不容易。睡着了的他，凌厉敛尽，还原成最初那个肉嘟嘟的婴儿。这一刻，他在月光里安睡，我在月光里看他，看他的目光，像月光，对他的爱，也像月光。

时间会让人变得成熟，成熟让人懂得什么该坚持什么该舍弃。

我觉得成熟与衰老是两个概念。眼角添了皱纹算不得老，心没着没落就老了。有的人二十多岁就老了——生活秩序混乱，埋怨丛生。有的人八十岁都不老，活得充实、满足、快乐。成熟与圆滑也是两个概念，圆滑总是与世故连襟，圆滑得工于心计，而心计是最耗费精力的东西。成熟是知进退、懂生活。成熟比之圆滑，更质朴，更贴近生命的本色。

我性子软，遇事多委曲求全，其结果是屡遭伤害。现在，我越成熟越有棱角，不留给别人欺辱我的余地，求之不得的东西，干脆退避三舍。

在单位，我用心工作，与人为善，尽力做个好员工。

在先生身畔，愿作贤妻——敬他，学习他为追求生命价值而付出不懈努力，培养如他一样宽阔的胸怀以及为人处世的方式。陪他，甘愿为他洗衣做饭，听他唠唠叨叨，悦纳他懒散、挑剔的坏毛病。

在儿子身后，愿作慈母。一餐一饭把他喂养，一言一行把他矫正，千里万里目光把他追随。

其余的时间，就做我自己吧。

——把一朵花，看到开再看到落。

——把一盏茶，从唇齿生香品至无色无味。

——把一本好书，从头读到尾，从尾又翻到头。

——把一支喜欢的曲，听无数遍，再听无数遍。

——把这个尘世，爱了又爱。

我愿意这样，用自己力所能及的方式美好地活着，直到生命终结。

这一刻，月光恰恰好。

突然想起前些天去乡村看薰衣草，误打误撞跑到了套种千屈菜的果园旁。第一次见千屈菜，一溜儿蓬蓬勃勃的紫色，华贵的像影视剧里的爱情。主人说果园里的千屈菜籽粒极小，他种的那三行成熟的时候才收半袋子，价钱好着时，卖一万多元呢。彼时，他读大学的儿子、萍的茜茜、我的瞳儿，女孩儿俊俏男孩儿帅气，仨孩子大谈特谈球星内马尔，在一系列庄稼面前却懵懂无知，闹了好多笑话。我兀自乐了一会儿。

又摁开台灯翻了几页书，便迷糊过去了。

寻常人家

（一）

他拎着一袋水果进家门时，我正在厨房里忙晚饭。

闲时做饭，颇多乐子，也精工细作。可上了一天班，人困马乏饥肠辘辘的，还得剥葱洗菜和面烹炒，的确挑战人的脾气耐性。先生的胃渐渐娇气，吃暖的软和的食物，它才不会发难于他。进门洗把脸，系围裙钻厨房，是我每天下班回家之后必须完成的功课。

他说刚看见我的一个朋友已经带着孩子去小树林转了，念叨有老人帮着带孩子做饭会轻松很多，结尾当然还是那句——

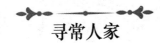

要是妈还在该多好！妈是热气腾腾的家的代名词。妈在，进门有热饭吃，有笑脸迎，有嘘寒问暖的疼惜，多疲倦的身子多无力的心，都停靠在安暖平静的港湾里了，多么好。可是我俩福浅命薄，没能守得住妈，俩妈都早早去了那边，只留下我们相依为命。

犹记婆婆去世那些年，他经常半夜半夜坐在沙发上发呆。现在想妈的时候，他就老说这一句“若是妈还在”，有时候会反反复复问我——我咋梦不见妈呢？言语里无限惆怅意。

我心软，看不得他想妈的单薄样子，便努力练出妈的十八般武艺来，给他做合口的饭菜，为他洗干净的衣，放纵他的懒散顽劣。对他好才是不负婆婆的重托吧。

晚饭后我们去小树林散步，他大步走，看我落下一截，停步等我靠近，认真地说：“可得好好锻炼，咱得活到很老，身体健康就不给咱儿子添乱，还让咱曈儿有钱花有闲玩，让咱的小小曈有爷爷奶奶宠。”走了一会儿又说：“咱也不惹他和媳妇烦，就在他家附近买个小房子，给他俩做饭吃，给咱们带孙子……”

这是我俩今后的宏伟志向，貌似没出息，却也是尘世里所有父母疼爱孩子的终极理想吧。

（二）

“这是家，妻如玉，女儿如花……单听她们亲昵地叫，就够人整天地骄傲。”读朋友文章读到这一句，便停下来，只觉得温馨上铺天下盖地，只裹我一人在中间。

前几天在街道里碰见萍一家人，萍在夫君身畔温润如玉，挽着爸爸的女儿茜，越发水灵秀美了，萍高大的爱人，走在她俩中间，跟如玉的妻如花的女儿随意说着话，幸福溢于言表。前段日子歌厅唱歌时合欢花一家也是这个样子的，妻温煦和暖，幼女蹦过来跳过去尝这一样那一样食物，长女揶揄爸爸唱歌声音大到扰民还难听，他朗笑，对着话筒，无限抒情。有妻如玉，有女儿如花，不放声歌唱干什么呢？

年龄渐长时，喜欢孩子的心愈切，先生不知何时有了抱养个女儿的心意。老在我耳边絮絮叨叨，絮絮叨叨。

我却不觉得亏。瞳儿的个头已经超过爸爸了，每次我们仨一同出去时，父子俩一左一右走在我身边，像秦琼敬德护着他们的王。

“我不想要这个破木盆，去，对金鱼说……”老太婆对渔夫说。

我也常常这么颐指气使着干。

有儿子予我以乐呵，有先生赚钱给我花，这么两个有个性的男人能忍受得了我日日不歇的唠叨以及乱发素颜，偶尔还臣服于我，多么让人满足。

（三）

起先是不打算在瞳儿房间里养喇叭花的。

儿子房间窗台摆放的花儿，多是家里贵气一点的盆花，清香木啊，金钱树啊，高擎着六朵红彤彤花朵的红掌啊，长得最旺盛的绿萝啊……我是藏有私心的，总觉得这样的花儿才压得住场子，会赋予瞳儿以灵性，以蓬勃的生命力，以运命里源源不断的好福气。

喇叭花也好看，可毕竟是草花，根基浅，且一朵花只有一天的开放。每个母亲潜意识里都有让儿女成龙成凤的心愿。

说与先生听，被批了个体无完肤。他说落地就生根，生根便攀升，且开出无数的花朵来，还日日新面孔。于花，是最好的开放；与人而言，是最好的活过。

言之凿凿。

遂在儿子房间养了一盆喇叭花。现在，我卧室阳台上的喇叭花已所剩无几，他卧室窗台上的那盆却叶绿花娇。花朵薄单单的，是真真的娇呢，莫非是儿子的虎虎生气滋养的结果。

男人对花花草草的喜欢，比女人淡漠得多。每次我请他俩赏花，都敷衍了事。家里有多少盆花，花儿们啥芳名，也多模糊不清。

可是，我还是乐滋滋为他们养着花儿，养开了无数的喇叭花、粉豆花，养开了数不清的小金菊，养开了红艳艳的星星花。最近，又谋划着养一盆海棠。去年过年，亲戚家那盆盛开的海棠，像点燃的噼噼啪啪的鞭炮，喜庆极了。

私下里想，大雪纷飞时，家里有盛开的海棠花，有红绸缎子棉被铺满床，儿子玩电脑游戏，先生练书法，我裹着锦被追电视剧，花儿养眼家里温暖……这样的生活，于我们这样的寻常人家，可是比丰衣足食还高大上的食足衣丰唷。

有人说，好心态才有好运气。

我一直想着法儿训练好心态，我希望我的娃儿和先生天天都有好运气。

棉布时光

越来越安静了。不再急着打断别人的话发表自己的见解，听她说，听他说，然后笑笑，安慰或者点头表示理解；出去转，不再脚下生风，蹲下看路边草丛里盛开的两朵喇叭花；膝盖上摊开一本书，看看，停停，再看，间或望向窗外，看一朵云由树梢那里移到对面楼檐的顶端；守着一支曲并不开灯，任由夜色漫进窗把我淹没……

家里养在阴凉处一人高的绿萝，总不好好长叶，像是一个郁郁寡欢的人。某一日挪至窗前，阳光照射的一面，不几日叶子有了精神且生出细密的小叶来，藤蔓也往上爬了一截。过些日子把花盆转了半圈，稀落的一面竟也昂扬向上了。现在，绿萝异常旺盛，变了个人似的满是精气神。

和先生出去散步，街道热闹处色彩鲜艳造型独特的香包，个个都有丝线的流苏，远看像彩云织就的霞，近瞧个个模样俊俏可爱，由不得就停下脚步欢喜着一排排看过去。端午节的气息已经很浓了，香草的味道飘在空气里，浸过水的粽叶一沓一沓绿得惹眼。跟先生说起小时候边在玉米田埂上看鸟（鸟吃玉米苗，每落下我就或者跑过去或者扔土坷垃惊飞它们）边做香包的事，也说起我们端午节订婚时带着双方家长用红线拴的钱币，舍不得摘下来，彼此笑着，仿佛昨日。

瞳儿放学回家，摸我的头顶。这小子自从个子高过我就时常摸我的头且以成熟男人自居。总是说："作为一个成熟男人，我必须告诉你……"这个小成熟男人，告诉我的话题时时翻新，或者夸耀他的肱二头肌比以前更结实，或者卖弄他如何如何帅气，或者神侃八卦，或者考我一些比较难回答的问题来彰显自己的高深。我这配角也被训练出较高的演技来，总能让小伙子空前膨胀的虚荣心得到些满足，换来个皆大欢喜。

人小时候总是渴望长大的，长大了好有力量去降伏这个世界。

先生上班前服装、发型都是一丝不苟的，皮鞋也擦得乌黑油亮，走路虎虎生风。下班进了家门就换了个人，赖床，赖沙发，插科打诨，跟儿子抢电脑，一路奔童稚去了。

人终于成熟了的时候，才发觉成熟是一副铠甲，感受到被约束的苦，总想找个机会卸下来轻松轻松。一个人的成长，先是欢天喜地钻进各种规范织成的套子里褪尽质朴，明白过来后又想方设法从套子里往外挣。进取，追逐，退让。每个人到了最后，都不得不坚强，不得不退让。坚强与退让，是生存法则。

“金窝，银窝，不如自家的草窝。”回到家，所有的面具都收起来了，所有的坚强都搁置在门外了，放松到无所顾忌。瞳儿的伪成熟，先生的伪童稚，只展示给家里的女人看。他们会时不时给我添些乱，或一个鼻孔出气挤对我，或彼此闹矛盾，你不理我我不饶你，要我调节，或争论的不可开交，我刚插话却被他俩联合攻击，惹恼了我又一起穷尽办法讨好我……因此我总是很忙碌，忙碌着惯坏他们矫正他们心疼他们恼恨他们，却也一直为此小小的幸福着。孩子爱人示我以原生态，是依赖，是信任，是亲近，多少人间温暖！

人、花一理。把自己置于暗处，怨怼责难，生命便会萎靡不振。主动走进阳光里，与温暖相依，心态好起来，身体健壮起来，不失为一种健康的生活方式。很多的时候，我们需要给自己的生命留下一点空隙。生活的空间，须借清理挪减而留出；心灵的空间，须经思考开悟而扩展。

看书，写字，去小树林呼吸新鲜空气，也挤进广场舞的人群中随着节奏舞。女孩子的时候，想成为长翅膀的天使。初嫁做人妇，想修炼成舞台上的伶人，委婉歌喉婀娜身姿，媚了爱人的眼与心。至今，喜气着看孩儿乐，沉湎于一花一草，妥帖温和如棉布般包裹生活。本就是素朴的女子，何必强己所难呢？把庸常日子过安宁过舒服，才好。

欲望减了又减，性子慢下来，安宁像一个过滤器一样把平时浮泛在心海里的那些杂七杂八的东西“过”掉了，心里的水回到最初的纯净。波澜不惊，淡定从容。我心素已闲。静好才是岁月的精华。

翻找出从酒包装盒里拆下的红的、金黄的绸布来，剪剪缝缝，想试着做几个香包，编几条花丝带，佐证我的针线活手艺，开心，还有安宁。

灯半昏时，月半明时。

如婴儿脸上胎毛一样毛茸茸的贪痴嗔，我携带了小半生，至这个羊年，褪得干干净净。

年前，悄没声的，我一个屋角接一个屋角拾掇卫生，各个房间的床单被套枕套枕巾一一换过清洗，湖蓝底子粉色大牡丹花的归了我，把我的卧室装扮得闺房一般。年三十蒸包子，一口气蒸了三小锅，个个乖模样。正月，穿红格子布围裙，厨房里忙出忙进，边听音乐边从电脑里百度适合的菜谱，一笔一画抄写好，贴在电磁炉旁边的厨壁上，照本宣科，做了几个硬菜——葱爆羊肉呀，大盘鸡呀，水煮肉呀，红烧茄子呀，洋葱拌木耳呀，男人孩儿吃得有滋有味，就觉得自己很了不起，若再被褒奖几句，又会乐颠颠水果削皮送上。

为做饭这事儿，与那懒人较了半辈子真儿。

那时候年轻不懂事，天天比谁把谁先赶进厨房，赶进洗衣间，像争夺领空权、海洋权一样郑重其事，没少干过摔杯子砸碗之类伤害感情的事。现在做饭，乐在其中，觉着瓷盘瓷碗的造型、花色各种漂亮，觉着油盐酱醋茶个个味无穷，剁肉下得去手，炒菜经得住火，洗盘子涮碗也不觉得矮了身子。

光阴荏苒，岁月像一个擅长雕琢的长者，把一个个人儿逐渐打磨成了温润慈祥的模样了。

除夕晚餐，先生频频举杯，连声道辛苦，我微笑以还。问他，这一年打算做些什么？他笑笑，说：“干好工作，带好儿子，多干点家务当好帮手，读书写字锻炼养好心身，够宏伟的年度计划吧！”看着他信誓旦旦的样子，开心！遂几盏酒入肚，竟醉了，手臂软，眼蒙眬，瞳儿扶我到沙发躺下。瞳爸在身畔习字，不觉间已经灯半昏时，月半明时。

掐指算来，与先生相守已经二十多个春秋。时间比眼睛更能考验人磨炼人，一年一年下来，学会了彼此退让相互成全，虽不及年少时激情，倒也相处得融融乐乐。

瞳爸痴迷书法。毛毡铺桌，毛笔以待，墨砚守候，坐下来就会写上一会儿，一天天过去，写过的宣纸足有盈尺。素纸落墨，是他的喜欢。读帖临古当会儿，还做打油诗自娱：

“我写我涂我自好，不赠不送不卖钱。静夜假休怡性情，品茶吟诗会古贤。”

“寄情水墨清香间，无意书家名与冠。似见古贤徐疾意，星稀夜静心爽安。”

“素宣无语雪落案，长锋饱含语万千。烟云忽作惊龙蛇，黑白自现挥毫间。”

“读诗赏词贤为鉴，习字悟省月映帘。 游走篆隶行草行

(háng)，曲直斜正心了然。”

习字的他，一改多年行政工作养成的严肃谨慎，不知不觉间回归了童稚，时而隶书，时而行草，时而临帖，时而自创，写完几张就会唤我去看，为一点小进步沾沾自喜，也会为几个写不来的字懊恼蹙眉。若我不听召唤懒在床上，他便会拎着自己的作品寻过来，左手做壁挂，右手逐字点着一一读过去，憨态可掬。被他的认真感染，便老老实实当他的学生，也认真评判绝不姑息，一天天下来，他的字果真精进不少。

瞳爸边习字边读书。唐诗一本，宋词一本，元曲一本，被他一首一首品味，一句一句勾画，一点一点思量，一字一字玩味书写。每读到好的词句，必邀我一同欣赏。感慨年轻时没好好读书，很多东西都囫囵吞枣，一知半解。

我在厨房里做饭，他读写到了一首好诗，就捧了书寻过来，一字一句念给我听："舞困榆钱自落，秋千外，绿水桥平。东风里，朱门映柳，低按小秦筝。"我递过铲子让他炒菜去，他便一手掌着书，一手翻着菜，好玩极了。

我在阳台上浇花，他喊我，给我读"黄莺乱啼门外柳，雨细清明后。能消几日春，又是相思瘦。梨花小窗人病久"。又念叨说越读古人的诗作越觉得自己浅陋，竟不敢再写下片言只语了。

他折折叠叠，勾勾画画，一本薄书都翻成茅草了。看我追剧，就扔给我，说，好好读读，补补课吧。老夫子一般，念念有词。有时候我与他说着这一首诗，半天没有声响，抬头看，他已经在桌前悄无声息地读书写字去了。

他如此宁静从容，时时上进，我心甚慰。

有诗书馨香，有他为伴，有瞳儿顽劣，即使忙忙碌碌，顿顿餐餐，也不再计较、不再觉得烦累。进得了厨房，做得了羹汤，由着他的意愿吧。洗得了衬衫，扫得了厅堂，也由着他的开心吧。多少年的俗务，多少次的摔打，依然能保持一份健康的爱好、向上的劲头，已经很难得，算得上是块打磨得温润透亮的好玉了，我还苛求他什么呢。

黄昏明月，安静相守，温馨陪伴，渐渐变老，便都是人生的好时光吧。

雨天好，晴天也好

秋天，雨天好，晴天更好。

下雨天，若恰逢节假日，最好。雨丝儿在屋子外面扯天扯地，织雨帘，织迷离，织梦幻。远山高树裹在雨中，田地房屋浸在雨中，被洗了个干干净净。橘红的柿子嫣红的苹果，肯定像藏猫猫藏久了等不住伙伴来找的孩子， 在雨帘里探出头来，又纯真又憨傻。

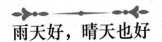

懒惰着好。猫电视剧，帅哥美女爱看谁看谁，在人家的爱恨情愁里浪费感情，不知不觉入了戏，笑一会儿泪一会儿，觉得演戏的那个人就是自己。或者缠一条毛毯，侧卧在床上慢条斯理翻一本书，洗好的葡萄在床头柜上的果盘里，读几页书，吃一粒葡萄。左肩累了，翻个身，右肩累了，再翻个身。书趴在枕头边痴情陪着，竟迷糊过去了，“猪八戒梦里娶媳妇”，想梦啥梦啥，在梦里笑，笑出声来。

勤快一点更好。整理衣柜，夏天的裙子该收了，翻出这一件，舍不得收，试穿一遍。翻出那一件，也舍不得收，又试穿，试出一头汗来。发现去年买的那一条时尚的绿裙子整个夏天居然忘记了穿，便有点生自己的气。正懊恼间，从另一个裙兜里翻出几张面额不小的钞票来，又乐了好一会儿。一件件叠整齐，包裹好，藏进衣柜深处。又翻找出全家人的秋衣来，琢磨着哪些该淘汰了，还要添置点什么，怎么样又节省开支又皆大欢喜，心里的小算盘拨得叭叭响，既市侩又烟火。也花心思做饭——千层饼鸡蛋汤，先生馋很久了。上次蒸的枣泥包子，儿子还没吃够。做饭的围裙是红白格子的，就是小时候妈做棉袄的那种棉布，穿在身上像村姑，淳朴得紧。电饼铛里烙着千层饼，电磁炉上蒸包子的锅冒着热气，一把菜刀当当当切白葱、绿韭菜、红西红柿，风风火火地忙。包子出锅，千层饼鸡蛋汤也上了桌，呼儿唤夫，看两条馋虫风卷残云，竟比自己吃饱喝足了还乐呵。

大晴天。宅在家里好。秋天的阳光钻进窗子里，洒在各种盆花的叶上，花叶明闪闪的，很精神。先生端一个小凳子坐下来挨盆修剪花枝。平安树的花枝上生了虫卵，花叶油腻腻的，他端一盆清水来，不停地淘洗毛巾，一片叶一片叶擦，又安宁又慈祥。我给各张床换上干净清香的床罩被单，把被子搭在晾衣架上晒暖暖。时间走得慢而情意。

出去玩更好。先生驾车带我到他早侦察好的一座山上看酒菊。天高云淡，山路盘旋而上，有花喜鹊在飞，路边土崖畔，酒菊一咕嘟一咕嘟冒着泡，金灿灿的，贼耀眼。哪里舍得闷在车子里呢？“停车坐爱枫林晚”，大呼小叫着一丛花挨着一丛花看过去——酒菊的花盘只不过拇指蛋大小，抱成团就成了气候，被山风雨露伺候得水灵灵的。忍不住用手去动，一动手上衣服上就沾了花粉菊香，整个人都是菊花味儿。用手机这样拍那样拍，拍不够地拍。先生卖弄从前他奶奶用这种菊花给他爷爷酿酒喝，说酒菊是爷爷奶奶的爱情花，颇得意。菊花酿的酒会是什么味道呢？何况还有郎情妾意！一想便醉个半死。

半崖上开着一大簇白菊花呢，朵挨着朵，鲜嫩，爱死个人儿。俩人从车子后备箱里拿出一应工具，俺家“采花大盗”壁虎一样趴在半崖上，连根带土掘了来，放入一个小纸箱中。我采了大把的酒菊放在车座上，连车子也是香的了。

山野空阔，草木由着性子长，蓬头垢面的蒿草俏眉俊眼的花朵都是坦然的模样。有两头牛在山洼里吃草呢，那宝贝儿一卷舌头一丛菊花入了肚，又一卷舌头，另一丛菊花又没了影。正惋惜间，一抬头，野菊花到处都是，白的纯白，黄的亮黄，紫的鲜紫，样样养眼。酸枣子在风里晃，摘一枚放进嘴里，酸酸的、甜甜的，摘了一兜给儿子藏着。刚出芽的麦田里，柿子惹人，寻过去拍，一起身，竟被砸了脑袋。苹果刚被太阳上了胭脂色。农户的门前，盛开着大朵红的、黄的大丽花。目不暇接了呀！

回家，美美睡了一觉后，他栽挖来的菊花，我把采来的酒菊插了一大盆、几个小瓶，排成一队，坐在花前乐滋滋看。

“把这个花根保存好，明年还会开出一蓬菊花来。”他说。

“人不如菊花啊，菊花败了明年还可以再开，人却只有一辈子。下辈子，我们不知道会变成什么？无论如何，肯定见不到了。”我轻轻叹了一口气。

“不见怎么行呢？”他抬头看我，认真地说，“下辈子，咱总得还是熟人吧。”

一起走了二十多年，彼此依赖已经成为习惯。亲朋好友，彼此望得见也都成为习惯。山野里，总有些好花让人一见欢喜；尘世间，也总有些好人让人想聚了再聚。如果来生真的不见，我该怎么办？

菊花什么都不说，只喜眉喜眼开，只悠悠荡荡香。

那一些些感动

（一）

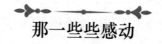

敲门声响起时，已经是晚上十点。瞳儿晚自习还没回来，他的脚步声我是熟悉的。会是谁呢？秋天的夜来得早，估计家

家的老人孩子都已经入睡了。

原来是住四楼的楠楠。他是瞳儿的铁哥们儿，两人在同一所学校，瞳儿高三，他高二。

我去开门，门缝里挤进来一张青春帅气的脸。

“刘瞳还没回来呢。”我微笑回他。

“他的自行车怎么在楼下？”他疑惑。

“这辆车现在归我了，那次车链子断了摔伤他，就换了一辆新车。”

“得拿上来，这几天有偷车贼。”他眨巴眨巴眼睛，很认真。

“我扛不动，偷就偷去吧。”

“我替你扛去。”说话间，他已经转身。

我笑着拉住他：“旧车子，贼娃子看不上偷，快回家休息去。”

他跟我道别，一步几个台阶，一晃就不见了，姿势背影，那叫一个帅。

楠楠是我看着长大的孩子，他活力，热情，是个热心肠。他的热心是发自内心、自然而然的那一种，完全没有后天训练的痕迹。每次看见我拎着水果蔬菜大包小包回家，他总会跑到前面替我开单元门，还帮我拎东西。前些天瞳儿骑他的车子远足，沾了满车子的泥水，还车时我说我已经擦洗过了，他竟然说给我添麻烦了。瞳爸也一直拿他作标杆来教育瞳儿。

十七八岁的男孩子，性子正野，桀骜不驯者众，当下这个时代的孩子，能替人着想、能热心助人的很少见了。只他，长再大，也善良，也爱人。楠楠是个好孩子，好孩子肯定会有一个好未来。

（二）

他们聊得热闹，因为并不熟悉，我只旁听。

“昨天我开车在路上乱转，前面一辆摩托车上倒骑着两个孩子，大孩子搂着小孩子的腰，小孩子在打盹儿，摩托车还在往前飞奔。我急踩油门一顿猛追，截住骑摩托的孩子爸爸，看他把娃转顺绑住腰才离开。继续往前开，车轮子被掀开的下水道盖板磕了一下，我往前走了一会儿又返回去，把掀在旁边的盖板盖好。因为多次碾压，盖板有破损，后面过来的车碾到盖板会有危险，我又给相关部门打电话报了故障。”说完，他拍胸脯，煞有介事地添上一句——一天之内做了三件好事，雷锋大哥就在你们身边啊！

大家伙儿笑，调侃他是“闲事主任”。他也笑，笑得很开心。

谁能说这笑与调侃不是肯定与赞美呢？

（三）

他是棉纺厂的一名门卫，面相和善，每次我们去，都笑脸迎笑脸送，这次却一反常态。我们跟就要离开的车辆上来检查工作的领导道别，他铁青着脸狠声说：“快再不送外哩，回去缓着。”

担心车里领导听见，我连忙打哈哈。

“喝了矿泉水的瓶子，这里扔一个那里扔一只，我跟着捡了好几次。”

“进车间，手指缝里还夹着烟，能瘾死啊，不知道车间里全是棉花吗？着火了怎么办？我当时就逼着他把烟掐了。还是领导呢，素质太差，快叫滚蛋了去。”他很生气，说话带着火气。

我突然就笑了，是个责任心很强的职工呢。

那一刻，我记住了那个门卫的名字，后来还把他的故事讲给我的同事们听。敬业的人，总是让人心生喜欢与敬意。

（四）

H是当地有名的企业家。这个故事是他讲给大家的。

“这些年手头宽裕了，到处扔钱，一是求个平安，也不能说没有炫富的心理。庙里烧香压香钱，老家的住宅换新了还嫌不新，光门楼就压上了十几万。朋友的公司开业封红包，几万元也拿得出手。”

“每年年底，也会拿出一点钱来捐助穷困学生。学生名单是学校提供的，孩子的面都没见过，十几个学生，每人两千元。给学生捐款那事，往大里说，是助孩子们完成学业行行善。也是有私心的，希望用这样的行为博个好名声，有利于在本地拓展生意。”

“一个孩子的父亲却来了，他是摇着轮椅进我办公室的。他老家在玉都塬上，他说是家人把他和轮椅分别抬到班车上的，到车站后他一路问人，摇着轮椅找到了我公司，早上十点出家门，到我单位时已经是下午三点。他说我是好人，他一定要来看我，哪怕给我敬一支烟也好。他抖抖索索掏出烟递给我，念叨烟不好要我别嫌弃。他一个劲儿向我道谢，说我给孩子捐了两千元呢，是个大数目，帮他家解了困。我不知道说什么好，从不抽烟的我，接过烟点火就抽，呛出眼泪来。老人家走了以后，我心里难过，这些年，糟践了多少钱啊？咋就不知道替苦孩子们渡渡难呢？我也是农村出来的，真是忘本了！”

他唏嘘感叹，一屋子的人都不说话。

那个摇着轮椅赶了几十里路来谢恩的孩子的父亲，触动的何止是他一人？

帮助别人，有时候也是在帮自己呢。

（五）

这些发生在身边的事情，实在小。可这些小里住着真，这真里，美是有的，纯净是有的，善良是有的，爱心是有的，信念是有的。如果我们每个人都有意识地关注这些小，感动于这些小，也顺手做几件这样的小事，也许，我们的心就能往洁净的地方去，我们的活就能往美好处去。

发光的石头

第一次练摊回家，瞳儿猛灌半瓶凉开水，冲我说：“不做小商小贩，何来大商大贾？”这一次，他的夜光石坠一共卖出去九枚，连本带利四十五元。

他不知道，他出去不久我就一路寻了过去。西王母广场火树银花、人来人往，他提着一串石坠穿行在游人最稀疏的地方，走过来踱过去，像极了一只流浪的小狗。隔着几十米我把他尾随，有些许小难过，他一直都是妈妈捧在手心里的宝贝啊，可一旦置身于母亲之外的尘世，他就只是不起眼的草根。母亲之外的尘世冷漠多，何况，他这样不善推销。我狠狠心没有靠近他，把他留在独自踯躅里离去，只是准备好了怀抱要迎接他的颗粒无收。他居然卖出去了九枚，还说不当小商小贩何来大商大贾，那一瞬间，我好惊喜。

“要不要妈妈帮你广告广告？”我又想撑开翅膀护他。

“不！”

“给我也卖一对吧，我和你妈也过情人节呢！”瞳爸变着法儿予以支持。

“不！”

他拒绝任何方式的同情与怜悯，坚定而任性。

第二次练摊，刚好是情人节那天，他卖的是“你若安好，就是晴天”的情侣石坠，和两位同学合作，说好了会给他们分红。出摊前，仨小伙子认真给吊坠上扣，系丝链，又把丝链上的细丝用火燎尽，还做了“情侣吊坠，它会发光”的广告纸板。我做好饭让他们吃完了再干，瞳儿回：“哪有干不完活儿就吃饭的道理？”

晚九点回家，他乐滋滋地说找了一个繁华的地段摆摊，十分钟之内就卖出去六对，结果被城管驱逐，他们的财运至此断开，总结——好地段是生意红火的重要条件。之后乐呵呵地玩电脑游戏，再之后作业至深夜，他已如没事人一般。

第三次出摊，腊月二十九晚七时半，他一个人端着纸盒准备出门，我问要不要陪他，他摇头，答应我会早早回家，我站在窗前目送他走远。养尊处优的孩子，被世事磨一磨有好处。夜色愈来愈浓，已经过去了三个小时，心焦难耐的我冲入夜色中去迎他，对于一个母亲来说，孩子的平安才是天大的事。外面很冷，在十字路口红绿灯处，他端着纸盒迎面而来，告诉我卖了两枚，和他的朋友谈笑风生，并无半分沮丧。乐呵呵总结——他的夜光石虽然是独家生意，可被花炮、水果、礼包等一比，黯然失色。而且购买人群只限于女孩子，当地女孩子本来就不多，喜欢石坠的就更少，得出的经验是消费性的商品比较容易销售。

“剩下的还卖不卖了？”我试探。

“当然。卖这么少在我预计范围之内，卖多少钱我不在乎，我在意的是积累做生意的经验。”他很帅地说。

“以后还玩不玩其他生意了？”他朋友问。

“当然玩，再玩就玩一票大的。”他又自信又快乐，“说不定会开一家水果店，就只卖那种小水果！”又跟我说比如大香蕉和小香蕉比，后者好吃，比如现在人都爱吃那种小橘子。我一听就知道，他扔我钱的次数还会很多。我居然很开心！

之所以揪着一颗心，倒不是在乎他会赔光了我给他的老本，只是担心种种打击会熄灭了他自信的火花。让母亲备受摧残的事，莫过于陪着孩子经历失败。现在，我发现他承受击打的能力远在我的估量之外，终于放心了。“今晚虽然只有三元的进项，可一个孩子，赚三元钱也是了不起的！”我大张旗鼓地表扬他。

为了这场小生意，瞳儿谋划了好几个月，学了不计其数的理论知识，他日日钻研巴菲特、李嘉诚的成功秘籍，又一次次听马云的讲座，还几个月坚持不懈听着美国斯坦福大学的经济学讲座。选商品的方式是从书里学来的，书里告诉他要独一无二，他千挑万选，选了能发光的夜光石。浪漫、诗意是一个孩子向善、向美、向好的心，所以选了“你若安好，便是晴天”的情侣夜光石，选了幸运“四叶草”的夜光石，选了“一生平安”夜光石。温馨改造世界，是他经商的起点。

他肯定做过自己的小物件被哄抢一空的美梦吧。石坠的确很漂亮，在太阳下一晒，就变成发绿光的石头，一捧放在一起，赛过夜明珠。

他遭遇失败在我们意料之中，难能可贵的是他说也在自己的意料之内。

人在年轻的时候大概都会有成为有钱人的梦想，但并不是每个人都具有成为有钱人的能力。大浪淘沙，金子总是稀缺之物。我和瞳爸开商店时二十六七岁，血本无归后收手。瞳儿比我们早十年开始尝试，十六岁的他在生意惨淡的情况下不焦躁不言弃，已经不容易。我们会用十年以至更多的时间陪他去面对种种失败。即使瞳儿最终成不了有钱人，若能磨炼出一个男人的谦逊与担当来，也是了不起的成功。

唯愿一次次历练，把我的瞳儿也变成一枚发光的石头，只要吸收一点点光，便熠熠生辉。若光辉褪去，他又会及时把自己主动置身于阳光之下，获取能量，再次发光。

养花与养儿子（之一）

我喜欢记录花儿和儿子的一点一滴，喜欢微笑着看他们一天天长大。

（一）

我一边养儿子，一边养花。

养儿子比养花精心。

有的花儿是专为儿子养的，譬如猪笼草。猪笼草是南方的花儿，喜湿热环境，因为儿子在书上读过这种会捕猎蚊蝇的花儿，有些好奇，有点怀疑，我便买了来养，一天几趟给猪笼草喷水，并往小小猪笼里及时储存些水分保湿，只待它捉蚊蝇归案，给儿子惊喜，帮儿子释疑。清香木、吊兰、绿萝之类也是为儿子养的，为的是用它们的绿色舒缓儿子受累的眼睛，用它们释放的氧气给儿子一个清新舒适的生活环境。

养儿子精心还表现在儿子每天六点起床，我六点前起，给他带水、开门、叮咛、微笑目送，与他同甘共苦。牵念儿子学习辛苦，午餐必用心策划精心制作，今天是青椒肉丝，明天换炒豆腐、炒土豆片，后天则包饺子、烙千层饼，隔一段时间还请他吃顿大餐加强营养。

养花也用心。但那用心只不过用手试花盆里土的干湿，花土干透了就一瓢清水浇透。

清汤寡水养，花儿们就闹情绪，叶子一天赛一天黄，该开花的好长时间一个花苞都生不出来，显然是营养不良。

儿子饭菜合口，吃嘛嘛香，整个人喜滋滋的，脾胃却战火连绵，隔一段时间就上火，嘴唇红得跟涂了口红一样，口腔溃疡，刚好些，又复发，反反复复折腾。全是挑食惹的祸。明显是溺爱过度。

反思，开展自我批评，制定改进方案，之后养花多了精心，养儿子粗放一点，儿子与花儿竟各得其所，各自一派生机盎然。

（二）

花儿比儿子难养。

花儿不说话，像一个装满心事却总不吐口的人，让人着急。又各有各的脾气秉性，过涝过旱，它就蔫。你得察言观色，得揣摩花儿的心思，是晒太阳多了还是少了？是缺肥了还是缺水了？

儿子一目了然。

饿了渴了喊妈，累了乏了喊妈，东西找不见了喊妈，生气了还冲妈瞪眼睛。

过生日，约了同学去小城最廉价的歌厅，据说五个人嚎了一百七十多首歌，为凑足唱歌的那笔花销连生日蛋糕都省了。

有一天晚自习回家，笑模笑样，问及，说是高三学姐求爱高二帅男，该男孩对谈还是不谈拿不定主意，整个晚自习拿一本书反反复复从空中往下坠落，反面着地的次数多些，不甘心，又掷出几个正面来，惶惶不安，求救于他。他就帮着掷书，第一次正面，那男孩笑逐颜开；第二次反面，被斥为臭手；第三次掷，书却是从中间分开摊在地面的，感慨冥冥之中的上苍实在难为人。我问他若也遇着求爱的女孩，咋办？想都没想答曰，长得漂亮就谈。我嗤之以鼻，他说没啥可耻的，男人的本性而已，又补充说在互相不了解的情况下必须先看脸。

（三）

养花和养儿子都磨人的性子，长久观察、研究、总结、探索才能找到应对的法子。

我喜欢花儿，就殷勤探看，浇水呀，施肥呀，花儿却一天赛一天不精神，有的还死给我看。索性搬到阳台上去，不管不顾。另一些半死不活的，从土里刨出花根查看究竟，挖出来才知道，根大盆小，花儿被拘着性子了，就换了大盆栽植。花儿们各自得着了自由，一天天叶绿杆挺，长得旺相喜人。

喜欢儿子。只要他从学校回来，就跟屁虫一样，他走哪我跟到哪，问东问西——在学校饭吃的可不可口？跟老师同学处的好不好？有没有解决不了的难事？叮咛这个嘱咐那个——物理得下功夫学，数学得找窍门，英语记得背诵，上一次月考作文中还有些小问题要注意纠正……常常惹恼小人家，他有时候一声不吭，说烦了就臭一张脸给我看。

想想养花的门道，省悟过来，不黏糊他，不轻易指责他，不替他未雨绸缪，耐心听他的想法，尊重，鼓励，儿子却越来越懂事，敞开心和我们交流，月考成绩也噌噌噌往高里蹿。

渐渐地，他不逆反了。清明节，儿子积极参加了祭奠烈士的活动，并植树为念，植正能量于身心。

悄没声的，他作为班级代表参加了高二年级“五四”青年节的诗歌朗诵比赛，居然获了二等奖。

（四）

养花养儿子，都其乐无穷。

心里烦了，拾掇拾掇花儿，剪掉枯叶和多余的枝条，把花盆一个挨着一个擦过去，再给花叶下一场人工雨，花草旧貌换新颜。我出了汗活络了筋骨，腾空了心思缓解了疲劳，好心情跟脚就来。

也喜欢逗小狗一样逗儿子玩。高二年级集体春游，清晨他雀跃着要出门，我扯住他的背包偏不放行。他说，听你的话，包里的东西全部和同学分享完，我不松手；他摸我的头，哄我，乖，我不松手；我跟他讨礼物，二十张春游照片，他的。他摇头拒绝。最近几年，给他拍张照片比我搞教研难度还大，我一按快门他就遮住了脸。我说今天我生日，要不送礼物的话，就……他马上答应，笑着逃窜。徒步六十多里路、脖颈脸庞晒得通红、疲惫不堪的他，傍晚回家第一件事就是上交礼物，居然拍了二十七张，情态各具，乐“死”个人儿。

（五）

一天天剔除功利心，以平常心养花养儿子，收获颇丰。

那盆两年都只长绿叶的三角梅，静悄悄长出花朵来了，三四簇呢，红得耀眼，讨喜的紧，我乐颠颠拉了儿子去看，喜滋滋拽了先生去赏，心花怒放。摆放在阳台上的一盆蟹爪兰，前些天还病恹恹的，现在，缓过劲来了，还长矛一样执着四个花苞，再有个三五天也就开了吧，着实让人兴奋。精气神最足的是金钱树，今天长一枚，明天长三枚，绿钱币满枝桠，先生恍然大悟，说，怪不得咱缺钱，钱都结在花上了嘛！空着的花盆里，我又悄悄埋上了花种子，说不定今天下班回家，就有绿芽冒出来了呢。

儿子劲爆，竟然成了学校的机械舞明星。邻居高一学生调皮酷男郝宇楠的原话是——刘瞳的演出让全校女子尖叫。（这个有点夸张）

几个月前偶然从没退出的瞳儿的QQ上看到他是“泾川一中极尚舞团”的副团长。问及，他淡淡说，组建了个舞团，体育老师任团长，各种谋划他一马当先。有一段时间，他抽空就设计舞团的宣传画，去电脑打印部制作了1.5米的喷绘图，看图后我才知道他们舞团的宗旨是“更酷，更炫，更多展示”，俺两口子对他们的创意高度评价。

瞳儿练机械舞足足一年了，是跟着各种机械舞视频自学的，曾参与过捐助义演，亦在“正大诗会”上表演过，颇得赞誉。就存了在校园文化艺术节上展示的心思。演出是有备而去的，却没有原样照搬。

这一次，表演机械舞的音乐是他自己制作的。先是海选，之后选择合适的乐段进行拼接。把机械的声音和钢琴曲衔接得天衣无缝不是一件简单的事。他一次次听，一次次剪裁，一次次拼接。不满意，重新制作，还不满意，再来，耗费了不少精力才大功告成。排练也是如此，摸爬滚打，逮着地儿就练，天天坚持，衣服后背蹭满了土印子，整个人练成了泥猴子。却明白演出需要新鲜感，即便是我也被关在门外，从不让看一眼。执着是瞳儿身上最优秀的品质。

演出的面具、服装是他敲定之后我网购的。

机械舞的动作是跟着视频这里学一点那里学一点，自己编排的。

瞳爸评论不知哪位好心人制作的瞳儿演出的腾讯视频——自学机械舞一年，参与舞团组建三个月，用一周时间制作音乐，台上表演了七分三十秒，瞳儿很投入，真用心，不容易。

儿子演出时，我俩特意去学校捧场。他变成舞曲里的一尾游鱼融入到舞蹈中去了，心神合一，舞姿和舞曲契合。全场寂静，掌声雷动。舞台上的他，那样青春，那么富于创造，那一瞬，我被震撼，觉得有什么东西哽在嗓子眼处，让人胸口发闷眼睛发涩。突然想起1998年他刚出生，六斤，五十公分……我确定我有点崇拜瞳儿了。崇拜，是母亲对儿子最高的奖赏。

他的班主任老师，亦是最好的园艺师。孩子们刚从舞台上下来，他就站起来迎接他们去了。我心里一热，瞳儿有福，从小到大，总是遇到最富有爱心的老师。

前天瞳儿说，快高三了，学习会越来越紧张，他要在高一学生中给“极尚舞团”物色好合适的接班人，好放心把舞团交出去。他希望他们创建的极尚舞团在泾川一中发扬光大、久久长长。

（六）

我坚持养花，以勤快，以用心。家里长年绿色满屋，花儿养开了几朵，红的、黄的、白的，养眼安心。

我养儿子，以慈爱，以善良，以安宁，以用不完的精力。儿子一天天长高了，壮实了，想法多了，能耐大了。日子朴素却天天有新意，让人觉得活得有滋有味。

我把儿子当花养，孕育希望的花蕾，期待他成人，成才，祝福他一生吉祥。

我把花儿当儿子养，儿子长大后出去闯世界，有花儿陪着，便不会孤单吧。

2015年初夏。瞳儿十七岁。花儿，大大小小二十九盆。

养花与养儿子（之二）

我在花盆里种植葫芦，也养育喇叭花、地雷花（紫茉莉的别称）、蒿子花，很认真。晚上睡前在花盆前蹲一会儿，看看花苗。早晨起床后又到花盆前蹲一会儿。有父亲呵护他的庄稼的味道。

（一）

植物的生命很奇妙。

只不过米粒大小的一粒喇叭花种子，埋在泥土里四五天，就弓起线状的嫩黄的身子了，一点一点挺直，竟站起来了！对生的叶瓣折叠在种壳里，一点一点鼓胀，终于从壳皮中褪出来，哗，两瓣叶芽，伸展如祈祷的手掌。

地雷花的种子，潜伏在土壤里不声不响，六七天后，攒足了劲儿，猛地从泥土里冒出头来，芽茎并不急着蹿个儿，却粗而有力，两瓣椭圆的叶瓣质厚。气韵更胜喇叭花一筹。

蒿子花的种子模样奇特，细长，扁平，捻破也看不到种核啊，着实让人担心。只不过在花盆的边沿处随意撒了一些，并没有用泥土掩盖瓷实，两三天，就摇摇晃晃钻出芝麻粒大的毛茸茸的叶芽来。一粒种子一枚叶芽，真真弹无虚发哦。

葫芦籽殷实饱满，和大粒的西瓜籽一个模样，色白，核肉瓷实，是几样种子中艳压群芳的那一个。埋入花盆里都二十多天了，闷声不响的，像睡过了头误了早课的学生，忘记了自己的职责。我心急，轻轻拨开土皮，土壤里竟然藏着一枚叶芽呢，吓得我赶紧掩住了泥土。小时候，觉得鸡娃子一点点啄破蛋壳挣脱出来太累，趁母亲不注意就偷着替鸡娃子把蛋壳的小窟窿剥大一些，救助而出的鸡娃子身子骨弱，一辈子受同伴们欺负，好心反而帮了倒忙。就像剖腹产抱出来的孩子，力气和免疫力总是比自然生产的孩子弱一些。葫芦芽儿长结实些，自然会破土而出的。慢慢等吧，我不着急!

（二）

不时推搡着儿子去看各种各样的花苗，引导他观察花苗是如何发芽、生根、长大的。儿子对种花、养花兴致不高，只是因为拗不过我而迁就，会耐着性子看一阵子花苗，说几句赞美花苗表扬我的话来敷衍。

楼房里住大的孩子，对金钱的感知比对动植物生命的感知更敏锐一些。在他们眼里，五月的黄杏，六七月的西瓜，八九月的苹果、核桃与大红枣，有钱就买得到。甚至，草丛里的螳螂，高树上的鸣蝉，洞穴里的小野兔，红嘴绿毛的雀儿，只要从早餐上节省下一包喝烦了的牛奶钱，哪一样买不来呢？在他们心里，有钱就有好生活。

城市里的孩子是生在福地里的宝贝。在娘胎里就接受音乐、诗歌、书画的熏陶。生下来，吃进口奶粉，上设施齐全、温暖如春的幼儿园，学钢琴学古筝学小提琴，学画画练书法，读圣贤的诗歌有趣的童话。享受优渥的生活、全天候的呵护，是泡在蜜罐里了。也真是聪明啊，唱歌画画弹琴跳舞，只不过三五岁的人芽儿，样样难不住他（她），爱死个人儿呢。

可关于生命的诞生、成长，关于自然界的神奇却知之甚少。城市里的孩子是温室里的花朵，白白胖胖的，却力气小，对挫折的心理承受能力也相对弱一些。

自然界才是大课堂，动植物的生长里满是智慧。一粒种子，只要遇着土壤，就用尽全力发芽。一个叶芽，想尽办法追逐阳光，全心全意努力生长。植物的根，须臾不敢懈怠，往地底下延伸，延伸，吮吸养育生命的水分。风调雨顺的时候，植物们按部就班长大。风不调雨不顺，它们亦不气馁不逃避，保护自己，坚韧自己，成长自己。植物的世界，更利于培植一个人的爱心，也给人以养活自己生命的启迪。

用各种方式诱导儿子亲近我的花儿，叮咛他给花儿浇水，让他把花盆挪移到阳光处，隔几天就拉着他到花盆前看看，不厌其烦地给他讲各种花儿的生活习性。

落地就生根，根深才叶茂，守望阳光，亦不畏惧风雨，开繁花结硕果，是农民的父辈们告诉我的，也是花草、树木、庄稼告诉我的。现在，我以养花的方式让儿子接地气，想通过养花这样的活动，把农民父母身上的憨厚坚韧，把一半城市一半乡村长大的我们对土地不离不弃的挚爱，一点一点传递给我城市里长大、目前只迷恋电脑游戏的孩儿，完成乡村与城市的对接与传承。

总有一天，儿子会明白我的苦心的吧。

（三）

饭桌上，先生递给儿子一个裂口的甜瓜吃，说起刚才买瓜时发生的事，一个衣着朴素皮肤粗糙的农村女人在街道里摆水果摊，他路过时那位母亲正用脚踢她八九岁的儿子，因为男孩碰破了两个香瓜。六七岁的小女儿跑了过来护着哥哥。他于心不忍，买下了那两个香瓜，才十元钱。

他告诉儿子，有一群人叫农民，中午背着大太阳在田地里劳作，盼着有个好收成。夜晚守候在老牛身旁，盘算孩子的学费老伴的医药费。一些孩子生长在那里，乡音很纯，胆子很小。那里很穷，住着我们的爹娘。

儿子似有所触动，碗里的米粒吃的一粒不剩。

（四）

我们带儿子一次次回乡村老家，看树叶在晨曦中醒来，庄稼在露水里舒展着臂膀生长，蜜蜂在花丛里采蜜，喜鹊在高树上垒窝，母鸡在草窝里生蛋，羊羔跪在羊妈妈的身下吮奶，草丛里数不清的昆虫蹦蹦跳跳……

我们带儿子去乡村帮舅父摘苹果，告诉他果树啊庄稼啊，都是有生命有感情的，你对它好，给它施肥浇水，给它拉枝除草，它就拿硕大香甜的果子、以长出饱满的足够数量的粮食来回报你。

我告诉儿子——这个地方叫农村，农村人皮肤粗糙脸庞黑红，但他们淳朴、勤劳、宽厚、坚韧、为人诚实、心地善良；农村天广地阔，动植物都自由生长；自由生长也是一个人生命最本真最美好的样子，也是我所要的他的样子。

多么希望我城里长大的儿子，在跟我养花的过程中，学会聆听，养育出爱心，懂得感恩，有敬畏之心。多么希望他能感悟到这一切，并把这些东西根植于养育他长大的城市，锻炼出有力的臂膀，养育出宽阔的心胸，磨砺出柔韧强健的生命来，将来，开文明之花，结智慧之果，长出回报农民、乡村的能耐来。

我一边养花一边养儿子，就如父亲养育他的庄稼一样认真。

花儿，儿子，我，天天向上。时光，因为养育而温情绵长。

幸福，我只要一点点

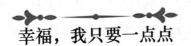

闹铃响了，开灯。儿子睡得甜极了，活脱脱一只小猪猪。我摸摸他的小脊背，挠痒痒，他才睁开眼睛。我挨着他的耳朵说圣诞快乐，问他是否相信有圣诞老人。他答：“没有。”我说我倒是可以替圣诞老人满足他的愿望，问他要什么。他揉揉眼睛，说出一个奇怪的名字，我问是什么，他说是一部特高级的车。我摇摇头。问他还想要什么，他说要一张参观什么的门票，我仍旧摇摇头。最后他说，那就让妈妈抱十分钟。我紧紧抱住他，他笑了。我告诉他，幸福，只能要一点点。若你要的太多，圣诞老人就会被吓跑了。我还告诉他，只要把点点滴滴的幸福积攒起来，幸福就会汇成海洋。

我问先生想要什么，先生说想要平安。我拽拽他的两只耳朵，告诉他耳朵被我拽长一点点就可以得到他想要的平安，他笑了，笑得平静而温暖。看他像孩子一样，我忍不住亲吻了他的额头。

他们问我："你想要什么呀？"我说："我想要的就是你们的笑脸啊！"他俩开心地笑，临出门前都抱了抱我。这样的时刻，觉得自己得到了想要的幸福。

圣诞老人的大袜子里真的能盛下人们想要的一切吗？

想象着那位慈爱的老人，微笑着把礼物储存在他神奇的大袜子里，坐着鹿车在飘舞的雪花中一路歌唱，欣喜着把他的爱与祝福分给了千家万户。这样想的时候，温暖的感觉就散逸满整个屋子。一些激动，一些期盼，让我孩童般的快乐。

花花绿绿的糖果，各种各样的玩具，是一位慈爱的老人能给予我们的，而一部高级的车子，一张昂贵的门票，这样的贪婪，是不是也会把圣诞老人的慈爱赶跑，让他的心蒙上阴影呢？

是的，我们想要的东西总是很多很多。在没有糖果的时候，我们想要一颗糖果。可一旦拥有了一颗，我们又会觉得拥有一堆糖果才是幸福的。在初看到一朵小花的时候，我们觉得眼前一亮。可慢慢的，我们会觉得花儿爬满原野才是美丽的。

人的欲望总是在无止境地蔓延着。于是，我们在无止境蔓延的欲望里一天天丢掉了快乐。是的，当我们终于拥有了想要的名利、房屋、车子时，却发现幸福早就与我们失之交臂。

那么，那个名叫幸福的东西，到底有没有过？到底去了哪里呢？

我们终于不再年轻。在某一个黄昏或者清晨，独自追忆往事的时候，突然发现，原来在拥有一颗糖果看到一朵小花开放的那一刻，我们本来就是幸福的。

真的，幸福一直都跟随在我们身边，只是我们的眼睛忙碌到没有机会去看它，我们的心烦躁到只虚掷光阴而不去感知它。幸福是极清淡极清淡的，它不会像满天的星斗一样闪闪烁烁，它不会像太阳一样光芒四射，它更不会像大朵大朵的牡丹一般雍容华贵。幸福很小，只有一点点，它就像一朵散落在草从里的不起眼的小花，一直都在静静地开放。如果你不低头寻觅，你就发现不了它。如果你奢望太多，你就感知不到它的美丽。如果你缺乏爱心，你就不能和它共鸣。如果你太贪婪，你就会错过它。

还有，当你遇见幸福的时候，当你采撷幸福的时候，千万不要把它连根拔起，一定记得留下一粒幸福的种子。这样，也许有一天，无意间一抬眼，你会发现这种名叫幸福的美丽的小花已经开得漫山遍野。

幸福，我们能拥有的只有一点点，所以拥有的时候千万要珍惜。幸福，我们能给予别人的也只有一点点，所以在给予的时候，千万不要吝啬。

给予别人的幸福会是什么呢？我想，也许只是一声问候，一张笑脸，一个祝福，一丁点儿帮助，或者几句宽慰，些许鼓励。也或者是宽容，是原谅。这些，都是我们轻而易举就能够做到的。那么，当别人需要时，我们何不慷慨一点呢？“送人玫瑰，手有余香！”这余香就是付出所赋予我们的幸福吧。

因为单纯，孩子的快乐总是很多很多。

因为磨砺不可或缺，大人们便很少憧憬，苦闷总是很多很多。

而幸福，一直都游荡在人们的周围，只是它只有那么一点点，只有快乐的人智慧的人祥和的人才能看得见它，才能和它牵手同行。

瞧，慈爱的圣诞老人拎了一大包礼物，正坐着铃儿响叮当的鹿车飞奔而来。但是，他能分给你的只有一点点。这一点点幸福，如果你精心种植，它就会长成参天大树，长出幸福的叶，开出幸福的花儿，结出幸福的果子。到那时，你也会变成可爱的圣诞老人，把幸福盛进魔袋，到处分发……

第三辑

且会意这淡淡时光

我的小树林

小树林，是我给那片林子起的名。我的小树林，是顺手写在纸上的一行字，就像有的人一提笔，落在纸上，就是心里藏着的那个人的名字。

我想我是把小树林当成亲人了，如同我随口就说，我的瞳儿……

小树林有个官名，叫森林公园。我觉得这个官名是疏离于小树林之外的，像两岁的小孩儿宜戴了一顶大警察帽，也端庄，也可爱，却也滑稽。

古灵精怪的三丫妹妹走迢迢路来看我，我带她去小树林看槐花。她看一眼小树林，看一眼我，惊呼，简直是琴儿家的后花园啊!小树林离我家实在太近了，只几百米，抬脚就到。小树林的景也担得起皇家后花园这名讳。那丫头羡慕嫉妒恨，就想撂了平凉大城市来泾川小地方落脚。我便自豪，情真意切的自豪。

初识小树林，我二十来岁，那时候，它是一大片槐树林，沿泾河畔往东，足足绵延五里路。洋槐树多半碗口粗，亦有一个人合抱那样大的。林子很深，可以一直走下去。后来，楼房越来越多，树林越来越小。

在小树林身畔住家时，瞳儿六岁。那时的小树林已经被精心梳妆打扮过了，有了宽阔的草坪，苹果形、圆形、方块的活动区域，以及曲绕的石板小径，亦添植了种种花树。小树林越来越绿得精神，越来越秀气时尚，却不做作，一直都是家常女子素面温软的样子。

现在，瞳儿十七岁，从一个小娃娃长成了大小伙子。十一年来，小树林养我的眼，容我的身，安我的心，与我不离不弃。

小树林里有无数的昆虫。蜜蜂勤劳，在蒲公英、紫云英、紫花地丁、婆婆纳的头顶上嗡嗡嘤嘤采花粉；小瓢虫在草叶上

青春时光　　李延福 摄

踱步，七星的，十一星的；蚂蚁在小径上散步，雨来临前就倾巢而出搬家，密密麻麻的；各色蝴蝶飞到这儿飞到那儿；湿湿虫圆鼓隆咚，在草丛里出出进进，特笨拙。还有夏天，数不清的蝉儿在树的高处合唱，没完没了。

小树林是天然的课堂。我带瞳儿去小树林，教他认各种各样的昆虫，认各种各样的草木。我俩翻阅书籍了解昆虫们的生活习性，四处寻找各种昆虫制作标本。两年下来，娘俩收集昆虫一百一十七个，四五十个类别。一来二去，他能胜任我的生物老师了。

小树林是鸟儿的乐园。鸟儿数量多，种类也多。麻雀成群结队的，性子急，扑喽喽在这里，扑喽喽又去了那里。喜鹊在高枝上呼朋唤友，另外的几只匆匆飞来了，落在旁边的花枝上，你一言我一语唠着嗑。啄木鸟笃笃笃啄树上的虫子呢。叫不上名的鸟儿更多，大的，小的，模样毛色不同，都长得俊。我在小树林里漫步，听鸟儿们说各种各样的话，它们时而好得像一个人，时而闹矛盾打斗，调子时高时低，也合伙也单飞，让人心里乐开了花。

小树林里花儿多，每一样都淳朴可爱。

草花多，蓝色的婆婆纳，紫色的地丁花，脸盘子只不过豆粒儿一样大，却乖得很，花瓣圆润，花蕊水灵。蒲公英一大片一大片开在草丛中，像一轮一轮小太阳。草花都心思单纯，贴在地面上开，却精神头足，一点都不卑微。人工栽植的花儿多鲜艳夺目，金黄一片接一片的是连翘，嫣红一树连一树的是海棠，靓紫一杆续一杆的是紫荆，每一种都热情洋溢，让人心惊。丁香也开了，却清俏、矜持，只是她的香，不知什么时候长上了脚丫子，四处蹿，把人喜欢得想一把逮住，塞进衣兜里藏着。樱花朵繁，树枝都扶不住了，弯成一条花朵的弧线。洋槐花开时最是惊天动地，老树、新枝上全是槐花串，香多得无处安放，跑到小区院子里来了，一开窗，就直直扑入人怀里。

我时常去小树林里看花，这一样，那一样，每一种都期待，每一种都舍不得错过，每一种都俯下身仰起头疼爱了又疼爱。花儿惊艳人的心，亦教会我趋光，向暖，尚美。花儿一茬一茬开，我的心便总是柔软着，又把这柔软化成热爱，去真心诚意爱尘世里的种种。

湖光·山色·丽影

小树林的绿青春常驻。鹅黄的绿，嫩绿，翠绿，苍绿；草绿，树绿，花枝的绿，各自个性，又浑然一体，兀自绿得滋润人心。

我在小树林里漫步的时候，常常会想起一些人一些事来，感恩，亦感慨。会给好朋友拨个电话过去，告诉她当下我最无奈的事就是没能耐把小树林的绿色、花香、鸟鸣、蝉唱收集起来打包送给她。

小树林里人间温馨多。

满头白发的老大爷，手持一杆竹笛，吹呀吹呀，成曲不成曲的，没人在意，只是听得人心里欢喜。

出了车祸的小伙子，每天都由父母搀扶着学走路，从坐轮椅到能站立，到拄拐蹒跚学步，再到能跌跌撞撞走上一段，每一天都汗水涔涔。生活教会人坚韧，教会人拿坚韧跟苦难博弈，且勇者胜。

学步孩童也多，眼睛亮晶晶的，小脸小手胖嘟嘟的，男孩女孩都可爱。大手牵小手，你走我也走。孩童的笑，父母的笑，爷爷奶奶的笑，和小树林的阳光一样干净、清泠。也有孝顺的子女搀扶着老人在林荫道上锻炼身体，哄孩子一样哄老人走半圈，再走半圈。

年年春光最好的时候，我和高姨都会在小树林里不期而遇。高姨曾经是小城医院的儿科专家，她当时精心照料过的孩子，现在一大帮子都娶妻生子了，是我们大家伙的高姨。高姨喜欢我，看我时温煦如母，叮咛我和萍好好处，每天都要穿漂亮衣服。我送高姨到小树林的另一头，目送她回家，高姨突然回头说："你比我女儿都好，跟你在一起年轻不少呢。"

广场舞也在小树林里生根了，亦有舞剑的、打太极拳的、打羽毛球的、疾走的；青春的舞步、恋爱的身影都在小树林里若隐若现。

小树林容纳人的欢喜，化解人的纠结，强健人的体魄。

小树林贡献了这么多，但从不闹喳喳地晒功劳。她用无尽的绿，用数不清的花朵，用清脆的鸟鸣，把每一个来到她身边的人心里的喧闹和芜杂悄悄给净化掉了。小树林安放大家的身与心。小树林是大家的。

我和萍在小树林里一年年走，说些这个，说些那个，仿似这么多年我们从来没有变老。

我和爱人在小树林里徒步，在小树林里撑着伞看雨，有时候是傍晚，在小树林走着走着，月光便落满了我们的肩。

一说起小树林，我就像个炫耀自己孩子的母亲一样，絮絮叨叨，絮絮叨叨，你看，我是把小树林当亲人了呀。

日消情长

（一）

清晨，鸟儿一叫我就醒了。听，是一只年龄大一点的鸟儿呢，啁啁啾啾，叫得慢条斯理，脆鸣的，应该是小小鸟了。渐渐地，另一些鸟儿也加入了报晓的队伍。

鸟儿在说什么呢？我若能听懂鸟语……这个念头刚起，便被我迅速掐断。若窗外叫的是一只高谈阔论的鸟儿，一只搬弄是非的鸟儿，一只怨声载道的鸟儿，听鸟鸣岂不很无趣。

权且，把鸟儿所有的啼鸣都当成是它们的欢唱吧。

揿开身畔的台灯，读几页书。

文章的题目是《日消情长》。

这个题目使我想起一个词——消雪。消雪是家乡的方言，消是融化的意思。洁白质感的雪，渐渐化成一摊水，渗入泥土中，连痕迹也不留。光阴就是这个样子的，消雪一样，你眼睛都没敢眨巴一下，它就一点一点矮下去。总说日月长在，何必忙乎。猛一回头，才知道去日已多。时间的消失让人失落，如果情感能够随着岁月的走丢而长得丰满些，心倒也有个实实在在的去处。情感，是尘世间的有心人以疼爱为泥土为肥料养育在心窝里的花苗，是尘世的浪涛淘洗出来的珍珠。

人与人一起走，日久情薄者众，日久生情，日消情长，多么难得！

文章写的是沈三白与芸娘相知欢好的事情。

芸娘是两百年前的女人，她是女人中的智者。云娘能陪沈三白“课书论古，品月评花”，能“察眼意，懂眉语。一举一动，示之以色，无不头头是道”。夫妻之间，能沉默是默契，絮语是柔肠，实在稀有。读芸娘的时候，想起乖巧伶俐的三丫，三丫才厚，三丫心巧，三丫能干，多不忍提的事情，在三丫的嘴巴里打个回转，都变成了喜悦乐呵。

芸娘这样的女子，活该被沈三白疼着爱着，她那么能干，那么柔和，那么蕙质兰心，总把平淡日子过出各种花样来。如芸娘一样智慧、情趣的女子，本身具有被男人挚爱的底气。当然，遇见了对的人，也是芸娘的幸运。

尘世是公平的，一心施爱的人，最终必然收获爱。斤斤计较，只顾索爱的人，多半会竹篮打水一场空。

读文章时，我记住了一个词——相知欢好。

书里说："如此相知欢好，前世不知道累积过多少善因缘。"

（二）

坐在含蕾的紫茉莉前读了会书，天就亮了。

天亮是忙碌的开始。忙碌是尘世里的烟火，云淡风轻时少，烟熏火燎时多。

吃过晚饭才空闲下来。再去看时，紫茉莉又开了三朵。紫茉莉是草花，草花根基不深，一朵花只有一天的盛开。植物简单直接，开时喜眉喜眼，萎时从容自在。

周国平写过一篇文章《大自然是上帝的互联网》，他说人的灵魂不是孤立的存在，而是大自然的灵气的凝聚，人和万物保持天然的联系，凝聚的灵气才不会飘散和枯竭。

现在，我和我的花儿两两相对，花开让我心里盛满欢喜。

时下，我的收获几乎就只是月薪了。每个月，银行卡上会多出几千元，买衣服呀，买日用品啊，买柴米油盐啊，无声无息的，那些鼓胀的数字又瘪瘦下去，连一次远足的盈余都剩不下，这样的收入与支出让人觉得麻木与无趣。

是在混日子了呀。

种庄稼种花就不一样，收割回满院子的麦捆，打碾出一大堆麦粒来；掰回家满院子的玉米棒子，一个一个剥皮，挂满架；我养育的花苗，现在开出胭脂红的花朵来……这样的收获，像春天一来，草发了芽，树上开出了桃花杏花，又鲜活又有质感，让人又激动又觉得心里踏实。

午饭时剥买回来的玉米棒子皮，随口说，这些玉米皮扔掉多可惜呀，喂牛最好了。身旁的那个人笑了笑回我——那你再去买一头牛回来吧。

笑。

不由得怀念起父亲母亲来。

那时候，整个夏季的傍晚，父亲都去山上给家里的大黄牛割草，我们用铡刀把青草铡成寸段，倒在牛槽里，老黄牛舌头一卷一束，一卷一束，吃得可香了。母亲泡一大杯茶端给父亲，父亲蹲在院子里嗞溜嗞溜地喝。青草味儿淡淡的，哪哪都是。

守着我的花儿，突然明白，播种之后的收获，看得见的收获，于农人而言，是莫大的幸福。原来，我父母亲的一生，一直都感受着收获的喜悦。长期以来我却以为他们的一生是为生活挣扎的一生。

戴着有色眼镜去评判别人，且只会挑剔怀疑的人，是浅薄的。

大千世界，芸芸众生，各有各的生存之道，唯尊重最好。

雨的印记

清晨至傍晚，雨一直下。时而疏，时而密，雨脚如线脚一般，或留白，或密实，脚印过处，摇红滴翠，一片洁净。淅沥沥，哗啦啦，万物都成了陪衬，只有雨，扯天扯地绵延不绝。

雨景是可以掳掠心境的。用心听雨，可听出万物舒展、雨润大地的酣畅淋漓来，若沉浸其中，纠结于前尘旧事之中，也可听出独自苍茫来。

以前每有雨落我便伫立窗前，或撑一柄伞漫步雨中，情愫随着雨丝剪不断理还乱，会掉进诸如“你不来，我不敢老去”的缱绻里千回百转；会在“几时归去，作个闲人，对一张琴，一壶酒，一溪云”的诗句中落寞惆怅，雨复雨，情牵复情牵；会伴一支凄清的曲随着雨写一些能把人心揉碎的文字——活泼泼的青春，光鲜鲜的爱恋，谁没有过些婉转的甜蜜与疼痛呢？爱就会关切，关切就会在乎，在乎难免挑剔，于是生出了无穷的恩恩怨怨。光阴荏苒，一颗扑腾腾热情着的心，被冷落打磨过无数个日子后逐渐失了水色，情意成了锁在心室里的小兽，只折腾给自己看。一个人的灵魂，是借爱而活着的。活着爱着，生命才鲜活丰满。

凉意从窗子里挤进来。我给每一盆花的花叶上都喷洒过水，家里的花儿户外的花儿都撑着水珠一个样子了，又把薄毯子卷成桶状钻进去把自己裹严实，翻看一本喜欢的书，听窗外的雨窸窸窣窣。单位刚刚下达了招生任务，宣布自由行动一周。与无数个人联系过，使劲浑身解数寻找生源，一天内数次被礼貌的拒绝，一直是自尊惯了的，被人拒绝的滋味还真不好受。幸好雨来，雨来了，我便有充足的理由让自己猫在被窝中罢工。

静姐姐来电话，说合影她洗了三十多张呢，每一张上面的我们都是笑着的。想起云说我们那天的笑声“银铃儿脆的，流泉般清的，春天般翠的，佛心般净的”兀自乐开了怀。静姐姐说每天都祈求佛祖保佑我健康呢，慈爱如天上的雨丝，刹那间飘得到处都是。

在这尘世上行走，谁不是染了尘添了负累呢？长长岁月里，积攒了那么多的牵挂，走失了那么好的年华，那么多满足不了的欲求，不寻一个僻静处放下，定会累坏自己的。皈依佛祖，祈求庇护，寻得一份释然，也算是救赎自己的一种方式吧。

我不信佛祖，我只信我自己。我努力在俗世间寻些暖来安放自己的灵魂，比如文字、音乐、阳光、自然。“一文一世界，一字一心城”，独自宽慰。无论以何种方式，心，安然是归处。

夏天真是一个热情奔放的季节，所有的植株都泼辣辣生长，芍药呀，牡丹呀，蔷薇呀，繁盛了再繁盛，妖鲜了更妖鲜，一个劲儿往春情里走；迎春的枝条、爬山虎的枝叶覆得满墙满栅栏都是，尽是饱满与热情。连小虫虫也不落后，从地缝里树缝里钻出来，瓢虫呀，蚂蚱呀，节节虫呀，蚂蚁呀，蜗牛啊，慢悠悠的，一个个仪态万方着。

初夏的雨比之春雨，增了率真与果断。你听，雨活泼泼地落下来，或吻着青石板，或挂在枝枝叶叶上，或钻进泥土里。喧嚣远了，尘埃远了，唯有雨从天上来，一帘之后还是一帘，唰唰，唰唰唰，下得真是欢实啊。那些花呀叶的，指不定欢畅成啥样子了呢。

书看得累了，又翻出玉坠玉镯一些小物件来把玩。我的玉镯和玉坠都是一应的浅绿色，佩戴数日后愈加光滑圆润。张晓风说："玉来之于石，是许多混沌的生命中忽然脱颖而出的那一点灵光。"这话说的正合吾意。

小时候家境困窘，长大后日子还是不宽松，对首饰无欲求无喜好。瞳儿四岁买衣物时得一赠券，兑来的银项链是我最初的饰物，后来先生又陆续为我添了水晶手链、玉镯玉坠、银镯银戒指金戒指。银镯金银戒指有金属的坚硬，戴着总有被束缚的感觉，玉镯戴的时日愈久愈润泽透亮，最为融入，便更喜欢。与玉相守，性子越发温和闲散。

林徽因说："温柔要有，但不是妥协，我们要在安静中，不慌不忙的坚强。"我也以为温柔与妥协、与依附是两个不同的概念，温柔让女性浑身散发着母性的光辉，温柔亦是弹性与灵性的。周国平认为："有弹性的女人，性格柔韧，伸缩自如，也善于在妥协中巧妙地坚持。她不固执己见，但在不固执中自有一种主见。有灵性的女人天生慧质，善解人意，善悟事物的真谛。她极其单纯，在单纯中却有着惊人的深刻。"弹性与灵性是上天赋予女人的最美好的潜质。玉是温润柔美的，玉更是个性的，这也是我深深喜欢着玉的另一个理由。

夏天雨后的杏树是驻扎在我脑海里最美的景致。早熟的杏子橘黄中染着一点橙红，端坐在挂着露珠的翠绿枝叶间，实在乖巧。树梢的杏子最大色泽最好，最妙的是风一摇，熟透了的杏子就啪的一声掉到地上摔成两瓣了，雨后的地面是清新干爽的，捡起摔开的杏子在衣衫上揩一下就塞进嘴里，甜的汁液满嘴巴满肺腑，太享受了呢。

侧耳听，雨仍旧在下，唰唰，唰唰唰……

困意来袭，蜷缩成猫咪的样子，意识混乱，眠了吧。枕雨而眠，多么好。

女儿香

（一）

尘世间撩拨人欢喜沉迷之物，当属色，当属香，当属情爱。

以色夺目者，花朵为最。一种色系，也可以分出无数种颜色来。譬如红色，就有大红、桃红、粉红、水红、朱红、土红、玫瑰红、深红、曙红、酒红等，其中的粉红，又有深粉、浅粉。花朵，色浓色淡，都是美的，模样儿个个不同，又各有各的俊，逗嬉得自然界和人的春心，萌动啊萌动，无休无止。

譬如紫荆，春风拂呀拂，她就痴了，枝干上一片叶子还没长呢，连花托也来不及生，柔柔的花骨朵从树缝缝里生生钻出来，吹气球似的，一咕嘟一咕嘟，在枝条上抱成团，靓紫呀靓紫，美得惊人的心。海棠花，樱花，油菜花，牡丹花，碧桃花，哪一种不是这样的呢？

美就美了吧，色就色了吧，竟然还散香，真是要人的命了。

蜜蜂们成群结队寻香而来，色眉色眼的，嗡嗡嗡，嘤嘤嘤，绕着这朵花飞，又绕着那朵花飞，贪婪呀贪婪，临走携了满满两腿花粉。蝴蝶亦翩然而来，为花儿献媚呢吧？拽着华丽的裙裾跳起了芭蕾，最后，居然竖起双翅立在花朵上睡着了……

美和香的东西常常令人想入非非。美和香常常与女人有染。

“她长得清清爽爽，穿件蓝布罩衫，于罩衫下微微露出红绸旗袍……”张恨水在他的小说中这样描述他喜欢的女子，说这样的女子天真，老实，又无处不有诱惑。

“最是那一低头的温柔，像一朵水莲花不胜凉风的娇羞。” 徐志摩在诗中这样写日本女子沙扬娜拉。世间美好女子这一低头的温柔，焚烧掉的又何止志摩一人之心？！

“撑着油纸伞/结着愁怨的姑娘/她是有/丁香一样的颜色/丁香一样的芬芳。”这一朵惆怅的丁香女子花，让多少代年轻人寻了又寻，徘徊在戴望舒的《雨巷》中走不出来岁岁年年?

花容月貌、单纯温柔的女子最具杀伤力。

吴三桂冲冠一怒为红颜，大败李自成，致使声势浩大的农民革命功亏一篑。

文艺的东西想象的空间大，当不得真的。可乾隆皇帝竟然真的娶了个香妃，天天鸾凤颠倒，多么奢靡呀，实在招天下男人羡慕嫉妒恨。

女子们像花儿一样美像花儿一样香，被世间男人疼着宠着，是尘世间最美好最情意的事。

《红楼梦》里的娇娇女儿们个个熏香，可卿的卧室里洋溢的是一股“甜香”，令宝玉欣然入梦，神游了一回太虚幻境；黛玉的窗前飘出的是一缕“幽香”，使人感到神清气爽；宝钗的衣袖中散发的是一丝“冷香”，闻者莫不称奇。

《浮生六记》里的芸娘，每晚临睡前把茶叶裹在荷花里，荷花夜间闭合，茶叶就染上了花香，晨起用清泉水煮茶与夫君饮；古戏里的才华女子，燃一炷香，掌灯读一本线装的书，也丝线穿绕绣盛开的牡丹戏水的鸳鸯……香与雅联手，那美好是要醉死人的呀！

女儿香，女儿香，这名讳，有香的味道，还有女人的味道。怪不得世人会为之百转千回。

（二）

我也喜香。但我的喜欢与雅致却隔山水无数重。

记忆最真切的是青草和泥土的香味儿。

小时候父亲吆喝着大黄牛犁地，犁铧过处泥土翻着浪花，泥土的味儿就一点一点散出来了，沃，清新，香着呢。青草是父亲从山里挑捡了割回家喂牛的，铡刀一压一压，草断成一小截一小截，草味儿就满院子都是，馋得老黄牛哞哞叫。放学后我去田埂上捡猪草，蒲公英是奶味儿香，苦苦菜是微苦的香，猪牙草有榆钱的香。从菜园子里刚割的带露的韭菜、嫩生生的芫荽，兀自别具一格香着。

母亲酿的米酒香，母亲做的饭菜也香。

知道花香是青春醒来以后的事。多烂漫呀，桃杏花、指甲花、菜豆花、喇叭花都要去嗅上一嗅，有的甜丝丝的，有的清凉如薄荷，都香，但香味决不重样。有的香浓郁芬芳，有的香清新绵长，各种香味，我也区分不出个究竟，只暗自喜欢着。后来，再后来，直到现在，买了各式各样精巧的瓶瓶罐罐，一厢情愿着想把自己打理成香息缭绕的样儿。

枕头边有一包薰衣草，是爱人出差回来时带给我的，有让人安睡的功效。每晚临睡前，总要放在鼻子前嗅一嗅。

闺蜜萍送了我一瓶香水，是“1314”牌的，寓意爱我一生一世。小瓶瓶极精致，我总时不时拧开盖子嗅一嗅，想萍笑眉笑眼的样子，感受她的情意与疼宠，独自乐开怀。

（三）

昨夜，雨在窗外窸窸窣窣缠绵了一夜，天微微亮时雀儿们就唱了，歌声清脆安然，唱的人心里欢喜柔软。摁开台灯，翻枕畔的一本书，是李青松写的报告文学《牙香街》，一个“香”字惹我情怀，一点一点读下去，对香，有了更深入的了解。

书中说莞香树学名沉香树，又名女儿香。

“莞香树结香是个神奇的过程。要使莞香树结香、凝香，必先使其受伤。树受伤后自我保护，就分泌出一种具有独特香气的树脂，聚集在伤口周围。树脂经过多年的积聚，慢慢就形成了香。香，是对人而言的，对树来说，成香的过程则是无尽的苦难。”

“当一棵莞香树凿采到没有香口可开的时候，就会在离地面一米左右的高度把莞香树的树头砍掉，剩下的树桩用泥土覆盖，大概过了四年时间才挖出来，本来不香的树桩就整根充满了香气。这样的香木就是沉香木。但沉香木还不是‘沉香’。把沉香木一块一块凿下来，再精心铲去无油脂的部分，留下有油脂的香，香的比重甚至大于水——香沉于水中——这就是‘沉香’了。”

“早先，洗晒香木块的活儿是由女人来干的，女人心细多情，就把最好的香块藏到怀里，再拿到外面换取胭脂。后来，便把香中极品称作‘女儿香’。香块藏于女人怀中，贴于胸前，越是揉搓把玩，香块越是发亮，香气入肌入骨，一身袭香。”

居然真有香木？成香的过程居然如此曲折？一棵香树长出女儿香，原来备受折磨。我真是孤陋寡闻了。

又翻阅了些资料，知道熏香的习俗来源于宗教信仰。上古时期人们对各种各样的自然现象解释不了，感到神秘莫测，希望借助祖先或神明的力量驱邪避疫、丰衣足食。于是找寻与神对话的工具。由于人们觉得神和灵魂都是飘忽不定的、虚无缥缈的，自然界除了云、雾以外（云雾缭绕之处也成了人们心目中神仙居住之所），只有熏烟有此特征，于是古人们似乎找到了一种与神、祖先联络的办法，这就是熏香。中国人点香敬佛，也是这个道理。

古代官员上朝，必先静坐熏香，一来可以去污避晦，二来可以专心致志，三来则体现出一种威严。香与政治也联系在一起了！

忙碌的工作，紧张的生活节奏，使人们躁动而不安。熏香疗法安抚人的神经，使紧张的情绪得以舒缓，创造一种怡然舒畅的精神状态。熏香发展到后来逐渐进入人们的日常生活当中，人们通过熏香来达到修养身心，培养高尚情操，追求人性完美的文化。

……

以前对香的喜欢，大多来自味觉，闻其香，却不知缘何而香。现在知晓了香木成香的过程，原来，所有经得住考验的美好，都是千锤百炼、历尽艰难而来。对香，就又添了敬重，敬重香木历经坎坷仍活得尊严美好，敬重那些为世间集香、结香而辛勤劳作的平凡人。

尘世间最有意义的活，当属认准一件事，踏踏实实干下去，并创造生发出更多美好来。

（四）

世上的香，或产自动物，如麝香、乳香，或产自花卉，或产自香木。说到底，香是大自然的产物。香里藏着大自然的法则。

“香之所以是香，是因为香里有阳光的味道，空气的味道，雨露的味道，风雷的味道，鸟语的味道，山川的味道，泥土的味道。香，之所以为香，是因为香里还有人的味道，汗水的味道，辛劳的味道，时间的味道，智慧的味道，感情的味道，梦想的味道。”

有香相伴的生活是一种什么境界呢？

三丫有朋友从印度带回一些香来，她又分我一些，那天三丫送我香时握着我的手歪着脑袋说：“工作累了或者闲了，燃一炷香，冲一杯茶，看一会儿书，发一会儿呆，把玩喜欢的物件，等你回过神来，整个人都被染香了，有啥事会放不下呢？”又说那种古式的玲珑的香炉太有味道了，以后有机会一定弄一个给我。模样神态声音，都散着香呢。

牙香街一位八十多岁的阿婆颈上挂着一块香木，是“女儿香”，摸着温润，闻着淡香。说是出嫁时父母的陪嫁，挂在脖子上六十多年了。父母爱子女的深情，全在这香里了！

香水能够唤醒人的欲望与冲动，香则能让人寡欲、安宁和节制。

闻香识女人。女子之香，香在美貌，香在体态，香在韵味，更应香在质地。质地之香，倾尽一生方可修炼得来吧。

为世界创造美好的人，赛过女儿美，赛过女儿香。

且会意这淡淡时光

凌晨五时许，鸟儿就叫了。

在鸟鸣声里醒来，是一天幸福的开始。我并不着急起床，裹着毛巾被侧睡，蜷成一团，动作很轻，担心会惊扰了那些精灵。耳朵和心灵一并被鸟儿唤醒了。全神贯注听它们清凌凌的歌唱，听它们从这枝花枝飞到那棵高树，又从树梢蹦到地面上。直到鸟儿们衔来晨光，把我照亮。

这朴素清亮的鸟鸣，这柔柔软软的花苗，这纯真无邪的新绿啊，总让我忍不住换上笑脑，忍不住想写一些柔软的话，给这个世界和与我相知的朋友。

喇叭花苗添新叶了，一杆柔柔弱弱的花茎上高擎着三瓣叶片。地雷花的叶是对生的，昨天四瓣，现在去看，是六瓣了。

葫芦种子终于睡醒了，一连撑起四枚芽瓣。阳台上，我养的花儿，我种的花儿，密稠稠的，在花盆里轻手轻脚地长大。

喜欢植物的安静，觉得植物的安静里有一种能润湿人情绪的贞静气息。柴米油盐里混得久了，在一些有关生计无关生命质量的事情上用力太多，精打细算呀，争这个争那个呀，多少有些面目可憎。亲近植物的时候，灵魂被从琐碎和喧闹里暂时解救出来，身心安宁。人安静下来时，懒散也便跟着来了。植物不一样，它那样安静，却无时无刻不在生长，那样的向阳向好啊，一点一点把生命的力量挥洒到极致。我跟一盆花学习，学会了不奢望、不攥紧、不顾盼、不热切投入、不刻意疏远；学会了随缘随喜、平顺、安常、知足。安于平凡，也是一个人生命最好的样子吧。

我撒一些花瓣在花盆里，用衰残的老红衬蓬勃的新绿，竟别样俏。花无百日红，人无千日好。且以一己残红之身，做了衬年轻人青春的背景吧。

有人说，当一个人喜欢贞静的闲散的事物的时候，就老了。的确不再年轻了——儿子的个头高过我许多，散步时，我的脚力也跟不住孩儿爸了。店里那些粉蓝、水红、鹅黄、嫩绿的年轻的衣裙，我翻翻拣拣，好喜欢，却哪一件都跟我不匹配了。有时候也体力不足，某些时候心力也跟不上趟了。这一切，总让我心里生出浅浅惆怅。

可是，就在昨晚，我还做了一个特别年轻的梦。今天，我还准备买一些花花绿绿的丝线，要学着绣一朵牵牛花。还有，去年摘的天人菊花种子，竟让我弄丢了，我谋划着等高平塬上的天人菊千屈菜再开花结子时，去偷摘些花种子回来明年下种——这些，可是年轻才干的事啊。

昨天上班路上，遇见一个女人，松糕鞋，黑袜子，花裙子，长衬衣短外套，打一把花伞……美丽的女人是尘世的花枝。也学美丽时尚的女人，换这样那样适合自己的衣裙穿，亦花些心思敷面膜敷眼膜。只是笨拙，半生都学不会在脸上作画。我明白，再好的护肤品，再华美的服饰，再高超的化妆技术，都难以跟岁月抗衡。我只是以这样大众的女性化的方式，来悦纳自己一天旧过一天的种种不堪，以督促自己保持住内心的温度、柔软以及尚存的活力。

“人丑就该多读书，体胖还需勤跑步。”是从微信里读来的很励志的话，我一个字一个字抄写在笔记本上，身体力行。

我不跟岁月争锋，只安安静静养我的花儿，捎带读些闲书，以此，来换面目的慈爱心的祥和，来换剩余的这小半生的从容活过。

风动，幡动

宝盖头下，一女一丁，是老先人造的两个字，谓之安宁。

关于宝盖，有“於阶道侧竖诸宝幢，无量宝幡悬其幢头，百亿宝盖弥覆其上”“菩萨飞象，越香土而来仪，五百宝盖，腾光自合，”“小堂绮帐三千户，大道青楼十二重。宝盖雕鞍金络马，兰窗绣柱玉盘龙”的记载。由此可见，宝盖，最初指佛道或帝王仪仗等的伞盖。象征威严、佛法无边、皇恩浩荡。

我私下揣摩这个伞状“宀”及安宁的含义，认为无非就是天空下、树荫里、房间内，一男一女，过俗常的日子。头顶有庇护，身边有陪伴，真是安宁啊。《圣经》上说上帝趁亚当睡着之时，从他身上抽出一条肋骨，创造了夏娃。一个女人一个男人在同一个屋檐下生活，肋骨回归了身体，多么好！

可男人女人，各自长着一颗心。心实在是太抽象的东西，还总会生出事端来。多年前我教一年级的孩子认“心”字，编了“左边一粒豆，右边一粒豆，锅里炒着一粒豆”的顺口溜，他们只念两遍就记住了。写“心”字于孩子们而言却是极难的事，锅里的豆右边的豆老是摆不到恰当的位置上，豆豆要么悬在半空无着无落，要么低得似乎要掉入土地中生根发芽。

人的心蹦蹦跳着，忽高忽低，忽快忽慢，整个人便很难安宁下来。

新年伊始，与祈静大姐祈云才妹及两位才子学兄喜相逢，饭饱酒足开心满满，之后一同去大云寺。七级佛塔，肃穆庄严。乘电梯直上塔顶，县城全貌尽收眼底，好一番天高地阔。云活力顽劣，说走楼梯才情调，一行五人，乐得唯其马首是瞻。道狭窄又暗极，木梯陡峭。摸索着一节一节走下来，腿膝酸软到遇台阶就圪蹴。然有友相陪，有情意相携，心朗润成了一片蓝天。

突然觉得我的2011，与我们上下大云寺的楼梯极其相似。一年的大半光阴，我是宽阔河面上的水，自由畅意，天蓝，云白，鸟鸣，花香，哗啦啦一路笑着流。至年终，却在山势蜿蜒处被巨石荆棘阻挡了路途，于狭窄而陡峭的小径上走出力不从心来。

一场承前启后的疾病，以及日子里碎碎的搅扰，让心难以安宁。烟花燃过，红灯挂过，祝福来过，期盼也蠢蠢欲动，却很难开心起来。生活里的悲喜烦忧若能如裁纸一般，一刀切下去，就是整整齐齐的了断，该多好。心，真成了一口炒豆子的锅，火燃得旺的地方豆子烤焦了，火弱的地方豆子都没捂热。翻炒数次，却还是冷热不均，单薄与脆弱总是让锅里的温度降下来，衣服里三层外三层捆绑着，太阳明晃晃的在天空挂着呢，仍旧手脚冰凉。

“身未动，心已远。”出自一个佛教典故，说的是禅宗惠能大师有一天途经法性寺，看到两位出家人对着一面幡子，面红耳赤争论不休，一个说幡子动是风在动，另一个说幡子动与风无关，两人各执一词，互不相让。慧能上前曰：“不是风动，不是幡动，是心在动。”两人幡然醒悟。

不是旗动，不是风动，是人心在动。人心无欲，一切大同，甚至没有大同。佛陀坐在莲花之上，无欲无求，慈爱祥和，心的境界与整个宇宙融为了一体。宇宙大同，一切的发生都是自生，无心无欲，真正回到了家，达到了永恒的和谐。那里没有冲突，没有喜乐和痛苦，只有极乐和祝福，只有和谐的乐章。

近些年，佛也生出凡心来了。手机上邮件里，经常有关于某位佛祖祝福诞辰的段子，强调必须传递给许多人，否则佛颜不悦，必降灾祸。大彻大悟的佛们尚且如此，凡身肉胎的我们，那颗被浊气污染了的心，必定随风动随幡动。欲念作祟，风不动幡不动，心也会动个没完没了。

小时候每年六月，晒干的麦粒被我们灌进大大小小的口袋里，用细绳子扎紧袋口，父亲扛回家，麦囤里倒满后，多余的口袋就排列在麦囤旁，像等待检阅的将军。丰收是满囤满袋的麦粒，看一眼就明了。而今盘点一年的生活，脑袋里却似涂了糨糊，实在弄不明白有几成的收获。

因为疾病，闲下来了。闲着，有时候好——一片天，一庭院，一棵树，一木桌，一杯茶，一支曲，清寂而色彩。有时候也不好，会生出万种闲愁来。比如我，纠缠于一场病，被满屋子的暖气包围着炒作寒冷，是矫情，也是堕落。

新的一年，平常心，宽眼界，好心态，向好处努力。不求大富大贵，只愿安宁相陪。

我心向佛

（一）

行道旁，艳红的草花花开一丛又一丛。办公室窗外，大云寺的高塔在雨幕里安静屹立。

一种草花与一座寺庙有什么关系呢？我却在看见草花花的时候想起大云寺，在遥望大云寺的时候眼前浮现起那种草花。

草花是自生自长自艳自灭的那种，大伙儿都叫它老婆干粮，大概是因为它的果籽簇拥成一个小小圆饼的缘故吧。草花学名蜀葵，于无声无息里发芽、长大，五六月份开花，沿途的草丛里、村里人家的陋屋前，粉嫩嫩站着一簇又一簇，笑模笑样的，竟也风情万种。

大云寺原是座空寺，工作间隙我常常听到寺里塔铃的脆鸣，阳光下雨雾中，寺里别一番肃穆安详。大云寺因为一场盛大的法会而灯火璀璨，佛心思凡，热着心思往红尘深处走，都蹿到央视新闻里去了，失了往日的矜持，给人几分不敢相认的陌生。

（二）

于我而言，佛，实在是一个神秘的所在。

一直以来，我以为佛是等同于神仙的。

小时候，老家村子里比较偏僻荒凉的地段有一座关帝庙，隔三岔五就看见供桌上有新鲜的供果点燃的香烛，不知是何人所为。实在馋，回家就绘声绘色给父母描述供果的样子，却被严厉呵斥，说要是偷吃了关帝爷的供果，来生会下地狱进磨眼的，那时候才六七岁，着实被吓着了，远远看那座小庙都恐惧，总绕道而行，村子里最调皮的狗蛋亦是如此。

当时村里有个神婆婆，婶娘们常去她那里求医问药。神婆的来历很蹊跷，原本是村子里素朴的女人，忽一天大哭大闹唱个不休，嘴里嘟囔些菩萨神灵的事，就有人说她是被神灵附了身，于是安了神位。有所求的人去神婆家，压了香钱虔诚跪拜，神婆就在神位前焚香，之后浑身颤抖嘴唇哆嗦，念念有词，说的是跪求人对神仙的种种冲撞而带来的不顺灾祸，求神之人拜了又拜，香钱加了又加，神婆于是有了拨乱反正之法，在香火上晃荡些折成小三角的黄纸，叮咛回家烧成灰喝了，看得我头皮发麻、浑身亦是哆哆嗦嗦的了。

私下里想佛也是个见钱眼开的主，心下生出不屑来。却怕遭报应而口头敬服着。

转变观念完全来自影视剧里踩着祥云救苦救难的观世音菩萨。唐僧师徒西天取经，遭遇凶险无数，每次悟空有难，她必定及时现身、和颜悦色相救，为人慈善又无所不能，实在对了我的心思，至此，对于佛，我由最初的恐惧变为有几分喜欢了。

我意念中的佛，是匡扶正义、施善于人间、救民于水火的神。

读了一些书，了解到颇受我敬爱的李叔同，饱学之士，又抱得美人归，算得上要风得风要雨得雨，却毅然决然出家，闲置了笔墨弃了美人，专心礼佛，后来又读到很多佛的禅语，意蕴情致颇耐人寻味。对于佛，这才生出一些敬意来。

却仍然不懂，我看佛，隔着山水，犹如雾中看花。

（三）

我所在的小城泾川，有“佛教圣地”之称。

县城西面的王母宫山有开凿于北魏太和年间的王母宫石窟，泾河两岸有“百里石窟长廊”，城东有南石窟寺，后来又去罗汉洞乡看过佛塑像及壁画，了解到“百里石窟长廊”的渊源。在城北水泉寺村田畴处，1964年发掘出隋文帝、武则天两朝皇帝敕分供养的隋代大兴国寺、大周（唐）大云寺佛祖舍利，1969年发掘出北周泾州宝宁寺佛舍利、舍利瓶、大铜函、小铜函，2013年1月9日发掘出宋泾州龙兴寺诸佛舍利并佛牙佛骨陶棺及铭文砖。

文物年代久远，本就具有传奇色彩。更传奇的事情是，佛舍利棺砖铭文载，诸佛舍利葬于宋大中祥符六年（公元1013年），至发现时，整整一千年。

学术界一片哗然，小城人欣喜若狂。

千年一现。千年一现！

一生致力于发掘泾州古文化、推介泾川的张怀群老师在大云寺诸佛舍利安奉法会当天收到了中国作家协会的会员通知。

这么多的巧合，也实在是有几分玄妙。

2013年6月19日，在泾川大云寺隆重举行诸佛舍利安奉法会，当时高僧云集，万人空巷，盛况空前。人民、搜狐等大型网站皆做了宣传，央视新闻也做了相关报道。据说文物价值斐然，着实让小城的人们扬眉吐气了一回。

发掘出的窖藏佛像、佛舍利是文物又是圣物，护卫森严，并不是每个人都有机缘目睹的。我也曾随众人在大云寺买了康乃馨虔诚去过地宫，终是远远地看，并没看清什么。

得来却没费功夫，兴许我也是有佛缘的人吧。

7月10日下午因病正好在家休息，先生电话来说有外地的领导来看舍利，唤瞳儿伺机大饱眼福，我抓起衣服就跟着跑，好说歹说赖着去了。亲眼目睹了窖藏佛像、佛骨及诸佛舍利，并聆听了考古专家张教授的详细讲解。

对文物圣物我知之甚少，只安静地听，心里亦是存了敬畏与虔诚的。

或许我的心里，也是渴盼救苦救难、赐福报于众生的佛的存在吧。

（四）

2013年6月19日，泾川大云寺诸佛舍利安奉法会。那天，真正万人空巷啊。

僧袍翩然，经幡飘飘，香烟缭绕，大云寺前所未有的热闹。众僧诵经之声佛乐之音，碾压了塔角风铃的脆鸣。和所有。

小城的人一样我也按捺不住兴奋，成为人山里的一棵苗人海里的一滴水，真正摩肩接踵啊，个子也不算矮的我视线屡屡受阻，终于汗流浃背挤进大云寺，却只远远看见和尚们肃穆的脑袋。佛龛里满是燃烧的香烛，香烟缭绕，熏得人头疼。

想起老年人说过的一句话："佛争一炷香。"突然觉得，佛心也是浮躁的，佛怕也喜欢争世人的敬仰供奉吧。

敬香的人，亦是个个揣了愿望来，祈求佑护，求财运、官运、安康运。

法会第二天，有僧人行走于我们单位，讲佛法施气功变着法儿卖一些膏药，让人哭笑不得。

人在佛前的种种媚态，佛对众生各揣心思叩拜的默许，让我觉得压抑。

佛不说话，只是笑眉笑眼。若佛能说话，会说些什么?

或者，佛无所谓争，佛的争是人的争，人们建塔塑佛，礼佛，无非是为自己无依的心找一个安放的所在。

去耀一法师的博客中探问迷津。大师在博文里说，佛缘，是心中有佛，是放弃非分的欲望，是平和的面对生活，是对己对事负责，是拥有美好的信念，是行智慧之事，是善于忍耐，是宽容待人，是懂得爱与感恩。关于礼佛，她说——多名贵稀有的沉香，比不上一念慈悲心香；多洁净的水也会被污染，比不上一念不动的清明柔和；千树万花芬芳终有凋零时，比不上慈颜微笑入心的关怀；无慈悲诵念千声佛号，不如一句由衷的赞叹沁人心脾。

原来，人们对于佛旨意的领会是存了偏差的。

法师的解说让我对佛尽释前嫌。

（五）

我不懂文物，自是没有多少兴趣。彻底打动我的，是佛像，是佛的笑。

博物馆里置放着多年来在这片土地上发掘出的北魏、明清时期的佛像。佛像线条流畅，姿态从容，或高洁典雅，或妩媚多姿，或优雅舒展，或怡然自得。每一尊都端庄凝重，形神兼备，每一尊都慈祥秀丽，灵秀华美。

是那样慈眉善目的佛啊，或坐或立，每一尊都微微颔首，笑意从生。

佛在笑。无论你站在哪个角度，抬眼即见佛的笑。

我不知道该如何去描述佛的笑，只觉得在仰视佛的笑时，心里的莲花一瓣一瓣绽开，只觉得每个生命在佛的微笑里突然就还原成了生命本来的无拘无束的状态。

是那样慈爱、广阔、纯净、安详的笑啊，那一瞬，我想起蒙娜丽莎的微笑，想起颔首给幼儿喂奶的母亲。这一刻，佛如此靠近我的心，我忍不住想去靠近佛，在她的佑护里幸福终生。

佛的笑让我心生感动，心生温暖，心生虔诚，心生感激，心生安静与从容。

至此，对佛，我终于生出亲近来。

真正让万世敬仰的，应该是佛祥和无边的微笑吧。

这笑，能融化掉人心里的坚冰。这笑，能漾起一湖春水。我是多么喜欢这慈爱满满的笑啊。

在佛的眼里，众生平等，这是多么了不起的境界！

（六）

佛的笑让我想起一些人，一些事。

于2007年8月开工建设2010年5月二期工程竣工的泾川县大云寺博物馆，规模宏大，布局严整，举架平缓，出檐深远，用材硕大，色调古朴，庄重典雅。该工程建筑群基本沿袭唐代建筑风格，前后逐层升高，中、东、西三路规模宏大，气势恢宏，中轴线基本对称，以唐代礼制进行总体布局，所有建筑都参考唐代规范做法。舍利方塔建筑设计举架平缓，显得非常稳重，大部分建筑采用较大的出檐，有的出檐达到五六米，飘逸、灵动、大气，充分体现了隋唐建筑的独特风格。目前，大云寺博物馆已成为迄今甘肃最大的仿唐建筑群。

大云寺的设计者却是一个平凡的人。听人说他个子不高，罗圈腿，穿的衣服像是从旧货市场上淘来的，猛一打眼，你会觉得朴实憨厚的他是刚从牛圈里走出来的农民。在大云寺修建期间为节省费用多次坐班车来泾川，对拖欠的设计费缄口不提。大云寺的建设者也多是周边的民工。美妙绝伦的建筑作品，无不出自普通民众之手。

随佛舍利一同出土的佛舍利棺砖铭文讲述了北宋大中祥符

六年（公元1013年）泾州龙兴寺僧人智明、云江收集“诸佛舍利二千余粒并佛牙佛骨于本院文殊菩萨殿内葬之”的事实。张怀群老师解释说法华和尚采用收集、交换、购买的方式，竭尽毕生精力才得以汇聚到如此多的佛舍利。在乱世中，他们窖藏佛像，埋藏佛牙佛骨及诸佛舍利，保存了文物，传承了文化。这些做了造福后世、功德无量的事的人，也是平凡的人。

大云寺法会期间，有数名居士来寺里志愿做饭，炎热天气里整日操劳，夜间打地铺睡在寺里，平心静气，毫无怨言。若不是亲眼看到，实在令人难以置信。

佛之善心慈爱意，在众生。

善良持衡的民众，才是活在世间的佛。

（七）

终于与佛和解，心里存了对佛的敬仰。

慈善，宽容，微笑，追求，坚持，是我理解的佛道。众生平等、自由、热爱、祥和、美好的生存，以最好的姿态善待生命，是我悟出的佛道。

我心向佛！

我心向佛，向佛的慈善悲悯，向佛的宽容笃厚，向佛的纯净安详，向佛对世间诸多美好存在的相信，向佛坚持信念的坚韧，向佛为实现信念永无止息的坚持。

来生的幸福，对于我太过遥远。

我心向佛，就是用如佛的慈悲，把今生的生命开成一朵温煦柔和的老婆干粮花，这一年的花朵萎了，就生成种子，散落在土地上，来年再盛开。下一个来年，再下一个来年，还盛开。

千年之后，我们都已去了。而我们用爱心、用慈悲、用毕生的热爱开成的那一丛丛草花花，一定会更加硕大、更加艳丽、更加充满生命的张力吧。我以为，每一个爱这片热土，为这片热土上的人们更好的生活而无私奉献的人，都是一株顽强生长、热烈盛开的草花。

希望后人能够懂得，一朵花，一种继往开来的美好，不是千年一现，而是千年站立。

祁家三姝

平淡世事里往往暗藏着大玄机。

这样的话，怎么着都应该出自哲人沟回曲折的聪明大脑或者善目慈眉的佛陀，若我说是小女子琴儿口吐的莲花，怕是会惊艳了列位看官的眼眸。半辈子悟出此惊世一句，全赖俺家大丫和三丫。

大丫祁静，三丫祁云，人称祁家二姝。才俊人雅的大丫三丫，是那高空留声的雁是这名垂千史的人。

半生才与大丫三丫文字里巧遇，是平淡世事大玄机之一，玄机之二则是大丫小名麦琴，三丫小名小琴，我大名彩琴，三琴相遇，一曲高山流水，必琴音飞溅。

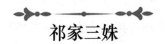

大丫爱三丫，大丫爱我，我依恋大丫如母，娇宠三丫如女。

梅开三朵，各表一枝。

大 丫

正月初二。

俩妹妹左一声姐姐右一声姐姐，大丫喜不自禁，厨房里做了荤素菜七碟子八碗还嫌不够。

俩小姨子左一声姐夫右一声姐夫，大丫夫婿被喊晕乎了，水果糖茶，鞍前马后伺候。

大丫刚念叨过三丫喜欢吃黄瓜，今个菜里少了黄瓜，姐夫转身不见，一口气拎黄瓜七楼一个来回，步态那叫一个矫健。

大丫说二丫喜欢吃拔丝山药，姐夫雪白衬衣袖子往上一撸，山药刮皮、切块、过油，炒勺里炼糖汁，翻炒，菜上桌，晶亮的糖丝拔出二尺有余。

你要是以为姐夫是低声下气的人，那可就大错特错了。正儿八经西北大男人非姐夫莫属，他是悄没声儿为大丫撑起千万间广厦的椽梁，他全身一股子千锤百炼后的正气、大气、魂魄气，真正气场袭人。

再钢巴硬正的男人总会被心爱的女人收服，姐夫就是这样的人，他乐意被大丫使唤，大丫是他手心里的宝贝。空口无凭，大丫的妙姻缘为证。话说当年大丫刚出脱成一朵花的时候，正逢全民皆兵。姐夫是民兵连长，大丫是姐夫带的兵。民兵们打枪多脱靶，姐夫眼前有大丫这一朵花晃着，一颗心怦怦怦不匀称地跳，端枪的手却不颤，子弹正中靶心，赢得一片喝彩。姐夫如此显摆，为国为民，更为赢得大丫一颗芳心。“她那时候真的漂亮着呢。”民兵连长当着一屋子人神侃恋爱史，满脸陶醉之色。大丫低头笑，说妈妈在呢孙子在呢，示意他闭嘴，继而脸红了。姐夫才不呢，大丫愈害羞了。我和三丫喜欢看大丫害羞的样子，常常言语逗嬉于她，大丫每每上当，低了头，害羞地笑。大丫害羞的样子，贼俊，怎么瞅怎么让人心生欢喜。

大丫是家里的独女，农村独女尤其难，撑家的憋屈与辛劳，大丫一一痛过忍过。大丫与婆婆共同生活了二十六年，后来婆婆瘫痪，大丫竭尽心力照顾，干净被褥干净衣服、可口饭菜、笑脸相对几年如一日，是方圆有名的孝顺媳妇。婆婆临走，无视身畔儿女，哆嗦嗦将柜上钥匙交与大丫，这托付大丫每每说起都泪眼蒙眬。

大丫勤俭持家，关爱妯娌，育儿女成人成才，善良着刚强着行走。今年过半百，女儿女婿儿子儿媳皆为人师，外孙女泉泉聪明可爱，去年又添孙女佳瑶，事事顺意天天欢喜。“家事尽在琐碎之中，让人间婆婆减三分爱女之心，而爱媳；让世间媳妇减三分爱娘之心，而爱婆。平俗的日子里，大事化小小事化了，都相互宽容着，一家人，必定要长期相处。”是大丫写的，大丫为人之善为妻之贤淑为母之厚德，窥一斑而知全豹。

上苍赠幸福于良善娴雅的大丫——丈夫疼她，儿女孝她，俩孙女都见着她就笑。

大丫喜爱文字。“日子百般苦万般难，愁眉锁，愁思惨，愁肠结，却始终坚持着，坚持得空就写，没空挤空写从不肯歇。她说：‘我是崆峒山下平庸的女子，三十年如一日，用笔写每一天心灵的故事，用爱筑每一刻家的温馨，用心播久久长长岁月的希望，用苦难点燃沧桑的火焰。’她像一本好书一样将养日子，她每天予自己一张幸福的笑脸。”（摘自三丫为大丫的散文集《静听琴音·序》）大丫文章、诗歌无数，文字醇厚甜暖，岁月以浓浓爱意留痕，大丫让我佩服敬爱。

我与大丫喜相逢，博客是媒婆婆。弄不清是谁寻着谁的脚丫子印印先叩了谁家的门踩了谁家的门槛，文字先投了心缘，泾川大云寺一行投了眼缘，她喜我温润如玉，我敬她的为人，贪她眉目里良善慈爱的娘亲的味道。她应允代替娘疼我，至此我主动投怀送抱，热辣辣喊姐姐热辣辣爱她。

今年过年，大丫细长面迎我进门，离开时又汤圆饺子相送。脚步远亦有牵挂目光身后随。刚上车，信息到——亲爱的二丫，姐姐用一百朵玫瑰祝你一路顺风，用一百个汤圆为你送圆满，用一百首诗嫣然你的日子，用百分百的爱陪你一路……

心热眼热，一时间我嗓子眼发紧。

三　丫

三丫精通琴棋书画，且件件玩得得心应手，是姐仨中的高人妙人儿。

妙才情妙身段妙打扮，初见惊艳，再见惊心，隔三岔五见心心念念，天天见就离不开她的人她的笑她的影。

三丫是我和大丫的开心果果。单对我的称呼就千奇百怪——碎女女，美妞妞，碎姐姐，太后……如此这般，花样翻新到我跟不上步子。前天刚给头发上做出些卷卷来，你猜她喊我啥——妩媚羊羊！

前些天姐仨排座次，三丫张口就是："我当老二，琴作小三。"大丫和我乐翻。跟三丫在一起，再严肃的事，在她嘴里一打转，非让你蹦出笑来，天呀，把持不住啊。俺家帅男刘瞳是个冷峻的主，能入他法眼的人少之又少，却被三丫三两个招式拿下，且我一提起三丫的名字就欢喜服帖。三丫腊月二十八晚电话俺家相公："二姐夫，对联的事就交给你了。"二十九就是大年，那家伙一睁眼就是"死女子安排的事，我得马上去办"。火速遛大街一圈，买来纸笔，抠头想词，悬腕练笔，那叫一个精神，之高效之开心令我大跌眼镜。

三丫情调，书房里横一架古筝，书桌上大小毛笔笔架上悬，墨砚沉稳着候，宣纸安静着盼。茶几上功夫茶具齐全。前几天去，施施然沏了"杏花嫣然茶"捧给我们品，一屋子的人里再粗糙的主，也一改往日牛饮的习惯而慢节奏而雅味十足。

那女子竟然有一台缝纫机，闲来踩踏，缝纫机大轮子小轮子欢欢儿转，她比比画画减减添添，针线在纤纤手指间唰啦啦过，几件旧衣就拼成了最时尚的模样。

三丫言语伶俐乖巧，真真爱死个人儿。那一日我下乡拍得几只乖巧的鸡娃，彩信给她看，一会儿三丫回问："可以吃吗？"我乐滋滋提溜水仙花图片给她看，盛赞自己是花仙子，她回："俺郑重思考了下，您下午可以吃清炒水仙了。"忘记那一日说什么话给她了，反正手机里存着的信息是："你知道俺这半晌干嘛了吗？是被你给笑死，然后舍不得你，再笑活过来。"诸如此类，不胜枚举。

三丫是花喜鹊叫出来的缘。花喜鹊不是树枝上蹦跳欢唱的幸运鸟，是同城才子张三。张三才厚人俊，文笔凌厉酣畅，他的俊人厚才均有逗惹大姑娘勾引小媳妇之坏，引无数八斗才高之美眉竞折腰。张三是学长，某一日QQ里留言，说把我的文字推荐给名编了，还留了大编辑的联系方式。不抱希望的，文却被用了。寻得那女子的窝，便常常去，细细读她，暗自为自己才寡而脸红。第一次见是市文联的会议上，三丫穿着入时，被簇拥着，却少言语，傲之气息，一米之外即可闻到。贴上前问可认得祈静，她摇头，之牛皮哄哄，令我敬而远之。

2012年元旦，我病，大丫路迢迢来看我，却是携了三丫一起来的。与学长张三李四接，一起酒足饭饱，又游了大云寺，已亲近七分。之后电话信息往来，甚密。五月的槐花约，三丫带来妈妈做的一对精美绣球做信物，此后喊我姐姐再没改口。

"俺向来对美男极有免疫力，对美女倒是来者不拒，人家拒俺，俺也是百般手段千般甜言地勾引。嘿嘿，不许笑，俺也不是急色鬼投胎，见谁都勾引！所谓美女如云嘛，想人世间美女，再美也不过像俺这般。纵览云泱泱半生，也就有勾引过两人而已：一曰静，一曰琴。静之初见，俺一眼倾心，她在沙发上坐，俺不坐沙发，俺软语温香婉转缠绵长发如水伏在她膝上黏黏甜甜，哼哼，俺要看对眼要拢上心的，谁能逃得开？静果然上了俺的贼船，心心念念要一起把日子陪伴，蜜蜜甜甜要一起把人生走完。琴，信家美妞妞是也——写到这儿，俺突然疑惑起来，思前想后，才回过味儿来，应当是信家这死女子把俺给勾引了吧？亏俺还自鸣得意了小半年，以为俺是美少妇杀手，折枝柳也能当橄榄枝，就手那么一摇，便有妙人儿扑火般来就……”（祁云《槐花深处，有女嫣然》）

本来对三丫就涎水滴滴的，没想到俺也勾了她的魂。此一事是俺这半生之最得意。

三丫重情义。一旦认准了爱上了，就稳如磐石深如海洋，波翻浪涌着一层层裹你，让你幸福得透不过气来。碗大的桃子她舍不得吃捧了来给我，六角的彩戒指，紫的深绿的毛衣挂件，帽帽，嫩绿浅黄的围巾，墨宝书籍，香港来的檀香……这不，俺刚有几绺卷发，三丫就带了小吹风来。反正，她给你的惊喜总是花样翻新，层出不穷。

三丫是大丫命里的桃花。大丫看三丫，眼睛里汩汩流淌着的，全是爱。三丫娇俏俏偎在大丫身边枕在大丫腿上，自愿“溺毙其中”。

二 丫

“祁家二丫头本不姓祁，呵呵，说姓祁是我和三丫头云一意孤行地让琴和我俩一个姓，一是为方便称呼，二是实实地喜欢和爱她的温婉娴雅，三嘛，借琴来暂且姓一回带括号的祁。真正地把琴当一家人，当亲亲的妹妹。”（大丫的《春天里的花絮》）

借大丫的心笺，二丫我华丽出场。

“琴儿的来，是她（大丫）给我的缘。她心心念念美赞她苦口婆心怜劝，她说，我比你大那么多，我肯定要在先，若我不能陪你了，总得有一个人替我来爱你，替我守着你宠着你护着你陪着你，如此，我才能心安。因为是她给的缘，短短几个回合，我这样冷硬的人，便也花儿一样打开，完完整整装了另一个人进来。两个人的花开，从此，便是三个人的圆满——这是一生一世一辈子还嫌不够的遇见，是凌驾于人世间所有深情之上的遇见，比爱情久长，比亲情激越，比友情坚固。”（祁云《柳湖记，我的香云纱》）

我，二丫，是大丫行万里路为三丫千挑万选的千里马。

我，二丫，是三丫妩妩媚媚抛了绣球的爱情。

我骄傲！

正月初八，与大丫三丫广场里约，老远就见大丫三丫紧牵着手，大丫手里三串超长糖葫芦惹眼惹馋。姐仨相拥相挽，冰糖葫芦相佐，南山公园里欢声笑语遛一圈。行至最高处，三丫站一石板上招呼我们看平凉全城风貌，我低头，石板上赫赫然

“窗前三枝梅”五黑字精神抖擞，三丫惊呼奇妙。空穴来字，应了祁家三姝的心境，第二日，干旱一冬的平凉城雪花飘飞，又应了三枝梅的花境。

呵呵，三姝相守，三琴同鸣，天意！

月色女子

淡绿、浅粉、微橙、水红、乳白、薄蓝……这样的色彩，拂动于眼前，这样俊的字眼，轻落于素纸之上，心儿连同指尖，都微酗着几分醉意了。

夜色铺排开来，渐渐拉上了白昼的窗帘。对面的楼房，锁着星星点点的灯光。抬头望，一轮月缓缓穿梭于云际，安静、温润、典雅、俊美，娉婷前行，摇曳生姿。月亮在画家的笔下多是暖的橙黄，在诗人的笔下多是冷的瘦白。还有人说，月亮的颜色，原是心情的颜色。你用什么样的心情看，月亮就是什么样的颜色。你所聆听的，你所描述的，其实就是你自己的喜怒哀乐，以及悲欢离合。于是我想，这淡淡的绿，这浅浅的粉，这微微的橙，这水水的红，这乳的白，这薄薄的蓝，该就是月亮的颜色了吧。

淡绿，浅粉，微橙，水红，乳白，薄蓝，这样的色彩，一定是有温度的，若用手轻触，肯定既有远离尘嚣的清凉，也有袅袅炊烟的暖，微微的，带着点人间烟火的气息。也或许，这样的色彩还是有味道的，那味道，是日落妈妈喊孩子归来的甜软的味道，是春天莅临青草漫山遍野的味道，是槐花味儿随风在街道里奔跑的味道，是红叶舞清秋的味道，还是冬天的阳光缓缓地洒满田野的味道吧。

若有那恬静的女子，着这淡绿、这浅粉、这水红、这乳白、这薄蓝的色彩，穿绫子缝制的对口襟袖，或者旗袍，或者摆裙，于一盏火苗攒动的灯下，她轻绾素发，她对镜添妆，她柔指拨弦，她凝神翻阅一卷线装的书，她或颦或笑，必千娇百媚成一首流动的诗了吧。若这温润的女子，有明朝的清秀，抑或大唐的丰韵，该是怎样的清俊可爱呢？这样恬静、温润、可爱的女子，便是我心中月色的女子了。

写下“月色女子”这几个字，忽然就想起了舞动的水袖，想起了眼神清澈纯净的千年灵狐，想起了泪珠滚滚的绛珠仙子黛玉，想起了丽江的青瓦飞檐、水波潋滟……哦，不，黛玉眼泪太多，她的人生太薄凉。月色女子，该是清纯的，该是灵性的，更应该是温暖的，她祥和，她热爱，她温软，她热烈，她与悲苦绝缘。半梦半醒之间，明白那月色女子原来就是梦中想要的自己了。这样一想，倏忽间就有了一种被拥抱的温暖，有了一尘不染的温柔，一颗心，竟如重归了婴孩儿一般的纯真明净。

些许欣喜，几丝忧伤，缓缓从心尖上滑过。这情愫，浅浅的，却又有点一意孤行，如那琴弦上的乐音，颤颤的，先婉转低咽，又清丽上扬。这情愫，若用颜色来调和，应当就是月色了吧，它不够彻底不够张扬，却如化骨绵掌，如白墙黛瓦，如灯声桨影，无声化有声，无形化有形，穿梭在心的每一个角落，仿似血液，以心跳的节律，遍布身体的每一个角落。

月色女子，春天该有鹅黄的迎春绕栏粉红的桃花为之欢笑，夏天该有紫色的丁香与她吐露芬芳，秋天该有骄傲的雏菊插在发髻，而到了冬天，檐下必挂一盏红红的灯笼，屋内必生一盆旺旺的炭火。这样，一年四季，她门前的小径是诗意的，她屋内的帘帐是温情的。这样，月色女子便成了只可臆想的一段清秋，一个微笑着荡秋千的精灵，一只情深爱浓的灵狐，一汪澄澈清冽的甘泉。

月色女子，该有一面铜镜，为她妆扮容颜的。月色女子，该有温婉流韵的镯玉悬于腕间，为她添韵的。月色女子，该有一位才华俊郎，在琉璃镶嵌的梳妆盒中，挑选一枚银色发簪，轻绾于她的发髻。然后，从午夜凝眸到清晨，又从清晨凝眸到黄昏，日日夜夜，夜以继日地欣赏她，呵护她，直到淡远的天边，升起一缕红晕……

冬的脚步匆匆。

如若，屋外雪花纷飞，银装素裹，屋内，温婉莞尔的月色女子，倚窗远眺。这红红的灯笼，这温馨的灯盏，这旺旺的炭火，这静谧的自然界与这灵性的女子，怕是会和谐出一支清灵悦耳的古曲，或者精致成一幅有声的水墨画吧。

夜无声。月袅娜。我独坐。满眼满心，是这月色的女子，这精灵。

如果有一天，我忘记了自己，我寻不到回家的路，如若你怜惜我，就替我记住这个宁静的夜晚，记住这淡绿，这浅粉，这微橙，这水红，这乳白，这薄蓝，还有这月色女子吧。

月光恰恰好

桌前摆一盆文竹，满盆清新的绿。电脑里一支《雨花石》曲子，情深深雨蒙蒙地唱。

月光微弱，铺满我的窗台。夜安静，我亦安静。

文竹浇过些白糖水以后，嫩，且发出新叶来，像展开的翅膀。这盆文竹我养了六年，新欢成了旧爱。我与文竹亲近一段时日疏离一段时日，文竹在我的懒累里黄枯，又在我的坚持里一次次育出新枝来。亲近也好疏离也罢，总是陪伴着的。这样喧闹的红尘，能陪伴一个人长久走下去，情意才算是恒久的吧。尽管那只是一盆花。有人说，情深则痴，情深则夭，这句话重重拨动过我的心弦，使我对缘遇对情意更加深信不疑。文竹喜欢过我吗？它不说话。文竹在我身旁，我能感知到它的焦渴枯竭，能感知到它的生机暗涌，我的喜乐安宁、忧郁伤感它都看得见，纵使文竹不说话，这样的陪伴也让人心安。可是，有些沉默代表什么呢？是疏离？还是厌倦？

情意和人，有时候是风，刮过去就过去了。刮过去的风是什么样子的？天知道！

《雨花石》是偶尔听到就被击中了的曲子。歌者把民族唱法与戏曲、歌剧相结合，又融入了时尚元素，李玉刚和石头又有非凡的演艺才能，曲子非常有冲击力。仅就李玉刚而言，我实在不喜欢，我是守旧的人，总觉得是男人就得有男人样，却被他的歌唱征服。他扮的女人真正狐媚啊，似睡非睡的一双眼睛是一口能吞没人的井，柔情、悲楚、烈焰都在眼睛里；谢幕时，他一反古戏女子的施施然，而是两手轻轻交错，一点一点直直蹲下去，楚楚动人到能让人的心脏停止跳动。李玉刚是真正投入了，投入了的他比女人更女人，女人得更纯粹，女人得更深情——“雨儿轻轻飘， 心儿似火烧 ，那是谁的泪， 在脸上轻轻绕……”他轻轻诉，诉说在深闺无数个女儿欲言不敢言以及还没来得及言说的情爱。思念来了，怎么挡得住？思念浓得像夜，你可知晓？“嗨，你在哪儿，我看不见……”他引吭高歌，落寞问天，触不到心灵牵不到手指的爱情，多么让人绝望！“千年以后，繁华落幕，我还在风雨之中为你等候……”千年以后，繁华落幕，是真正的地久是真正的天长，一个女人的痴迷，感动得了自己感动得了世界，若她深爱的男人懂得，就还值得……可人世苍茫，哪里会有这么好的人哪里会有这么多的深情呢？爱着爱着就淡了，淡着淡着就看不见了。走到最后，不过是自己一个人的江湖大战。谁会为谁守候一辈子呢？譬如这支千回百转的曲，以及这支曲里男人女人无限深情的应和，只是一种——歌唱艺术！

尘世里，爱情是最经不住时间敲打的东西，或者说，爱情原本就是贞静安宁的，它的华丽与浪漫是炒作放大后的不真实的东西，不真实的东西就像女人涂了胭脂的脸，的确好看，可一场风吹雨打就会变成五花脸。

是真正素净的了。

于清晨于黄昏时分在小树林里散步，一个人，花儿一朵一朵看过去，我不说话。长出新叶的大树枝上有一对鸟儿啁啾跳跃，我仰起头看了很久。有时候是想说话的，可是，谁会认真听我说话？谁会在乎我说些什么？世界这么大，熟悉的人渐次陌生，陌生的人让我心怀芥蒂，我的尘世越来越窄，我识得的人越来越少，说给谁听呢？

是真正的脚踏实地了。忙一桌接一桌的饭菜，忙一家人的穿戴冷暖，忙屋子日复一日的洁净。偶尔抬头看天低头看我，天还是原来的天，那么我呢？望出茫然望出惆怅。人终归是要安静下来的，就如花开喧闹花落沉寂。一次次提醒自己，是四十岁的女人了，念叨着念叨着，就把自己给念老了。念叨着，便收敛，便承让，便不再与这个世界及身边的人去争去抢；念叨着，今天收敛一寸，明天又收敛一寸，一天一天往回收，觉得自己一下子矮小下来，矮小到手足无措，矮小到孤单脆弱。于是，某些人在我的承让里试探着抬起践踏的脚。这些，我都知道，我只是不想说话，我只是懒得较量。

好在，花木、旋律、文字，还是解我意的，我们彼此情牵，或者，是我一个人的沉迷。

欣赏，聆听，诉说，读书，我自给自足。

夜更深，愈静。我的世界安静如夜。一个人安静的时候，距离自己的心灵最近；一个人距离心灵最近的时候，尘世距离她特别遥远。

就像今夜，一杯清茶守我，一支轻曲陪我，一盆文竹看我——我与时光彼此相安。

起身，站在窗前。

月上中天，月光不管不顾地泻下来，柔软的绸缎那样起伏在远山树影间，有淡淡的月辉洒落在我身上。

月光恰恰好！我默念。

是旧时月，只是我，已经不是原来的那个月色女子了，这样一想，突然间，泪流满面。

第四辑

烟火家常

洗手作羹汤

前几天远房的姐姐来，带给我一棵刚从地里起下的大白菜，还有今秋收的黄豆。白菜与黄豆都是玉润珠圆的样子，可讨人喜欢了。

午饭时，取三四瓣白菜帮子切成菱形块，小尖椒相佐，炒到八成熟，淋上白醋，出锅前撒上绿葱花，置于边上有银色玫瑰图案的洁白的瓷盘里。白菜叶则切成丝，加几片肉，煲汤。汤好之后，搁上香菜叶。用同样图案的汤盆盛好，端上白色大理石餐桌。呵，色美味鲜，饱餐了一顿。

昨晚看《国宝档案》，一只雍正年间的粉彩过墙桃枝瓷碗，精美到让我屏住了呼吸。要是用这珍贵的瓷碗盛我做的白菜汤，该多么富有情调呀。这奢侈的念头竟逗乐了自己。

我把黄豆用清水泡在一个小盆里，一天淘两次，用洁白的毛巾捂住，放在下面装有暖气片的酒柜上，今晨去看时，豆宝宝不仅胖出两倍多，而且顶端长出了嫩白的尖尖的芽儿，唤瞳儿来看，娘俩乐得眉开眼笑。是我生得豆芽菜呢。又找出闲置的花盆，栽上蒜瓣。蒜瓣是见风就长的，没准明天，我的花盆里就嫩芽肃立了。

乡里的日子实在是清秀得很，大案板，长擀面杖，卷，推，转，把面团擀成巨大的圆，折叠，长切面刀，当当当当，一口气切下来，提起来，盘好了。门外走一趟，拔两棵葱，割一溜儿嫩韭菜，摘两个西红柿，鸡窝里摸来三个鸡蛋，清亮的井水里洗净，当当当当，案板上刀响，葱成葱花，西红柿成碎瓣，韭菜成碎叶。大黑锅里烧水，小黑锅煎鸡蛋饼。灶膛里火苗舔着锅底，油是新收的菜籽榨好的，小黑锅里菜炒得香喷喷，大黑锅里水泛着泡，细面条浮在水上。捞几缕面条，加上漂着熟油辣子的红绿相间的酸汤，再放上小菱形块的鸡蛋饼，两三小碟咸菜，呵，呼啦啦就是一碗，可舒畅呢。饭菜的味道，是妈的味道。妈在时，经常做这样的饭给我吃。

前几天读唐诗，读王建的《新嫁娘》，诗云："三日入厨下，洗手作羹汤。未谙姑食性，先遣小姑尝。"着红衣绿裤十七八岁刚盘了头的秀气小媳妇，昨夜的害羞藏都没藏住，今晨就要被检阅厨艺了。如葱的手指浸到一盆清水里。一定是喜的，因为甜美的爱情刚刚开始。一定是忐忑不安的，怕做的饭菜不合婆婆的口味，复杂的人际关系才刚开始呀。菜在案板上躺着，剥了皮，切好，做汤。汤冒着泡，心噗噗跳。眼珠一转，有招了，请小姑先尝。端上桌的饭菜，迎来一连声的夸奖，小媳妇呢，站在门角羞红了脸，乐弯了眉。过一年半载，依然是汤在锅里冒着泡，却有宝贝在院子里跌跌绊绊地撵小鸡喊妈妈了。诗里，生活的气息温情的气息活泼泼漫过来，读得人心生欢喜。

“自此长裙当垆笑，为君洗手作羹汤。”是卓文君说给司马相如的。有诗写卓文君“眉色远望如山，脸际常若芙蓉，皮肤柔滑如脂”，她善琴，贯通棋画，文采亦非凡。跟司马相如私奔后，退隐江湖，从“十指不沾阳春水”的俏佳人，甘愿换了布衣钗裙，一盆清水洗弹琴提笔的芊芊玉指，切菜拨火拉风箱，辗转于锅台前，只为心爱的男人熬一锅可口的汤。而，金童玉女，以及爱情，大多熬不住俗世烟火的熏蒸，后来司马相如移情别恋，给这段人间奇缘添了尴尬。

近些年“要抓住男人的心，先要抓住男人的胃”这句话被喊得山响，煲汤做饭成了“美人心计”，添了功利的色彩。儿子跟我说，现代人越来越没有爱情了。追问原因，他说以前的歌曲有百分之八十是歌唱爱情的，现在的歌曲有百分之七十是悲伤失恋的。也是啊，少了耐性，多了飘浮做作，这山望着那山高，这样的尘世，爱情怎么能不变得日渐忧伤呢?

窃以为，烟火日子里的暖媚，莫过于这个“洗手作羹汤”。有一个人，肯为你做羹汤。汤在锅里噗噗地响着，厨房里氤氲着一层香雾，你疲惫归来，一脚踏进家门，就被饭香味抱着了。多么好啊!

好的日子，在一饭一汤的细水长流里。这样的幸福，让人心安。

腌点辣椒过冬天

最早成熟的牵牛花种子，不知什么时候蹦到泥土中了，入秋后才发芽，很快茎秆上就擎着三片新叶子，个子长到一拃高，终于扛不住秋凉，未老先衰，渐渐驼了腰身，最后匍匐在花盆里。

夏天养开了满架牵牛花，秋天呢，就腌一坛子红辣椒吧。顺应节气折腾些小欢小喜，利人，悦己，也是不辜负时光。

腌菜的手艺是从母亲那里继承来的。

那时候，秋天一来，园子里各样菜就被母亲归置到一块儿。大白菜剥成片盛在簸箩里，放在秋阳下晒一晒；从菜园里割来的最后一茬韭菜，择干净，用湿毛巾一根一根擦过，放在秋阳下晒一晒；从地里刨出来的怪模怪样的洋姜，放在秋阳下晒一晒；红的绿的长辣椒，摘了满满一箩筐，放在秋阳下晒一晒。乡村的秋阳慈眉善目的，晒红了秋果晒干了秋粮，又晒柔了各样蔬菜供母亲腌制。

母亲把白菜帮子一层层摞在小缸里用调料水泡，把韭菜切碎，切了些碎红辣椒混入其中，拌上盐，装在小瓷罐里，用早就从河滩里捡来的青石头压瓷实，封了口腌着；把洋姜切成细条，和了白葱段红辣椒丝，如法炮制存另一个小罐罐里。腌菜用的醋是母亲酿的，花椒粒是母亲从树上一粒一粒摘下来晒干的，大蒜是母亲务了一季菜园子的收获。勤劳聪慧的母亲自给自足，总有法子让一家人饱了肚子还解了馋。

我腌菜比母亲要高大上许多。蔬菜大棚里捂出来的辣椒是万万不能用的，农药天天喷着，又没有秋阳照射，腌制准坏。酱油、醋、调料八角都是去超市选了最好的，大蒜买了蒜瓣肥硕蒜肉瓷实的那一种。红辣椒是娘家嫂子从自家菜园里摘了又晒足秋阳的，开了袋口新鲜的麻味就蹿鼻子的红色花椒粒是婆家嫂子从老家花椒树上摘下晒干送给我的。腌菜的技艺，既参照了母亲的经验，又从大厨师那里讨教了些秘传。

我把红辣椒一个一个擦干净，带蒂入坛，撒些盐与白糖，拌匀，又放入八角数朵，花椒粒一把，压瓷实候着。之后弄了一小碗蒜泥，热油淋好。又把醋和酱油按比例各自烧好。浇了热油的蒜泥升腾着蒜香味，醋的蒸汽酸酸的，钻入鼻孔，可好闻。各自搁置了一夜，相继加入被盐、糖、花椒和八角偎了一夜的红绿辣椒里。昔日的柔辣椒顿时如朴实的村姑换上了大红大绿的新嫁衣，旧貌换新颜，光鲜极了。香味跃跃欲试，惹人馋。盖好坛口，过个一月有余，就可以吃了。到时候热腾腾的大白馒头就一根腌好的红辣椒吃，想想都觉得带劲。

腌制辣椒的整个过程，一个欢喜人，一颗专注心，屋内凉凉天，窗外细细雨，时光静好。

母亲秋天的忙碌是为了一家人的饱暖，不得已而为之。我把腌菜当把玩，讨得个爽口乐呵。唯把日子拨弄出欢声笑语来的一颗心，与母亲一样简单明了。

人间草木说，小时候爱甜，后来除了甜其他都爱，再后来，会再爱上甜；小时候爱柔软，后来觉得柔软没有个性，再后来，回归柔软；小时候爱自己的角落，后来向往广远，再后来，还是爱小角落。

能心无挂碍静守着这甜这柔软这小角落，就是好日子。是好日子啊！

烟火家常

家常，贴着寻常。

这寻常里，因为多了一个家字，便有了温度，有了缠绵意。

一锅水，我加了八角、桂皮、姜块、花椒，锅里放了肉，烧开，再用文火煮。水翻着浪，白气缭绕，调料的香、肉的香，在房间里起起落落。

忙时做饭，会当作任务去完成，便程式化。闲时做饭，慢条斯理，温情暖意满心窝子都是，倒像是在登台演出一般。

做饭的时候，无端的会想起母亲来，她擀的面条，她慈爱的面庞，她的话语神态，都在眼前。

那时候，母亲是小小灶房里的王，小到择菜、洗碗，大到和面、擀面、切面、煮面、蒸馒头、炒菜，她有全套的理论和实战经验。她耐心地教我做饭，叮咛我将来一定要好饭好菜服侍夫君，叮咛我将来一定要全心全意疼爱孩儿，她说这是一个女人的福分。彼时，灶里的火苗舔着锅底，映红了母亲的脸庞，她脸上的细小茸毛都极其生动。

当时，我不以为然。那时候，我是怀揣了将来要被先生当女王一样疼爱娇宠的理想的。人年轻的时候，总是没来由的不可一世与矫情。

现在，我和母亲一个样子了，我花好多时间熬一锅肉汤。觉得八角的样子可爱，觉得葱嫩得好看，觉得碗碟、筷子、铲子、勺子都创意贴心，觉得炒出可口、好看的菜才能干，觉得能用一样的面粉做出不重样的饭来是一种能耐。现在，我戾气娇气尽敛，甘愿做开心忙碌在厨房里的这一个没出息的女人了。

那时候，父亲在院子里用藤条编箩筐。母亲软软地喊："吃饭了！"父亲便收了手里的活儿，我们兄妹摆饭桌的摆饭桌，摆板凳的摆板凳，一家人围在一起，你抢了我碗里的豆腐，我多吃了几口鸡蛋，吵吵闹闹的，很暖很热闹。小鸡小猫在脚畔仰头看，很羡慕的样子。

现在，我蒸了包子，包了饺子，烙了千层饼，熬了豆豆稀饭，做了水煮肉，也柔柔地喊："吃饭了！"大男人、小男人便亲热着巡过来，端饭摆筷，巴结吹捧我，变着法子揶揄我，夸饭菜香，也提意见。我记在心里，下一顿饭，便改进，考虑营养的搭配，也迎合各人的口味。

我越来越像母亲了。越来越像母亲的时候，我很自豪。把一个家经营得暖暖和和的，不是每个人都有这本事。

家常，贴着寻常。

家常日子，用了心，入了爱，佘了温情，便活色生香，变得不寻常。

家常日子，兑了冷漠，掺了望而不见，便寡而无味，淡如白水。

穿衣吃饭的生活里，哪儿会有那么多惊天动地？过日子，哪里会天天貌美如花时时温言软语？家常，便是平常。平常日子好似温水煮青蛙，最容易熄灭人的热情。

当下的人多浮躁，难得身体力行为家人熬一锅可口暖胃的好汤了。兜里有钞票，温饱就不是问题。街道里，饭店招牌一家赛过一家大，饭菜的花样一天赛过一天多，什么东西吃不到呀。当下的人耐心不足，愿意花心思品尝家人为自己熬制的汤的人不多了，总盐咸了醋酸了辣子重了，抱怨不停，忙碌着在微博上微信上点赞，独独忘了表扬为自己熬汤做饭的亲人。现在这个尘世的人，功利心强，欲望众多，人情寡淡。于是，恐婚成了年轻人的新常态，婚姻里狼烟滚滚成了新常态，离婚成了新常态。家，被一部分人祸害成一座座荒芜的围城了。究其原因，还是索求多付出少。幸福，从来都不会是天上掉馅饼人人有份，它只钟情勇于付出爱心与劳动的人。

我愿意和母亲一个样，土气也罢，守旧也罢。

现在，我一天有四分之一的时间都忙在厨房里，忙碌的时候常常不由自主地微笑，想着他们的馋样子，想着他们饭饱后心满意足的样子，想着他们吃了我做的饭有力气有热情去在家外的那个尘世踩下他们有力的脚印。我每天以饭菜迎他们进家门。在他们眼里心里，我愿意自己是个慈爱的女人。

我庆幸，他们也是我想要的样子，亲近我，呵护我，离不开我。

母亲若泉下有知，该是欣慰的了。

家常，贴着寻常。我想把这寻常过成不寻常。

譬如，他们争论的时政、理财，我也发表自己的见解。

譬如，饭菜吃过，我摘了围裙，斟一杯红酒，换上绵软的衣服，在台灯下听一支绵长绵长的大提琴曲，写一些柔软质地的文字。而明天，我又是那个在职场里奔走的昂扬向上的女人。

魂儿归来

对于“魂”最初的理解，来自《聊斋志异》中鬼魅的影子。好端端一个才华横溢的书生，迷上了狐狸变成的美丽姑娘，就酒醉了一般，不学知识，不思饮食，丢了魂儿，一天天骨瘦如柴，被那血盆大口的妖精吸了精血，于是魂飞魄散，一命归西。

所以，幼年乃至童年，我认为人的躯体上确实是附着着神奇的“魂”的，也一直战战兢兢地小心呵护着自己的“魂儿”，生怕一不小心丢了魂，把小命给葬送了。

想起这些，源于今天这个奇特的日子——正月初七。

正月初七，当地人俗称“人七”（即“人齐”的）。老辈人说，这一天家里所有的人都得聚齐了，免得魂儿回来无处附身。人七最隆重的事情就是晚上要喊魂。

小时候，母亲每年初七晚上都为我们兄妹喊魂。先是挨家挨户讨来各色布条，用针线串在一起，拴在一根竹棍上作招魂幡。等到夜色迷漫开来，母亲就点燃油灯，跪在灶前燃香，敬神。母亲用曲着的手指把家里的大碗一一敲过，选出响声最灵的一个大碗，左手端碗，右手捏一根红竹筷，去大门口的杏树下，一路有节奏地敲着碗边往回走，姐姐挑着招魂幡跟在母亲身后。“当当当，当当当”，碗灵灵地响，母亲便脆声喊：“琴儿，回来吧！琴儿，回来吧！”母亲喊一声，姐姐应一声：“回来了，回来了！”母亲一路喊，姐姐一路应。我坐在土炕上，侧着耳朵虔诚地倾听魂的脚步声，似乎看见我的魂儿跳跃着跟随母亲一路走来，影子一般回归于我的身体，然后就觉得浑身有无穷的力量了。

家里的每个人都要喊魂的。轮到给母亲喊魂，我们姐妹便齐上阵，大姐敲碗，哥哥挑招魂幡，我和二姐一起喊：“妈，回来吧，回来吧！”哥哥粗声粗气应：“回来了，回来了！”跨进门槛，母亲笑微微地往土炕上坐，很甜蜜的样子。给母亲把魂儿喊回来，是我们兄妹最得意的事情。

等给全家人喊完魂，母亲就用那只喊魂用的大碗盛满白面粉，用布包好，用皮筋扎紧布头，反扣在灶台上，说是要让喊回来的魂儿饱食一顿。初八早上，母亲揭开包布时，碗里的面粉果然下去不少，而且形状很奇特，活脱脱被魂儿的嘴巴啃过。这些面粉会被母亲和成面团，用擀面杖一点一点擀开，切成细长的面条，做成极好吃的“细长面”，确切地说应该叫

“拉魂面”，直至吃下拉魂面，魂儿才算彻底和人融为一体。

《新华大字典》里对魂的解释有两种：一是“迷信者指不依托人体、可独立存在的精神性的东西，如魂魄，灵魂”，二是“情绪、精神”。由此看来，母亲喊魂实在是一种迷信行为，可是，那一声声“琴儿，回来吧”的深情呼唤中，一定寄托了她对儿女一生健康、一世平安、一辈子幸福的深深渴望。

年年人七，今天是正月初七。我当然不会如母亲一般敲着碗大声喊魂，却一直在心里默念着：“魂儿，归来！”也会做一顿香喷喷的擀面条，把平安、幸福招回。

写下这些文字的时候，耳边又想起了母亲慈爱、温柔的喊魂声，心里涌出一阵又一阵温暖。

今天，琴儿在心里，默默地为亲人、为朋友，一声声呼唤“魂儿，归来”。从此，那代表智慧与力量的精气神儿，就回归于我们每个人的躯体，为我们注入无穷的力量，带领我们去迎接幸福，迎战艰难！

一盏灯一个梦

又是一年元夜时，寂静的夜，听一支《梦的心灯》的曲子，精灵般的音符引领着我，悠扬缠绵的音乐，入耳入心，让心不由得跟着颤一下，又颤一下。默默点燃梦里的那盏灯，微弱的光，慢慢地延伸，好似一个朦胧的梦。许多记忆，渐次清晰。眼，追着灯。心，一寸寸迷失。情，风生水起。

记得小时候，每年元宵节，母亲都会把谷米磨成面粉，先捏成窝头，放在笼屉上，搭在大黑锅里蒸。蒸熟的窝头就有了黏性，把窝头放在案板上揉成面团，为了避免黏手，做面灯时要往指头上不时蘸点清油。当时我刚齐案板的高度，挽了袖管，拿着剪刀呀，小木片呀，筷子呀，缠着母亲做面灯。一块块谷米面团，被巧手的母亲揉、搓、捏，变成各种形状，有剪子状盘着的蛇、憨呼呼的猪头、吐着舌头的小狗、卧着的山羊、竖起耳朵的兔子、壮实的马儿、淘气的猴子等等。关键是在每只小动物的背上捏出“小酒盅”来，那是盛油用的。父亲早就牵着我去地埂上摘回枯干了一个冬天的蒿草的枝，掐成寸长备用。我们用花椒籽和菜豆给各种小动物镶上眼睛，然后用红纸做舌头，这些小动物就“活”起来了。再在寸长的蒿草枝上缠好棉花，插在“小酒盅”里，面灯就算做好了。

等夜色笼罩开来，母亲在面灯里添上炒菜用的油，用大红的盘子端了面灯，嘱咐熄灭所有的灯火，一家人围在一起，隆重地点灯。一般来说先各点各的属相灯。我仗着最小，又爱哭，家里的人都惹不起我，所以我点的灯总是最多的。一盏盏灯亮起来，簇簇火苗映照下，每一张脸都笑意盈盈的，每双眼睛里都有企盼，那一刻，就连父亲脸上的皱褶里也尽是温情了。

点燃后的灯盏，被哥哥姐姐和我小心翼翼地分送到各个房间，置于窗台上，柜子上，锅盖上，案板上，甚至牛槽顶端也搁了一盏。那头可爱的老牛看着灯盏，眨巴着的眼睛里片刻惊奇后愈加安详。当家里的每个角落都跃动着火苗的时候，我一贫如洗的家就变成了浪漫辉煌的宫殿，而凝望着灯火的我，

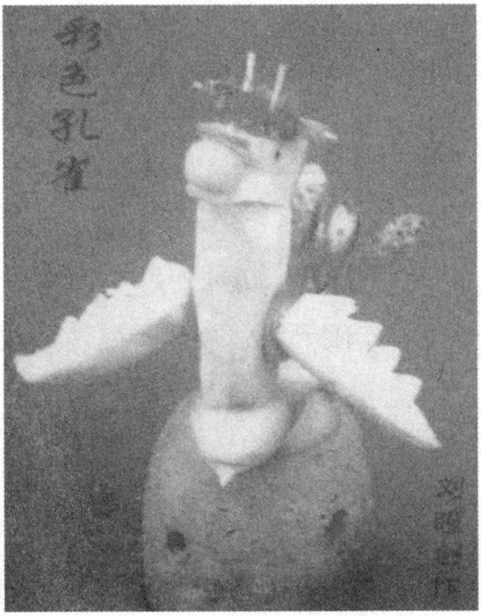

就有了一颗天使一样极轻极轻的心，就有了许多极美好极美好的梦。

当年嫁了姑娘的人家，更是热闹，因为按风俗这家要点猴灯的。一般只村里年纪最大手最巧的婆婆才会做猴灯。猴子用好几斤重的面团做成，奇巧的是猴子的头顶、背部、手臂、手心、膝盖、脚面上都有灯盏，巧手的老婆婆在一只猴子的身躯上可以做出十二盏、十六盏、十八盏灯来。元宵节的夜晚，这家的弟弟哥哥和村里的小伙子们一起，用桌子板凳搭成两三米的高台，把猴灯置于高台之上，要新姑爷来点。新姑爷即使个儿再高，点这样的猴灯也是有难度的。于是发喜糖，发喜钱，还被小舅子摁住叩头，反正贡献一点，高台的高度就矮一点。新姑爷点猴灯时常常是洋相百出，几乎全村的人都会去看热

闹，大人的笑声，年轻人的吵闹声，此起彼伏的花炮声，小孩子手里红通通的火罐灯笼、手里闪耀的弟弟金，这一切足以点燃整个村子的。

乡村的面灯，朴素纯净的就像它的名字，原始的灯盏里，点燃的是纯朴，是祥和，是温馨。

年年闹元宵，今又元夜时。这缠绵的曲子，这风中摇曳的灯啊，一如我千回百转的心绪，低回婉转，波澜微漾，明明灭灭，闪闪烁烁。忽地想起一首诗来：

去年元夜时，花市灯如昼。月上柳梢头，人约黄昏后。

今年元夜时，月与灯依旧。不见去年人，泪湿春衫袖。

伴着旋律一遍遍吟诵，几许黯然笼罩心头。

漫漫人生路上，我究竟做过多少梦，又碎了多少梦？灯火阑珊处，那双寻觅我的眼睛，今在何处？阑珊灯火里，还有谁会是我的灯我的梦？又有谁愿意读懂我的缱绻我的孤单？是否曾经熟识的一些人，一些相遇相知的情意，真的都成了过眼烟云，转瞬即逝，缥缈无踪？

夜来了，灯亮了。

乡村点面灯，街上霓虹灯，桥栏杆上挂红灯，水里放河灯，半空飘着许愿灯，天上亮着月亮灯……

一盏灯，一个梦……

一颗心，一盏灯……

念及父亲

（一）

听母亲说，我在她肚子里闹腾得正欢的时候，父亲原本在窑洞外热切切盼着的，只是我落地的啼哭声一响起他就撤退了，且几天都没进过我睡的窑洞，不得已进来，也是别过脸去，当时父亲脸拉得好长脸黑得吓人。已经俩丫头了，父亲一心想再要个儿子，儿子可以传宗接代光耀门庭，丫头片子早晚是人家的人，生了养了有什么用。

母亲说，父亲一直张罗着要把我送人，因为迟迟没有找到要接手的人家，就耽搁下来了。母亲说，月子里我就起了风，抽搐不停，口吐白沫，她央求父亲找医生给看看，父亲转身就走，是她在邻居家找来蛇蜕的皮，在青瓦上焙干，碾成细末，灌我喝下，才救活我一条命。母亲说某一天我冲着父亲笑，父亲也冲着我笑了，至此，他再也没提过要把我送人的事。

母亲说的这些话，后来成为我讨伐父亲的铁证。起先，父亲黑着脸不说话。后来，父亲会岔开话题。再后来，父亲一听我提这档子事就嘿嘿嘿笑，笑中含了讨好的味道。说一不二的大西北汉子，在我的一再声讨里终于低下了高昂的头颅。

（二）

父亲的生命是和庄稼连在一起的。

父亲教给我的第一个汉字是“田”，他拿树枝在场院里跟我比比画画，当我终于歪歪扭扭写全乎“田”字时，他用拿胡碴子扎我那样亲热而又浓重的方式来庆祝。

种庄稼父亲是把好手。种麦子时，父亲抓一把麦种撒出去，走几步又抓一把撒出去，麦粒成扇形飞出落到泥土里，他干得投入而享受。父亲撒种的麦田，长出的麦苗跟机播的一样整齐。麦田里有杂草是会被父亲视为耻辱的，懒汉二流子的麦田里草才会疯长，父亲决不允许杂草跟麦苗争肥。麦子抽穗转黄时，父亲一天几趟去麦田边守着，惬意而舒心，这时候我们平时藏在心底的小要求就都可以提出来，且大多都得到了满足。麦子黄了，要开镰了，父亲把家里所有的镰刀都磨得闪闪亮。父亲割麦也是把好手，毒太阳在头顶晃着呢，他在麦田里一蹲就是一天，镰刀闪啊闪，麦秆落了一怀又一怀，父亲抽出一束，分成两半，麦穗头对头一拧，一捆一捆麦子就站在地里了。父亲碾麦、扬场都是好手，他赶着拉碌碡的牛在麦场里整天走，没风他也能把麦粒扬出来。收麦的时候父亲很苛刻，地里的麦穗得一穗不落捡回家，场里的麦子得一粒不剩剥出来，直至麦囤装得圆圆尖尖，父亲的心才算彻底踏实了。

父亲说，当农民就要当攒劲（方言，出色的意思）农民。

父亲说，当学生就要念下书，念下书才会有个好前程。

父亲说，他盼着有一天城里的石板路上天天走着他的娃，城里的高楼里一直住着他的娃。

我终于考进了城市里的学校，父亲圆了梦，满是皱纹的黑红脸膛笑成了一朵花。

（三）

学校里好饭好菜吃着，我却病了，被老师同学送进了市里最大的医院。父亲来看我时，我睡迷糊了，也因为虚弱，一时没能认出他来。父亲喊我，我茫然不知回应。父亲吓傻了，蹲在墙角，双手捂着脸，肩膀一耸一耸的，不出声，眼泪从手缝里一串串淌出来。

那是我第一次看见父亲哭，我突然也哭了。父亲用他磨有硬茧的骨节粗大凸起的手给我擦眼泪，左一把，右一把，笨拙而深情。

医生要给我做骨穿，父亲吓得躲在门外好久都不敢进来。

一天两次肌肉针，一个月下来，我的屁股肿得像馒头，父亲不知道从哪里听来的土方子，切了薄薄的土豆片给我贴着消肿，还取笑我走路这个样以后可怎么嫁得出去。

因为我贫血严重，做检查得用担架抬着去，病房里的病友家属们都帮忙，父亲便抢着扫地、提水、给病人说宽心话，作为回报。

我终于一顿能吃下一碗刀削面片了，父亲笑得跟弥勒佛似的，乐颠颠端了饭碗去医院外我最喜欢的那家小饭店，一趟趟端回来给我吃。

终于痊愈出院了，父亲却变了个人，竟然让我退学，执意要把我带回家乡去。父亲的原话是：“天底下没念书的人一大群呢，我只要你平平安安的。”老师做了好多思想工作，他才肯把我留在学校里一个人回家。

因为家里经济拮据，当时输血急等着用钱，老师关爱同学友爱，就为我捐了款，每人五元，共九十五元。父亲感恩不已，嘱咐我把捐款同学的名字及钱数一一用笔誊写下来。我病好后一段时间里，父亲卖了家里养的小牛犊，给我买了一大包糖果，让我带到学校把钱还给捐钱的老师、同学，把糖果送给同学们吃。

父亲说，大多数学生都是农村来的，钱来得都不容易，学生娃娃们买本子买笔，有这点钱就打不住手。

父亲说，他们救过你的命，滴水之恩当涌泉相报，今后，你要帮衬他们，你也要救助别人。

（四）

嫁女儿，是每个父亲千难万难的事。

瞳爸少年亡父，单亲家庭，家贫，又和我两地工作，与父亲期望的家大人多、家境殷实、好好照顾我这些愿望相去甚远，他便不同意。父亲不同意却不说出来，只拿脸黑我，黑瞳爸。那段日子我问父亲三句话，他一句都不应，后脑勺都鼓着生气的劲儿。

瞳爸来家里，父亲都不抬眼看他，黑着脸腾腾腾就从房间里出去了。瞳爸却不知难而退，居然也冷着脸对抗父亲。父亲没招了，就拿多要彩礼来要挟，瞳爸当然拿不出钱，却并不如父亲所想拂袖而去，而是节假日照旧来家里，且一待就好几天。一来二去的，就没有人给我提亲了，父亲生气，却拿瞳爸没办法，慢慢地就没了脾气，逐渐认可了这门亲事。

母亲却去世了。

母亲去世后，父亲紧锣密鼓着要把我嫁掉，婚期定在母亲去世一百天后。

母亲过世的第一个除夕，瞳爸来家里陪我过年。那一夜，父亲翻出母亲藏着的为我结婚用的被面，翻出母亲珍藏多年的一条毛毯，拎出他前几天赶集为我买的一只皮箱。父亲盘腿在炕上坐，哆嗦嗦从兜里摸出四百元钱，二百元给我，二百元给瞳爸，还没说话先抹眼泪，对我们说："你俩一个缺爸，一个少妈，都是苦命的孩子，以后在一起了，就好好过日子吧。"说的我们泪豆豆滚。

正月初八，没有彩车来娶，没有人群来迎，没有像样儿的婚礼，亦没有索要说好的少于别人家女儿一半的彩礼钱，父亲把我的手放在瞳爸的手心，泪眼蒙眬着把我俩送上班车，简单潦草地把他心尖尖上的宝贝女儿嫁了。

至今，瞳爸每次念起父亲的仁爱大气，都感恩不已。

（五）

生下瞳儿二十天，六十六岁的父亲来看我。

是怎样的喜乐开怀呀——他坐在瞳儿身边，不眨眼地看，说是个男娃呀正合他意，说瞳宝贝的小手福哝哝的，脚丫子大，将来是个大个子。说瞳宝贝是个机灵娃儿，长大肯定走四方干大事。说瞳儿眼睛黑啾啾的像我，鼻子直棱棱的像我，耳朵锤锤厚厚的像我。瞳儿哭的时候，他就"哦——哦——哦——"拖长腔调哄，又笨又慈爱。又跟我念叨起母亲，埋怨母亲没福气，连这么俊的城里的洋气孙孙都没机会抱。

记得有一次，父亲给瞳儿十元钱买了几颗草莓，被我絮叨奢侈，他竟一反素日的温煦样，脸红脖子粗跟我吵。

后来，瞳儿跟我回去看父亲，上柴垛，挖院子，乱弄一气，他非但不禁止，还笑呵呵夸瞳儿能干。

再后来，父亲疼瞳儿胜过疼我。

每年杏子熟了的时候，父亲就拎一篮子盖着绿杏树叶子的麦黄杏来看我，一进家门就要我吃，被我的馋模样逗乐。

每年小城里有物资交流会的时候唱大戏，我会请父亲来家里住上几天，晚上我提着小方凳陪父亲去看秦腔戏。他给我讲王宝钏守寒窑，讲黑脸包拯明镜高悬，讲着讲着就串词了。

父亲老了，老得记不住事儿了。

（六）

2007年腊月，七十三岁的父亲走了。

父亲走的时候留下遗言：我们姐妹回家时不要哭。可是父亲啊，您不在了，我们头顶的天就塌了一半，怎能不哭？

我当然是听话的孩子，后来，我就一直忍着不哭。我要好好活着，活出父亲想要的丰衣足食，活出父亲想要的花好月圆。

昨天上坟回来，晚上做了一个梦，我梦见父亲又种了好大一片田，田地里，麦苗青青，菜花金黄。

雪 忆

（一）

腊八节傍晚时分，雪终于来了。却羞赧，似有若无的，数量之少态度之暧昧，让人提心吊胆。跟二十世纪六七十年代相对象有一拼——集市上，媒人引见姑娘小伙儿，小伙子一眼就相中了姑娘，直愣愣傻看，姑娘却半天半天不抬头，只一双葱根一样的手，把衣角卷了又卷。小伙子跟前撵后的，同意？不同意？希望姑娘家露个口风。那女子又玩弄起辫梢来，快步走，甚至躲进街道旁边的商店里。小伙子正懊恼间，姑娘又回眸一笑。

走路落脚重了，说话声音大了，也会把雪给吓跑吧？人们便小心翼翼起来。

诗人在临睡前写了一首关于雪的诗，孩子做了一晚上滑雪的梦，醒来跃下床急慌慌把头伸出窗外，心却凉了半截，雪照旧一丝一缕的，完全一副大牌明星出场前的掰扯模样，只是面北的院子白了几绺，面南的草丛里卧着少许。

三四天过去，远山、近树、脚下的路，终于敷了白面膜。空气骤然间湿润起来，深深吸一口入肺，再浅浅呼出，整个人就变得清爽了。

上班路上，我循着小狗梅花样的脚印走，又俯下身拍落了雪的红豆。下班时，雪落得大一些，便给二姐拨了个电话。傍晚央求先生陪我去超市买了双雪地靴。

（二）

二姐许是忙着，电话无人接听，晚上才回拨过来，千嘱咐万叮咛我走路一定小心些千万别摔跤。我的腰疾每年冬最寒时总会复发，二姐心里记着。二姐勤快、心善、疼我的样子跟母亲最像。小时候扫雪完毕我的扫帚总是她扛回家的，手冷的受不了时她的筒袖总是套在我的手上。

和二姐说了一阵话，告诉她腰一点都不疼，日子过得皆大欢喜。年龄长一些，懂得牵挂是一种折磨，便学会了报喜不报忧。让亲人心无挂碍，也是珍爱对方的一种方式吧。

雪的记忆却渐渐清晰起来。

小时候，冬天一到雪就来了。“今冬麦盖三层被，来年枕着馒头睡。”是书里学来的，一下雪我就念给母亲听，反反复复，卖弄似的。母亲会停下手里的活儿，夸读书人真会讲话，又夸我聪明，将来没准会是个文曲星呢。我便愈加骄傲，像院子里被一群母鸡前呼后拥着踱步的那只大红公鸡一样。

关于雪的描述，乡村的方言精准而诗意。

飘雪花子呢！母亲解开盘在发上的头巾，抖落几瓣雪花。

是雀头雪啊！母亲笑盈盈的，我抬头望，的确是呀，一小团一小团的雪花朵儿，像一群雀雀子在漫天飞舞。

下雪珍珍了！母亲说雪会大一些，说不定下好几天呢。颗粒状的雪，跟我们熬粥的玉米榛子一样大小，簌簌、簌簌落下来，小珍珠一样。

最精彩的语言，在民间。

（三）

雪下得大的时候，所有的农活便都停下来了。土炕煨得热腾腾的，母亲做着做着针线活，就犯困了，索性收了针线安安稳稳睡上一觉。孩子哪能闲得住呢？呼朋唤友的，去溜滑滑，去打一场雪仗、堆一个雪人、滚一垛几个人才能推得动的雪球，也会因为趁人不防把一团雪塞进人衣领里、雪球打准了对方的脸一类的碎事而打架打得不可开交。

玩渴了，团一团雪吃，真爽。那时候没雾霾，雪干净着呢。

融雪的时候，房檐、柴火上，会结出一串串模样俊俏或者怪异的刀戟一样的冰溜子，男孩子们常常掰下来当剑使，也掰下一截塞进嘴里，咯嘣咯嘣地嚼，又脆又爽口。还有，每天早晨，会发现院子里的脸盆内，残水结成一块圆冰，哥哥会从杂物里翻腾出一截废弃的铁丝，偷偷塞进母亲做饭的灶膛里烧红，在圆冰上烙出一个洞来，穿上绳子，提着走过来走过去神气。我大眼睛扑闪扑闪央求于他，便被支应着把父亲派他的活儿都干了，好不容易提到那明晃晃的冰坨子，却啪的一声摔碎了，我便又哭红了眼睛。前几年看到一篇文章写一个穷男孩在大雪天里把冰块磨成珠子，给女朋友做了一串项链戴，当时读得落下泪来。

家长当然不允许我们疯玩下去。

扫雪是家家户户孩子必须承担的责任。雪落下一些，扫一回，又落下一些，又扫一回。仅扫干净自家门口的，注定要被大人训斥打骂的，得把道儿扫的各家各户连通才行。挑水的山路、人多的公路是大家伙儿抢着扫的地界。山舞银蛇，原驰蜡象，唯有通往水井的山路，在耀眼的洁白里，像一条盘曲的黄龙。

那时候，于村子里的人而言，各人自扫门前雪不管别人瓦上霜是一件辱没颜面的事情。

（四）

花袄棉裤，筒袖棉窝窝，我全副武装，翘着辫子满院子追鸡娃，姐姐哥哥说我像在滚似的，他们就一齐笑我，母亲父亲竟也笑，我便就地一坐，哭。我一哭母亲就会揽我入怀哄啊哄的。哥哥姐姐拿眼睛剜我，或做蔑视我的怪动作，我就哭得鼻涕一把泪一把，袖口上抹得亮晶晶的。

哭是我的杀手锏，整个童年时代我都拿它来折磨人。

窝窝是棉布鞋的别称。因为鞋膀子上缝入了一层棉花，鞋子便比单鞋大些丑些，像鸟窝一样。现在想，给棉鞋起名窝窝，是把孩儿的脚丫子当雀儿了呢。穿棉窝窝，是把孩子当宝贝宠着啊。

雪大冬就寒，脚手冻肿是难免的。冻肿的时候倒没什么感觉，消肿的时候最难忍。睡到半夜，身子捂热了，手脚就痒痒，无数只小虫子在心里爬似的，左手挠右手，在席子上蹭，蹭破一层皮也解不掉那痒。母亲便给我们做棉窝窝穿，可哪里抵得住寒冷呢。

棉窝窝常常被雪水给浸湿了。临睡前母亲把我们兄妹的棉窝窝一双一双放在炕洞里烤，半夜再取出来。把脚丫子塞进烤热的棉窝窝里，是会舒服死人的呀。

记得有一次母亲因为犯困没有及时把烤干的鞋子取出来，我右脚的一只棉窝窝被烧掉半只。当时，我那个哭呀，是九曲回肠那一种——凭什么我的烧了他们的都在？凭什么当妈的就可以睡那么实忘了半夜给我取鞋子？凭什么……越想越委屈，越委屈越哭，母亲起先是狗狗牛牛哄了又哄、许愿了又许愿，却仍旧哭，哭得惊天动地，终于争取来一顿打，灰溜溜收了眼泪去院子里玩耍了。

自然，我的另一双棉窝窝又让母亲熬了好几个夜晚。

（五）

瞳儿小时候出了名的调皮。每下雪必拎了小铲子浴“雪”

奋战，戴着兔娃帽穿着花罩衣的他，圆嘟嘟的，可爱极了。堆雪人，堆雪麻雀，堆雪乌龟，书上看到的各种动物都会去试着堆一堆。

滑雪，滑不完地滑，我和瞳爸一左一右抓着他的胳膊拉他在雪地里跑。我的胳膊都酸的举不起了，他还没滑够。他也会趁我不防把雪球砸过来，把雪团团塞进我的脖颈，各种捣乱。还在雪地里放鞭炮，噼噼啪啪，炸出一片红红的碎纸屑来，像梅花开了一地。

再大些，他跃上街道的雪堆上飞鹤亮翅，或者把堆着的雪踢得天女散花一样。

现在，外面下着雪，他在书桌前玩弄一些习题，在电脑前打游戏。

不急，等他有了心仪的女孩子，雪一定又会做了俺孩儿爱情的背景。

（六）

雪在窗外白，我蜷在被窝里，听一支《绿袖子》大提琴曲，又在QQ空间溜达，看那个叫晴雪的女子发的图片——一个穿着半截绣有一朵牵牛花牛仔衣的小花盆里，一株风信子开满了花，她在旁边批注：我发誓，这朵风信子是我绣出来的哦。

这样可爱的女子是尘世里盛开不败的花朵，我兀自感慨了一番。

美好是有感染性的，我决定洗心革面做如她一样的好女人，盘算着先晨扫，再烙手撕饼，之后洗衣服洗被单。

起床，拉开窗帘，有雪花，纷纷扬扬。

我的暖，我的禅

母亲是秋天走的，秋天来时，我总想起她。想起她秀弱的背影，想起她走路软软的样儿。

夜寂静无声，月半弯。我枯坐着搜肠刮肚想她叮咛过我什么话，比如我苦口婆心叮咛我的瞳儿“要成才要大气要长成铿锵有力的男子汉”，可是母亲，究竟说过什么呢？

音响里反反复复唱一支歌：“我用所有报答爱，你却不回来，岁月……从此一刀两段，永不见风雨。风雨……风雨……”慢，惆怅，情深，似是湖水荡着涟漪，又仿若浪花冲击着礁石。曲子吟诵着爱，爱到舍不得离散，爱到以生命相许。那是电影《夜宴》的片尾曲，唱男女情爱的，与大字不识一个的母亲之间隔着无数座山无数条河，我却在听这支歌的时候念起她，心绪云涌。母子连心，母亲感知得到吗？

“琴，吃饭了！”母亲在大门口，边在围裙上擦手边喊玩疯了忘记回家的我，声音响亮而绵长。“琴，回来吧，回来吧！”每年正月初七晚上，母亲都用筷子敲着家里最灵的那只大海碗为我喊魂，从门前的大杏树到门外的涝池，之后进了门，一路不停，声音响亮而绵长。直到在灶膛前跪下，上香，烧过几绺叠好的黄纸冲灶神爷叩过头，整个人才褪了肃穆，笑盈盈地说：“我娃的魂回来了，以后就没病没灾了。”这是我能记得的母亲最糯软甜蜜的话语了。

晨，天刚亮，鸟儿在院里的树枝上叫。母亲在黑边大红漆面柜子上的小方镜前坐定，一把小木梳梳她的长发，编成发辫挽成发髻，用发卡固定，盖上一方头帕，轻手轻脚掩上门，“唰，唰”，院子里响起轻缓节奏的扫帚落地的声音——我闭着眼睛假寐，那一刻，时光静谧馨香。

秋天，太阳好。母亲拨开花椒树带刺的枝，站在小凳子上，把一嘟噜一嘟噜的红花椒摘下来，放入挂在胳膊上的篮子里。彼时，我坐在两棵大树拴着的粗绳子上荡秋千。母亲把积攒了好久的洋芋淀粉压成粉条挂在铁丝上晒，也晒葫芦条，晒核桃晒红枣，晒刚洗的万国旗一般的衣服和被单。母亲把好多好多的阳光积攒在食物、衣服、棉被里，饱她娃的肚暖她娃的身。她也在土炕上，反铺着碎花的棉布，比比画画用土坷垃画上线，大剪刀咔嚓咔嚓剪裁了，垫上棉花，翻翻绕绕，缀缀缝缝，我的花袄棉裤就成了。

过年杀了猪做了肉菜，我馋得直咽唾沫，但第一碗肉菜总是被母亲指派我们姐妹端给邻居婆婆先吃，她说婆婆儿女在外孤单一人可怜，说自己碗里有就不能看着别人碗里无，她说好人有好报，还说你敬人一尺人敬你一丈。母亲没有念过书，这些道理是从别人嘴里听来的，却对着我们唠叨了好多年。

大段大段的光阴里母亲都在忙。忙地里的庄稼，忙锅里的饭，忙家里的娃，还忙猫娃狗娃鸡娃。她不如我小资情调，我会采了野菊花插在花瓶里摆在案头赏，会听曲、品茶、读书、写文章，会在儿子回家夸自己帅时迎合着尖叫，母亲不会。她很少跟我谈她的童年、青年、婚姻、日子里的苦难，她很少能腾出时间来把我爱抚打扮，只是常常拉我坐在她的膝上，摸我的头说“女女乖”，又自顾自忙自己的活儿去。于她，娃在身边看得见就心里踏实，一家子人在一起粗茶淡饭也是好日子。她安静，柔和，她端庄，慈爱。生计再难，她都笑着过。母亲身上有温暖人心的光辉。

又是秋天了。那个秋天，母亲走了，再也不见。那一年，我二十二岁，那时的我纯洁灿烂。之后，我在尘嚣里奔走，在平淡中沉寂，岁月把我变成风尘仆仆的样子。这些，母亲都不知道。

一场秋雨一场寒，墙上爬山虎的叶子一瓣一瓣红了，栾树也高擎着红色的小灯笼，金黄的小野菊仰着圆脸盘看蓝天，毛毛草在风里晃呀晃。委屈的时候，日子薄凉的时候，遇到迈不过去的坎儿的时候，总不由自主想起母亲，母亲是我心里的暖是我意念里的禅，念着念着，心就澄澈通透，就有了迎着难走下去的勇气。

蛙在窗外唱，秋虫呢喃，突然想，爱花的母亲一定在她住的天堂栽种了盛开的大朵的牡丹。一定还在镜子前用小木梳梳她长长的发。而后，望我，抿嘴笑……夜静月明曲悠扬，停下敲击键盘的手，望着星空我笑了。

有人说，每个女子都有一件漂亮的羽衣，穿上羽衣的女子，就长上了飞翔的翅膀。我好想用微笑、思念、感恩以及她给我的跟随我半生的善良，为母亲织一件茜素红羽衣。穿上羽衣的母亲是什么样天使该就是什么样吧。

风记得每朵花的香，我记着母亲，永世不忘。

婆　婆

槐花的味道，是妈的味道。母亲节来临之际，谨以此文，缅怀我苦难、刚强的婆婆。在我心里，婆婆是一个了不起的女人。

——题记

一进入三月，乡村便风情起来。休眠了一个冬季的土地，可着劲儿生动。麦苗绿得纵情菜花黄得耀眼，桃杏花在山坳粉成一片，梨花的枝梢从青瓦土坯的农家小院探出头来，纯情可爱。偶尔，一两声懒懒的狗吠声，乡村愈加静谧美好。

先生抚摸着老家田园里那棵高大的梨树，仰望满树玲珑洁白的梨花，说，是妈栽的梨树啊！又说，每次走在新建街上，我就想这是妈扫过的路，就似乎听得见妈的扫帚在唰唰地响……我知道说什么都多余，便默默地陪着他在婆婆操劳一生的原野上轻轻地走过……

一直不敢写婆婆，我知道，只要我一动笔，那些我们刻意忘记了多年的疼痛就又会浮现在眼前，会把先生又一次推入伤心的旋涡中。然而，婆婆是需要我乃至我们的子孙记住的。只有疼痛着，我们才会更加爱惜生命、珍惜今天的生活。

婆婆小名叫麦换。旧时候的人家如果第一胎孩子养不活，再生了孩子就先抱到邻居家，拿一袋麦子给换回来。据说这样做后面的孩子才会成活下来，而这个被换回来的孩子就叫“麦换”，据说这样的孩子是一堵“拦马墙”，会把养不活孩子的苦难给挡住。婆婆从一出生就承担起了为家庭阻挡苦难的责任，后来果然有了六个弟弟一个妹妹。外公家当时属于能识文断字的大户人家，于是婆婆还添了一个大名——袁秀莲。秀莲是书香的名字，透着优雅和精致。然而名唤秀莲的婆婆，一生与秀与莲却没有多少瓜葛，应了瞳儿常常念叨的那句“真是造化弄人啊”。

我见婆婆时她五十岁，乌黑密集的头发纹丝不乱，浑身一股干练劲，年轻时肯定是玲珑俊秀的俏模样。她理所当然嫁给了门当户对当时家底殷实的公公。据先生吹嘘，他太爷在世时家里曾有八挂子马车，他小时候曾拥有一篮子麻钱。瞳儿听说后一脸对旧社会的怀念，一副垂涎三尺的贪婪样，对毛泽东打土豪分田地让他们老刘家家境每况愈下还耿耿于怀呢！

富也有富的不好。

富贵人家的臭规矩也多，那个时候的媳妇儿，有几个能被当人看呢。婆婆曾告诉我，她十七岁就嫁过去的，公公常常被奶奶叫过去住，婆婆一年有多半年是守着空房的。之后，他们家戴了富农的帽子，境况急转直下。后来他们陆续添了四个孩子。公公生性灵慧，擅绘画、会木工，画了张被风吹雨打的国画牡丹，地上散落着残枝、枯叶、陨瓣，题写“凋零的牡丹”四个字。那是一个莫须有罪名乱飞的年代，随便一句话都会与政治挂上钩，何况他家是富农，“凋零的牡丹”就是对社会主义的嘲讽，公公被批斗便是在劫难逃了，家境的窘迫与家庭的不和谐可想而知。1982年，公公去新疆谋生，得了急性脑膜炎，三十九岁就没了，一把骨头也扔在了新疆和静县。那一年，婆婆四十岁。

婆婆在世时每跟我聊起公公，都是一副恨恨的表情。也是啊，这个男人，除了留给她四个要吃喝要穿戴的顽劣孩子和一辈子的苦难，还给了她什么呢？是他把她铸造成了一个比男人还坚硬的女人，他欠她一辈子的相守，欠她多半辈子的无人遮风挡雨。

一个守寡的女人拖着四个孩子，在那个唾沫星子可以淹死人的年代，是怎么熬过来的呢？婆婆从来都没告诉过我那些苦累，她刚强惯了，习惯了把苦难扛起来熬过去。苦难让她疏离了女人的温软与柔情而变得尖锐。我们在一起的日子里，她总不闲着，白天去街道卖自己种的苹果，顺便捡回些纸盒来，晚上在灯下做鞋子，看我弹琴看儿子画画，满足而陶醉。听先生说，当时有人给妈介绍了对象，奶奶说后爸会如何如何的虐待他们，他便与哥想尽法子闹，闹到再没人敢来打扰；说他们兄妹老受别人欺负，妈像暴怒的狮子一样跟别人争；说妈辛辛苦苦供他们兄妹四人上学，姐姐上完高中却找了目不识丁的姐夫，后来姐夫在一次楼房施工中摔成了植物人，婆婆砍完了屋子周围的树卖掉，给姐夫家钱为女儿换得自由之身；说他小时候顽皮老跟人打架妈无数次涎着脸跟人道歉被人家辱骂；说妹妹小时候得了风湿病妈四处求医；说妈喂母牛卖牛犊为哥娶媳妇……还说妈是第一批栽苹果园的人，务苹果是为了供他上学给他娶媳妇。

苹果园我是见过的，还吃过婆婆务作的红苹果。务苹果是个辛苦活儿，每年秋天要在果树旁掏出宽五十公分深、一米左右的深坑施肥，果树要修剪要拉枝，开花后为保证果子长得大些要疏花，为了防治虫咬要喷农药，果子稍大一些要套袋。摘果子要轻不能磕碰。然后得一点一点的卖掉。苹果园里洒下婆婆多少汗水？天知道。

婆婆在农村为大儿子买了庄基地，又想尽办法为我们在城里买房子，一扑心要让孩子们过上好日子。结婚后，我俩觉得婆婆孤单、凄苦了半辈子，非常不易，就张罗着要给婆婆找个伴安度晚年，没想到她却哭红了眼，说老了老了反而要被儿女净身出户。我一边甜甜地喊妈，一边信誓旦旦要把伯伯接过来和我们一起住，婆婆懂得了我们的心意，总算有了五分愿意。只是她走得太急，终于没有等到那一天。

那时候先生患病，我们两地分居，工资又低，日子过得捉襟见肘。婆婆总想帮衬我们，托当城建局长的大舅找了份扫街道的工作。那条街道上满是法国梧桐，一到秋天，树叶飘个不停，金灿灿的飘落一地，婆婆身体不舒服时，先生替她扫过几次，回来喊累，我们便自作主张租了房开了名为“半间房”的小卖铺让她打理，为的是不让婆婆再吃干重活的苦。

婆婆是一盏油灯吧，老是熬着，亮着，亮着，熬着，绷紧的弦一旦松懈下来，整个人却垮了。患心脏病，住院，花了点钱就心疼，嚷嚷着出院后回老家去养。谁能想得到呢，这一回家，竟是永别。1995年1月，刚强了一辈子五十三岁的秀莲婆婆一觉睡过去了，临终没留下一句话。先生和兄长为婆婆洗了头、擦了脚、换了衣服，哭得爬不起来，说才知道妈穿的内衣都快朽了，到处打着补丁！

婆婆走后一个月，二十九岁的大哥竟也走了。婆婆走到了大哥的前头，总算躲过了丧子之痛的煎熬。剩下的苦难该我们扛起来了。

我们没有为婆婆立碑，只在坟茔前栽了一棵柏树。二十年了，哥哥留下的一对儿女已经被我们拉扯着长大成人，那棵柏树也长得足够粗壮茂盛。每逢清明、十月一、年三十我们都去上坟，每次去，我都会带好多冥币及供果，婆婆穷了一辈子苦了一辈子刚强了一辈子，我不能让她在那边继续苦着了。瞳儿没赶上见奶奶面，每次上坟，我都让他大声喊奶奶，结果这小子还喊：“奶奶，咱现在有钱了，人家吃啥你吃啥，人家穿啥你穿啥，别让孙子跌份儿。”婆婆若泉下有知，一定会笑出泪来吧。

五月了，皲裂的老槐树抽出新叶来，挂满一嘟噜一嘟噜的槐花串。小树林里有成千上万棵槐树，我走在林中，前前后后左左右右全都是甜滋滋的槐花香味。婆婆若在，这个时节，该为我们做槐花饭菜了吧。

婆婆用自己羸弱的躯体替我们扛过了所有的苦难，她还锻造了一个为我撑天的好儿子，所以，我一直幸福着。念着婆婆的苦婆婆的好，便心甘情愿疼着她的儿子她的孙子，珍惜着婆婆千辛万苦拼来的舒适生活，也努力着把坚强与爱与善良传递给她的孙儿。

秀莲婆婆，来世，你还做我的妈妈吧，只是我希望苦难与你永不相见，只想你开成一朵美丽温情的莲，一朵享受快乐与幸福的莲，一朵优雅如你的名字的莲。

三　叔

这次见到三叔，是在爷爷奶奶的坟茔前。

“十月一，送寒衣”，家乡有在阴历十月初一为过世的亲人焚烧纸钱的习俗。据说烧的纸张在另一个世界会变成布匹，亲人们用其裁剪缝衣穿，会过一个暖冬。亦有人说今世的人在清明节、十月一给离世的亲人焚化纸钱会能给自己积福，会因此得到护佑。这些自然都是人们的臆想。通过祭奠来遥寄思念与祝福，以求得解脱离愁别恨，才是祭奠的用意所在吧。

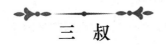

今年十月一恰逢小雪节气，也真是应景，漫天的雪花飘呀飘，落在人的发上衣上，转眼就化。我们抵达墓地时三叔刚刚烧过纸钱。他看见我们就笑了，笑得很慈祥。我买了好多冥币，还买了纸衣纸裤、纸鞋纸袜、纸被纸毯，先生、我、瞳儿姑姑和侄子祥儿，我们一起献供果，焚香，燃纸，奠酒，专注而深情。彼时，爷爷奶奶坟前一大片褐红的貌似芦苇的草很茂盛。瞳爸告诉我那种草叫“龙皮条”（也称芦子草），是三叔从山洼里移植过来的，可分蘖，会蔓延至整个坟头的。又玩笑说爷爷奶奶的坟头长了“龙皮条”，会惠及后代儿孙，将来老刘家出龙子龙孙也是极有可能的。

“坟头上种花也挺好的呀！”我建议。

“万万使不得，在老先人的坟头上种花，后代儿孙会出花花公子的。”他们七嘴八舌。

三叔听我们说，呵呵笑，说那都是迷信，不可信。又说烧纸钱也是了（liǎo）活人的心思，也不可信。

我们边化纸钱边说一年的收成、孩子的成长、家里的琐琐碎碎，若爷爷奶奶、婆婆、大哥泉下有知，一定会放心了，会不再牵念我们而安安心心过他们的幸福日子的吧。活着的人，逝去的人，各自安宁在自己的世界里，是最好的活法。三叔移栽龙皮条到爷爷奶奶的坟头，是对子孙后代表达祝福的一种淳朴而深情的方式。

公公在瞳爸少年时就去世了，嫁到老刘家做媳妇，三叔是我接触最多的长辈男性。记得那时候回老家，去三叔家多是过年的时候，三叔三妈总是让我赶紧坐热炕上去，水果呀，饭菜呀，一趟一趟送过来，我坐在土炕上吃饭，三叔坐在炕沿上看着我们笑，和善得紧。我娘家尊卑有序，戒律森严，晚辈让长辈端饭吃，是大不敬。我忐忑不安，可三叔三妈死活不让我下地，说他们家不讲这个，我知道他们是拿我当女儿疼爱呢。

婆婆刚去世一月，二十九岁的大哥也没了，灾难频频光顾，我们在伤痛里乱了手脚。丧事是三叔和二伯帮着料理的。大哥壮年陨落，村里人嫌煞气重都躲得远远的，给大哥清洗身体、换寿衣、下葬这样大家伙避之不及的事，三叔一马当先，坚决不许瞳爸近前，生怕他沾染上什么，后来瞳爸每跟我念及此事，都泪流满面。那个时段，三叔成了替我们抵挡灾难的一堵墙。大哥过世后有一段日子，三叔三妈把大嫂和孩子们接到他们家住，解除了我们的后顾之忧，为此，我们深深感恩三叔。再后来，我们也变成了和三叔一样的人，为大哥的祥儿雪儿遮风挡雨许多年。

三叔心灵手巧。前些年过年时很多单位装扮社火车，三叔被请到县城来做纸活。三叔的绝活是做琉绣。大副的彩色纸被三叔折折叠叠，小凿子小锤子一阵叮叮哐哐，凿出花型来，拆开，环着粘合，就是一个漂亮、巨大的纸绣球。琉绣的坠穗儿做得也精细，风过，像丝线做的一样飘逸。琉绣是提衔的饰物，只有社火队起头的亭子上才能配备，现在，村子里会做琉绣的只有三叔一人了。三叔手做的菊花朵朵都是盛开的模样，重瓣的、长瓣的、椭圆的、丝状的，都难不住他，色彩搭配的也好，那纸花栩栩如生，招来好多人的啧啧赞叹。拆卸社火车的时候大家争着抢琉绣抢菊花，三叔把最高处的一只琉绣抢来给了我，还抢了几支最美的菊花。三叔说演过社火的琉绣和菊花能辟邪，能给我们带来吉祥。我们平安幸福，是三叔藏在琉绣里的愿望。

三叔是个能人，做什么都一股一行，一点都不马虎。他务作的苹果园，苹果树横竖成行，树枝拉得也是规规整整，苹果树开花、结果子，都是那片塬地上一道亮丽的风景。三叔院子里的柴垛是我见过的最整齐的柴垛，也真是奇怪，本来奇形怪状的树枝，怎么就那么听他的招呼，一枝摞一枝，竟规整成四四方方的造型。三叔家的狗窝可精致了，是木板做的，还可以移动。农闲时狗窝安放在院子里，农忙时，三叔用拖拉机把狗窝拉到果园里，供黑狗夜间休息，这在老家，算是头一家呢。三叔家从院子到房屋，从农具到锅碗瓢盆，无一处不洁净，无一处不整齐。

六十多岁的三叔活成老小孩了。据说喷洒果树的农药因为管子破泄漏了，三叔因此生三妈的气不吃饭，挨到饿得受不了了却找不到饭，就更生气，便把大黑锅的锅盖扔到院子里踩扁，三妈也生气，索性用斧头砸，锅盖就有了大窟窿。我去时，三叔家刚换了新锅盖，铮明瓦亮的，惹得我偷偷乐。

三叔把一大箱子苹果装上我们的车，嘱咐吃完了再回来拿。又兜兜转转着找其他东西让我们带。记得去年春节前回老家，三叔跳下土窖，用手刨开土层为我们收拾自产的萝卜。每次想起青白鲜嫩的萝卜和三叔布满老茧的手、和蔼的笑容，心里总充满了温暖和感动。婆婆和大哥在的时候就是这个样子的，现在嫂子接了婆婆的班，辣椒呀，红薯呀，白云豆呀，新碾的米呀，车子后备箱里装得满满的。

我们返回县城时，三叔和三妈站在纷飞的雪花里朝我们挥手。我恍惚觉得，他们身后也站着婆婆，站着我未见面的公公，站着大哥。他们是瞳爸的至亲，走着走着，也成了我的亲人。

回家后，我把三叔在爷爷奶奶坟头移植龙皮条的事讲给瞳儿听，把拍三叔家柴垛和狗窝的照片给瞳儿看，把三叔带的苹果给瞳儿吃。我告诉瞳儿：飞云，是他爸爸的老家，是他的老家，也是我的老家。

老家，是一个亲切温暖的称谓。老家里，有许许多多和三叔一样朴素、勤劳、和善的人，替我们美化着家园，守护着村庄，他们有一个名字——

亲人！

二奶奶

（一）

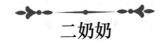

昨天，回娘家喝侄子小孩儿的满月酒。门前跟我年龄相当

的榆树下，几张迎客桌前，音响里的曲子唱得欢天喜地。

村子里各家各户都有人前来祝贺，院子里一顶又大又红的帐篷下，一排长条桌上摆放着各种小菜，旁边的大黑锅里，烧埋着一只土鸡的辣子油很汪的小饭汤。虽说是简易的酒席，却也各色菜肴齐全，又是专顾红白喜事的厨师来做，饭菜倒也别有风味。

少小离家老大回，多年不见，能从相貌上一眼认出来的多是叔伯大婶，比我年龄小很多的，就弄不清谁是谁家的孩子谁是谁家的媳妇，便总扯了哥的胳膊偷偷问，恍然大悟，也照旧稀里糊涂。

酒足饭饱，带瞳爸去我小时候嬉耍过的地方走走。

（二）

二奶奶家的碾麦场里，密密匝匝全是草，莎草呀，野苜蓿呀，蒿草呀，叫得上叫不上名的，都蓬勃。我穿裙子，一抬脚草秧子就扫着小腿肚子了，痒簌簌的，像小虫子在咬。核桃树的树枝都垂到脚跟前了，双柯叉的大核桃一伸手就可以摘到。老人说麦子上场核桃满瓤，便摘了两个握在手里，摩挲来摩挲去。

二奶奶家的地坑庄子已经塌陷得不成样子了，到处杂草丛生，大大小小的树野着性子生长。土拥得只剩下半个窑洞口露在外面，窑洞前一树红杏，在阳光的照耀下分外惹眼。

我们在二奶奶家的崖背上走走停停，二奶奶的眉眼便一点一点清晰起来。

二奶奶是生活在我身边的唯一一个小脚女人。二奶奶的脚不大不小，正好三寸，二奶奶因此干不了肩扛手提的重活，可农村是不养闲人的，鸡猪狗猫都要喂养，一家人的饭菜衣服，二奶奶指定躲不开逃不掉。她便总是很忙，摘了黄花菜稍稍蒸过，摆在高粱秸秆缝成的水缸盖子上端到麦草垛上晒；二奶奶用顶针绑在短竹棍上做成削葫芦长条的用具，夏季菜园子结了大个皮老的葫芦，她一一摘来摆在树荫下，盘腿坐在一堆葫芦前，削皮之后，左手抱着葫芦，右手执着自制的工具，葫芦转着圈，白嫩的葫芦条就漏小鱼一样变成长条盘在一起，二奶奶能一口气削完一个葫芦不断线，可神了！她把粗面条一样的葫芦条搭在铁丝上晒，把吃不完的豆角剪成丝晒，还把苹果树上掉下来的苹果削成片摆在太阳下晒。苹果片一晒就发出甜丝丝的好闻的味道来，惹得我们嗓子眼痒痒的馋。

二奶奶家的苹果是六月鲜。六月鲜六月鲜，六月就成熟了，鲜着呢，灯笼一样挂在树枝上，又红又大，惹得人流口水。我们一帮孩子便装模作样在二奶奶家的苹果树周围玩漏面面土的游戏，只待二奶奶离开，就伺机而动偷摘苹果。可二奶奶一到六月就寸步不离守着苹果园，即使离开，也会在树下拴了狗，还嫌不够，竟然在苹果园周围扎了枣刺篱笆。若她发现我们在窥视苹果，骂声就从远处顺着风钻入我们的耳朵里。偷吃六月鲜屡屡落空，为此，我们曾经私下里说“小气鬼鬼子，生个娃没腿腿子”之类的坏话，你一句我一句狠骂过二奶奶。

吹风的时候，体质弱的落死荚荚苹果就会掉下来，也有黄蜂贼，偷偷在最甜的六月鲜苹果上钻洞洞。二奶奶就会大发善心把掉落下的、有洞的苹果赏赐给我们，我们便都盼着大黄蜂在更多的六月鲜上钻出洞洞来，甚至会冒着被蜂蜇的危险，摘了草叶把周边的大黄蜂往二奶奶家的苹果园子里赶。

我因为馋二奶奶家的苹果屡次被母亲教训，母亲说二爷年年月月病在床上，二奶奶指望着卖了苹果给二爷治病呢。即便如此，每逢苹果成熟清园子，二奶奶还是会给东家西家送一篮子尝鲜，若看见我们在果园旁巡着，也大大方方送苹果给我们吃，脸上满是笑意，解释说以前骂我们是担心果子没成熟就被我们给糟践了。我们于是冰释前嫌，又你一句我一句说讨二奶奶喜欢的话。

二奶奶颠着三寸金莲端着簸箕捡拾麦粒中的土粒小石子，我们就围在她身边，你也捡我也捡，黑乎乎的小手满簸箕。二奶奶端着针线笸箩做针线活，我们就抢着给二奶奶穿线，争先恐后巴结二奶奶的原因还有一个，就是想她能痛痛快快摘掉裹脚布让我们看一眼她奇妙的脚丫子。平日里好多事我们吵一吵二奶奶就让步，唯独这件事没得商量，吵急了她就拎着笤帚疙瘩撵我们走，二奶奶恨恨地说："一双害死人的臭脚，有啥好看的。"现在才弄明白，不懂事的我们当时是戳到二奶奶心窝子里的痛了。

二奶奶不在了已经好多年，人去窑空，六月鲜苹果树也都枯死了。这一刻，一树红杏在二奶奶家废弃的窑洞前红艳艳，让人觉得光阴荏苒，人生如梦。

（三）

二奶奶家门前，有一条连通两个生产队的小路，我家在二奶奶家的西边，小路也从我家门前穿过。

小路的东西两头各有一个蓄积雨水的大涝池，大人们在那里洗衣服，我们小孩子挖了一大团泥上来，变着花样玩泥巴。水里有六条长腿的昆虫，蹦蹦跳跳的挺活跃，大家伙儿都叫它“水骡子”，男娃娃逮空就脱光衣服钻进去耍水，抓水骡子，被妈妈们追得拎着衣服光溜溜地乱跑，弄得到处鸡飞狗跳是常态。谁家若买了新的大黑锅，就搬到涝池边挖个坑滋锅，先在锅背面糊了一层泥巴，翻过来架着柴火烧烤。锅烧热后，用白萝卜蘸清油一寸寸擦过，嗤啦啦，腾起好闻的烟味来，锅内便黝黑发亮。之后在锅里烙死面饼子，炒豆子，烤熟的饼子炒熟的豆子，在场的人个个有份。据说大黑锅被这样滋养后，就大方了，蒸出来的馒头才又白又软和。那时候大人们说，小气人家蒸出来的馒头可都是又小又硬的。

我家门前的小路正中有一棵大杏树。杏树上的杏子刚从花苞苞里出来，孩子们就不安分了。上学路过飙一石头杏树，放学回家又飙一石头，揍下几颗青杏来，酸得咧眉皱眼的。男孩子盯着我家没人，出溜溜爬上树，摘了杏子不说，还捎带着扯下一枝树骨来，我又生气又心疼，没少骂过他们。

记得有个坏男孩老偷吃我家的杏子，一次次挨我的骂，便怀恨在心。偏巧他和我同班，座位又在我身后，他故意把我的辫子拴在他快用完的墨水瓶上，我一动，墨水瓶倒了，倒出一些墨水来，他就大拳头在我头顶晃悠，逼我赔他一瓶新墨水，并且威胁我要是告诉老师，他一定让我死的很难看。我怕要钱会被母亲打骂，回家就没敢说，他便每天攥着大拳头追前追后欺负我。忍无可忍，跟哥哭得梨花带雨，哥可是出了名的刺儿头，气冲冲领着我找他，给我护驾，那家伙一见我哥，立马就蔫了，把我给得意的呀。

每年的秋天，小路上一排排高大杨树的叶子渐渐枯黄了，风一吹，就大蝴蝶一样飘呀飘，落得满地都是，我和大姐二姐拿着扫帚一下一下扫，扫好一堆又一堆，装满背篼背回家，在场院里晒干，可以煨一个冬天的暖炕。

……

现在，小路已经被阻断了，我跟瞳爸在树荫下慢慢走，给他讲我童年的种种，抬头，树荫遮着残破的墙壁，光影幢幢，被草覆盖得只留一些辙印的小路上，草木安宁。我突然有些茫然，仿似活在前世来生。

第五辑 俗世暖阳

所见

每天上下班能从桥上走过，实在是幸运的。

桥叫安定桥，河是泾河。桥约两百米，不长不短。河是小河，汩汩有声。桥与河床保持着恰到好处的高度。走在桥上放牧心情，站在桥上看风景，正好。

我时常趴在桥栏杆上看小河。河水时而清澈时而浑浊，时而静水深流时而翻着波浪。有时会有野鸭子在小河里凫水，蹼掌过处，水面荡起一层层涟漪；有时会有白鹭在河面上空飞翔，脆脆的鸣叫跌落在河水里，打了个漩儿跟着水流去远方。

我喜欢站在桥栏杆旁极目四望。看太阳从东方冉冉升起，看阳光给田地、树木、楼房涂上一层层明亮。傍晚回家时，是夕阳了，敛了锋芒的阳光在河面跳动着，嫣红一片。远眺，有回山王母宫端坐城西，在距离云雾最近的地方。若是雨天，雨水把桥面清洗得格外清亮，我撑一柄伞，在桥上，在雨中，会展开一些浪漫的联想。

现在，春天盛装莅临。柔软嫩柳一字排开，顺着河岸绵延至远方。柳树侧畔，连翘赛过迎春漂亮，柳树走多远，她就跟着走多远。

河滩里，几畦油菜花开得正欢。金灿灿的油菜花，又醒目又富贵，是宽阔的河滩胸襟上戴的一朵花了。河滩因此而生动而靓丽而风情。

油菜是郊区的农民开垦了河滩的荒地种植的。每年初春地刚醒来，垦荒者就来了。有的拉着耕牛来，犁开土地，捡拾了杂草、石头瓦砾，垒砌地埂，施肥，翻地，整理平整，一块一块的田地便镶嵌在河滩里了。亦有人扛着铁锹骑着自行车来，翻出一小块地来，规划成整齐的小方块，栽一畦蒜苗，点几行豇豆，埋一方葱苗。我上班时有几个人在桥边的田里忙碌，下班时又换了另一些人在桥西的菜园里劳作。

现在，我在桥上走，河滩里，有人正赶着黄牛犁地。应该起得很早吧，已经犁开了一大块，泥土的颜色清澈人的眼睛，泥土的清新欢喜人的肺腑。

播种是农民对土地的尊重与深情，我是土生土长的农村孩子，深知一片油菜花、几行豇豆花的来之不易，我亦深深懂得土地会以嫩芽、以枝叶、以粮食丰收回报人们的辛勤劳动。农人与土地的深情厚谊，土地懂得，农人亦心中有数。

河滩里播种了农作物的土地，被河水漫过去是惯常的事。有时候是油菜倒在水波里，有时候是麦穗，有时候是背了玉米娃娃尚未成熟的玉米株。自然颗粒无收。可第二年，你会发现那块地又被整理好种上了庄稼，去年是油菜，今年是麦苗。河滩里就总不寂寞，一片金黄，一片青绿。这些开垦与播种，这样的勤劳和宽容，常常让我感动满怀，让我汲取勇气与力量，来坦然面对生活中的不顺，熬过一些挫折。

快到桥中央时，我看见一位老伯拄着拐杖依着栏杆看日出，佝偻的身躯，白白的胡须，老人拄拐杖很用力，看得出已经很老了。轻风突然就吹过来过来一张广告纸，他用拐杖压住，用拐杖慢慢团成一疙瘩，用拐杖挑起来，握在手中，蹒跚着走向一个垃圾箱，想把那团废纸扔进去，却弯不下腰去，努力了几次都没够着垃圾箱的边。但他没放弃，一次，两次，又用拐杖捣。我疾步往前赶，却被前面走着的一个时髦的姑娘抢了先。她接过老人手里的纸，扔进了垃圾箱，又扶了老人一把。我们都没有说话，相视一笑，擦肩而过。

生活中，闪闪发光的事物太多了。

突然想，人心原来也如春天啊，她是清风，我是柔柳，而你，你们，是万朵花开啊。

背街

星期天早晨，我们一家人去五六年前居住过的地方溜达，不知不觉中走进了一条背街。

清晨的阳光懒懒地洒在背街宁静、狭窄的石板路上。有些墙已经很古老了，塌陷的墙基上露出零零碎碎的颜色不一的石头。土坯房上灰色的瓦和斑驳的门框诉说着背街的沧桑和历史。墙角下、胡同边，簇簇月白色、粉红色、淡黄色的野草花正散发着悠悠的清香。

记忆在背街的石板路上忽隐忽现。

背街靠山的地方，有一所学校，多年前我曾在这所学校工作过。山上的绿色总是提前把季节转换的消息报道给我们。四月槐花盛开的时候，校园里满是槐花甜滋滋的味道。偶尔没课的时候，我们几个女老师会相约着偷偷溜出校门，爬一段坡去山顶上吹吹风。一路都能看见农人温和的笑脸，听到他们亲热的问候。回来时我们的办公桌上肯定是山花簇簇、清香缕缕了。

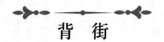

背街的巷道里，一株木槿花正开的热闹，碗口粗的树干上龟裂着斑斑纹路，有一些树皮翻卷开来，像是一只只欲飞的蝴蝶。目光越过穿插摇曳的枝条，我似乎看见两位笑盈盈的老人。

那一年，儿子刚两岁多，保姆不愿带孩子了。一时间找不到带瞳儿的人，我都快要急哭了。我得上班呢，总不能把孩子带学校去吧。走路已经很稳当的儿子特别好动，是我们院子里有名的调皮蛋，属于让人头疼的角色。经亲戚介绍，我终于找到了背街的一对年老的夫妇。他俩六十多岁了还没有小孙孙，看见我们的瞳儿可喜欢了，满口答应帮我们看孩子。

每天天刚亮，老两口就早早地赶过来，爬上六楼来接孩子。由于要赶着上班，我对穿衣、吃早餐比较磨蹭的瞳儿往往缺少耐心，每当我推搡孩子的时候，老人就会很生气，他们接过我手里的勺子、衣物，两个人团团围着瞳儿，呵护着，不让我接近。一天放学后我去接孩子，走进小院，见一张小桌子旁，坐着我淘气的宝贝，一把勺子一个小碗，桌子上早就一片狼藉。老伯和老妈围坐在孩子身边，一边喂饭一边逗着孩子乐。瞳儿吃的脸蛋上挂着面条、米粒，老人用指头拭下自己吃，那满是慈爱的笑脸让我感动不已。我走进房间时，看见床上新添了小被子小褥子，老人的床上早就让儿子绘上了地图。他们非但不介意，还饶有兴趣的讲述儿子的淘气和聪明。

一个下午，我去老人家里，远远地看见两位老人在巷道里跟在瞳儿后面跑，儿子跌跌撞撞，老人也绊绊跌跌。突然，瞳儿被水沟拐了一下，趴在地上，两位老人急赶上来，也一齐倒在地上抱着瞳儿。老伯的腿蹭破了皮，跛了好几天呢。为了证明自己没事，黑着脸不接受我们买来的碘伏和棉纱。

为老人的健康着想，我们反复考虑后还是决定领回孩子。当我们把保育费拿出来时，老伯焉焉地说：“我们是想帮帮你们，是真心喜欢孩子，你们这么瞧不起人……”我们不知道说什么才好。

当我们带着瞳儿离开时，两位老人落寞地站在巷子尽头，那失落的眼神我至今都能记得。

儿子听完他小时候的事情后嚷着要我们带他去看爷爷奶奶。我们穿过小巷，终于找到了熟悉的小院，老人住的房屋却破败空寂。我的心一下子悬到了嗓子眼，只怕老人和我们已是隔世。经询问打听，好心的邻居告诉我们，老人被儿子接到兰州去了。我们虽然觉得有点遗憾却深感欣慰。离开时，院子里旺盛的豆花让人舍不得离去。

沿街住户院子中不时有各种果树的枝条从院墙上面伸展出来，一疙瘩一疙瘩的核桃藏在叶子中，绿得发青的柿子也在枝头炫耀。斑驳的树影使我想起了另一位老人。

那时，我带的班上有一个学习特别棒的孩子——小英子。小英子的父母都属于心智不健全的人，她常常面临失学的困境。我一直尽我最大的努力帮助她，可我的支助对于她来说只是杯水车薪。一个偶然的机会，背街一位退休老干部向她伸出了援助之手。那位老人在开学前就把钱交到我的手上，由我负责开支孩子学习的所有费用。老人还先后几次到学校里看望小英子，他告诉孩子，他永远是孩子的爷爷，一直会帮助她的。可三年后，老人过世了。我带着小英子去向这位慈爱善良的老人送别，当孩子点着一卷纸长跪不起痛哭失声的时候，我看见遗像上的他微笑着，好像在告诉孩子：不要放弃，一切都会好起来的。

穿过一条小巷，我们在路上遇了一位老人。

他的自行车上驮满了牛奶瓶，佝偻的身躯，斑白的头发，满脸的沧桑。他就是儿子小时候一直给我们送牛奶的老爷爷。记得那时，冬天，他一身寒气，六点多就到家了。我们常招呼他缓一口气、喝一杯水，他总是叮嘱我们一定把奶烧好给孩子喝，看着孩子乐呵呵的笑。没想到今天碰到了他。他摸着孩子的头说："都长这么高了，长成大小伙子了。"还热心地问我们生活、工作的情况。知道我们的小日子过得温馨安宁，老人脸上露出了满意开心的笑容。

看着他蹒跚而去的身影，我的心里满满的全是感激。

走在背街的石板路上，爱人给儿子耐心地讲述着背街的故事。他告诉儿子，一个人的成长，浸透着许多人的爱和艰辛，有颗感恩的心，人生才会遇到更多美好的事情。

我默不作声，回想着背街的故事，在背街老人的善良里，深深地感动着。

背街渐渐远去，也许再来背街的时候，这里又是另一番景致。可背街的故事如冬日的暖阳一般，使我的心柔软而温暖。远去的永远是岁月，而背街，却一直是美丽的记忆。

狗娃鼓

（一）

今年春节期间，我在乡村见证了一场鼓的律动。

在两三里地之外，顺着风势，远远的就听见了鼓声。走近村口，才看见两面巨大的牛皮鼓里三圈外三圈围了许多乡亲。

隆隆，隆隆隆，鼓声像旋风，像雷声，像点燃的鞭炮，像从天而降的瓢泼大雨，亢奋、激越、壮阔、豪放，鼓愈捶愈烈，佐以钹儿，佐以锣儿，在每个观众的心里像掀起了一场风暴。那些个一直都木讷着的红脸膛的庄稼汉子，一旦鼓槌握在手里，便注入了精气神似的，力量、眼神、体态都成了时时变换的曲线，整个人神采飞扬，用力呀用力，好像此生只为了擂这一面鼓而来，是挣脱了、冲破了、撞开了的那么一股子劲。

年的热乎劲儿，是鼓槌捶出来的吧。

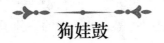

乡村，灯笼红红，彩旗猎猎。老大爷拄着拐杖听鼓，老大娘牵着孙子挤进包围圈看打鼓，年轻的父母脖子上驾着孩子围着鼓，被城市的新潮浸染得洋气的小伙子姑娘们圈着鼓。隆隆隆，隆隆隆，人们僵化了一个冬天的心突然就被鼓声捶得节律而有力。

（二）

不由得就想起狗娃来。

小时候的狗娃和所有乡村男孩一个样，剃光头发的脑袋，衣服要么大的没过了膝盖，要么短的一伸手肚脐眼都露在外面，人却很机灵。沟里洼里，他一天能跑上几个来回。土崖上黑咕隆咚的地道敢钻出钻进，多高树上的鸟窝，只要他动了心思，准被掏了鸟蛋捉了鸟爸鸟妈。捣蛋的事他经常干，东家西家大门写上小伙伴父母的名字，小路上挖个坑窝并覆着茅草用来绊倒路人，院子里没成熟就被劈了的西瓜，都有狗娃一份。他也仗义，敢跟倚强凌弱的伙伴干架，被打翻又爬起来，再打翻还爬起来冲上去。

在六七岁，厄运却一下子降临到了他的头上。狗娃的母亲做了一个红肚兜，狗娃兄妹争抢着戴，姐姐把红肚兜抢到手时，便使劲地在空中舞动着，以避开兄弟姊妹们的纠缠。狗娃哪能轻易地让姐姐抢走红肚兜呢，于是便抱紧姐姐不放，姐姐挥舞着红肚兜边抽打狗娃边推搡着，就在这时，肚兜围脖处一对布带子盘的纽扣恰巧击中了狗娃的两只眼睛。从此，狗娃的世界变成了漆黑一片。

村里的人心疼了好久，渐渐就适应了狗娃眼睛瞎了的样子。

平日的玩伴，一串儿追着狗娃走，逗着狗娃玩。

“瞎狗娃，瞎狗娃！”起哄的，戏谑的，你一声我一声，喊不停。

狗娃心里难受、委屈，摸索着用家里的麻索搓成长长的麻绳，拴在一根结实的木棍上，做成了一个威猛无比的鞭子。

“——瞎狗娃！——瞎狗娃！”小伙伴们猫在路边的土坎边，一声接一声喊。

狗娃的鞭子就循着喊声乱抽一气，并大声地叫骂着。孩子们风一样散了，藏了，待狗娃停下来，又猫过去喊。狗娃的鞭子就又挥舞起来，伙伴们又一哄而散。

鞭子整日在村庄里呼呼作响，像在发泄苦难，控诉压抑，驱赶羞辱。狗娃的脾气也越来越暴躁了。

狗娃日渐一日地变成了孩子们戏谑和逗乐的对象，上学的时候用土疙瘩袭击逗嬉狗娃，下学经过时又喊着“瞎狗娃、瞎狗娃”与他做迷藏。狗娃也便终日抱着鞭子守在他们上学下学的路上，成了活路障。

可谁能想到失明的狗娃却是个打鼓的天才。

狗娃对鼓声似乎有着天生的敏感。腊月里，他循着鼓声来到了人群外围，天天坐在大鼓旁边听。鼓手换了一拨又一拨，谁也没有想起让狗娃擂上一槌。

有一天，大人孩子终于打累了，鼓声停歇的间隙，狗娃才有机会摸到鼓槌。也真是奇怪，鼓槌一到狗娃手里，竟神灵附体了一般，隆隆隆、隆隆隆、隆隆隆隆、隆隆隆……似野马，由远而近；像惊雷，刹那炸裂；如山峦，连绵起伏；是春汛，款款而来……狗娃打鼓不是鼓槌在鼓面上砸，而是在鼓面上滚动。“十二蜕皮”的鼓点，裹着风雪，伴着阳光，飘飘洒洒，亮亮堂堂，一会儿铺天盖地、一会儿疏朗激越，或密不透风，或宽可走马。所有的传统鼓点被狗娃一擂，或继承，或创新，或发泄，或任性，都有了不一样的魅力和感染。

狗娃打得兴起，隆隆隆，隆隆隆，鼓声震天，整个村庄就像荡在春风里一样。村子里的人们惊呆了，围着狗娃，看着狗娃，惊奇着狗娃，夸赞着狗娃。正月里走亲串户的人多，不几天，狗娃便就有了名气。

村子里高望重的老刘伯说，狗娃，鼓神嘛！

同龄人喜欢狗娃了，——狗娃哥，狗娃哥！亲切地喊着。

小屁孩们崇拜狗娃了，——狗娃爸，狗娃爸！恭敬地叫着！

小不点儿们不讨厌狗娃了，——狗娃爷，狗娃爷！奶声奶气地叫着。

打鼓的狗娃，从未有过的神气，人们也忘记了他还是个瞎子。

村里唯一的大鼓很快就被抬到了狗娃家门前，乡亲们你给狗娃带两个馍，他给狗娃端一大碗自已酿的黄酒，狗娃把馍泡在酒里吃，吃完，用手背一抹嘴，鼓声就又起来了。

狗娃笑着打，跳着打，绕着鼓转圈打。乡亲们啧啧感叹，便有人为狗娃擦汗，有人为狗娃捧茶。喝一杯热茶，狗娃的鼓声能响一整天。

狗娃家门前自然就成了社火点，化妆呀，敬神呀，社火队出发呀，都在狗娃的鼓旁边。喜欢热闹的一堆人，凤冠霞帔打扮了狗娃，一辆架子车拉着牛皮鼓和狗娃，各家各户转，大街道里转，狗娃看不见自己的怪异模样，可大家笑他就喜欢，站在架子车上，一双鼓槌舞得出神入化，黑脸膛被汗水冲出一道印来，实在讨喜得紧。

看狗娃鼓去。看狗娃鼓去！人们吆喝着，涌动着。

狗娃便不知不觉地成为村子社火队里的重要角色。上街道，狗娃坐在最前面的那辆车上；去县城，狗娃站在最高的架上。他像个将军，指挥着他的队伍，奏响着他的凯歌。鼓声震天地响着，狗娃也兴奋着、威风着。

每年春节，便成了狗娃快乐、幸福的时光。

可年总是要过完的。当鼓声停下来的时候，狗娃就又矮成了猫在村子角落里的一根蒿草。

平日里瞎了眼睛的狗娃，生活无人照顾，往往是饥一顿、饱一顿，风一年、雪一年。

有一次，狗娃去洼边捡柴火，一根拐杖原也认得路的，可村里前些日子坑复旧庄基，那条狗娃走熟的路被斩断了，大家伙又忘记了告诉狗娃，狗娃便从壕沟里翻了下去。

年关将近时，在床上躺了一个多月的狗娃殁了。没有狗娃的春节，鼓声稀疏、单调、乏味，村子里显得异常冷清。

……

（三）

“会打狗娃鼓吗？”我问村子里的一位年轻的鼓手。

“狗娃鼓？噢，老人们讲过，可我们没见过，更别说会打了。那是神的鼓点，绝版啰！”

乡村里，鼓声还在继续，人们的欢乐也在继续，春节仍在继续。

回望田野，麦苗已经开始返青，春的气息已经很浓了。

我走在整齐漂亮的乡村里，穿行在青砖青瓦的小康屋之间，却觉得有另一种气息已经与我们渐行渐远。

我像是丢失了什么东西一般，有些怅然。

养文字，养猪娃

我养文字。哥养猪娃。

我养的文字里，和风送暖，花香阵阵，雪舞缱绻，月影徘徊；我在文字里穿红着绿对镜贴花黄；我水步出场，一袭红袖轻舒慢拢，柔婉歌唱。

哥的菜园里绿树环绕，辣椒红，茄子紫，葫芦酣睡，梨树上鸭梨倒挂，核桃树上核桃密密匝匝，大黑狗在树下自由自在转着圈，猫妈妈与小猫咪你追我逐，享天伦放逐欢畅。

哥在菜园边筑墙，磨破了手累驮了背，建了一排亮堂堂的安装了防盗门换气扇的猪舍。哥砸锅卖铁、债台高筑、求人求到脸红脖子粗终于让猪舍住上了活泼泼的小猪娃。哥对茄子辣椒鸭梨核桃熟视无睹，一心一意养孩子一般养着他的小猪娃。

天有不测风云，哥提前注射疫苗，每天猪舍消毒，使尽了力气猪娃却病了，一病就是几只、十几只、二十只。我去时，哥在菜园里挖了深坑掩埋着他的小猪娃，见到我就用手背抹眼泪，抹掉一把又添一把，他说尽心尽力养猪娃指望着打个翻身仗，没想到猪娃子说死就死了，债台高筑，这日子还怎么过……

我去猪舍查看，猪娃们白得亮赞赞，因为怕见生人而惶恐乱窜。

恍惚间回到了童年，那时候哥顽劣，他掏鸟蛋给野鸽子下套，他做弹弓自制链子枪，一天到晚玩打仗，长大一些就不服人管一直高高在上。那时候我捡猪草喂猪娃，猪娃见到我很亲，冲着我哼哼着讨吃要喝，我养肥了它换学费学堂里把书念。之后，我金榜题名摇身一变成了国家干部，讲台之上我口若悬河宣讲美好生活，下了讲台我风花雪月养着文字，与承载着父辈希望的土地疏离到几近无丝无染。哥在岁月的磨炼里日渐平和，养庄稼养猫狗鸡娃，他栽过果树，下过煤窑，现在又养了一群猪娃，日子却一直过得紧紧巴巴。我一直尽力贴补着哥的生活，而，我的全力以赴，于他，不过杯水车薪。

干瘦凄苦的哥，让我突然想起了《故乡》里的闰土——顽劣可爱、护瓜刺猹的少年闰土，成年后戴着破毡帽，提着长烟管，手像松树皮一样，分外木讷。生活是魔鬼吗？谁不是亮鲜鲜来到这人世间呢？岁月却如割手断臂，一点点掳掠走了人的朝气与梦想。生活在社会最底层的农民，缺少文化与技术指导的农民，人微言轻，尽管有了好政策，还是只能卑微地熬着。他们的确看到了曙光，但奔向曙光的路却坎坷而漫长。

我回去时请了兽医带了医药，同行的李主任谦和直爽，没有一点架子，话语里尽是对农民的关注与同情。他给死去的猪娃做了解剖，找出了病因制定了治疗方案。只愿活着的小猪娃被治疗后能活下来。只愿哥养猪娃致富的梦能一直延续下去。

回到城里，广场上有起舞的大姐，有玩乐的孩童，有熙来攘往散步纳凉的人群，这里处处是哥菜园里的茄子、辣椒、梨子、核桃的祥和与安宁。明白有这么多人把生活养得有滋有味，心里的纠结松散了许多。

但是我知道，如哥一样的农民还很多很多，什么时候他们把日子养出风平浪静、养出蒸蒸日上来，我们的国家才会真正富强。

生活，不好养！

突然醒悟，我需要把我的文字养出力量来，造福于如哥一样养猪娃的人。

娟娟小饭店

二姐自小饭店开张后就难得和我有时间聚了，每次有消息来都说进项在增加。为二姐短时间内在城市里站住了脚高兴，也暗自疑惑她何以在这么短的时间内厨艺大长。

因公务去二姐所在的城市，她的小饭店却简陋到让我惊讶。

“娟娟小饭馆”是以姐姐女儿的名字命名的，地处偏僻地段，也就五十多平方米吧，里面隔了三段，前面是用餐的地方摆着四张小饭桌，中间是厨房，靠里面的玻璃隔段处放着一张一米宽的单人床，窗外拉了道布帘，白天卷成铺盖卷床上堆放杂物，夜晚拉开睡人，是二姐的安身之处。

姐扫床铺被，要我躺下缓一会儿，说手工面、饸饹面、小菜、凉拌肉、油饼、包子都有，恨不得都拿来喂我。说她每天凌晨四时就起床蒸包子，油饼晚上得炸好，忙得像个陀螺。又念叨家乡果园里的苹果不知道结的多不多，姐夫身体不好她照顾不上着急，说小饭馆像个缰绳把人拴住了心急得很，梦里都是村里的人啊树啊牛羊啊庄稼啊……我躺在只能容我一人躺着的小床上，她坐在床边跟我说话，被城市拘着的性子暂时放开，开闸泄洪般畅快。我眉飞色舞夸她有能耐，暗地里把心疼藏了又藏。

肚子饱着，却拗不过她，说吃手工面吧。二姐炒菜，烧水，煮面，动作麻溜，又不眨眼地看着我吃，问我还行吧。在二姐眼里，我是见过世面的人，是能真正评判她厨艺的人。我却挑了好多毛病，小菜的色彩搭配、饭菜的味道、餐具的摆放、厨房的卫生，笑说还以为你学到什么绝活了呢，和家里的饭菜没有什么不同呀。二姐惊讶，说来吃饭的人都说好吃，怎么会呢？问及吃饭的都是什么人，回说早餐多是学生，正餐是附近的民工。

距离小饭店几千米处，一幢大楼黑黢黢的身子正在长个儿。二姐说得修二十层呢。唠叨起民工种种的好——他们来吃饭时，看我和娟忙不过来，有的帮我们照顾小星星（两岁的小星星是姐的外孙），跟小星星一起学撇洋腔，还时常给小星星带玩具来；有的洗干净手，到锅台前自己压饸饹面，煮面条，自己端碗盛饭，自己拿盐端醋；有一次面和得软了，煮出来只有手指一样长，他们也乐呵呵吃，说跟家里吃的面条一样软和……二姐拉东扯西，边说边笑，说自己哪里在卖饭，是在过家常日子呢，那些民工，跟自己的兄弟和侄儿没什么两样。

来吃饭的民工，贪恋的原来是这小饭店里的家常味道。朴实的二姐身上有他们妻子、妯娌、婶娘的影子，娟娟像是村里的丫头，小星星呢，就是他们自家或者邻里的小淘气啊。在家时，忙完农活，家里朴素温暖的女人端家常饭菜过来，一家人边吃饭边说话，狗在门口蹲着，鸡呀牛呀在圈里闹腾，闲适着呢。或者，忙完地里的活儿，在村里的大核桃树下蹲着歇脚，女人说男人、儿女，男人们抽着烟谈庄稼、牲口，日子散散漫漫暖暖活活，整个人是舒坦的。来城里，与沙子、水泥、石板打交道，哪里有和树木庄稼牲畜打交道来得快意？再说了，城里人说话斯文、着装整齐，又一副拒人千里之外的模样，在这样的环境中生活真是拘谨、憋屈。吃二姐小饭店的家常菜有居家过日子的安心，在这里说方言谈庄稼，大家融融乐乐如一家人，望得见乡村看得见自己，压力与疲惫就得到了缓解。走得再远，乡村才是他们的根。我突然明白了“娟娟小饭店”兴盛的原因。

等那幢楼房建成，民工撤离的时候，姐姐的小饭店也就该生意萧条了吧，他们，以及姐姐，无论为这个城市的建设付出了多少辛劳，都是城市的边缘人，都只能是城市的过客。跟姐姐说我的顾虑，她笑，说到时候她就回家去啊。是的，这群可爱的人身后，广袤的田地温暖的妻儿正在把他们翘首等待。

二姐的小店，是他们望乡的驿站吧。

叮咛姐姐再花些力气些，饭菜的质量要更好些。姐答：“都是下苦的人，姐实诚着呢，放心吧。”与姐道别，路过那幢大楼时，想起那些未曾谋面的淳朴的民工，心生喜欢，也心存敬畏。

俗世暖阳

这是俗世，阳光照着，岁月在阳光里安好着。

（一）

去超市购物。

袋子好沉，把手勒出了红印子。拨电话向小人儿求助。

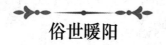

他爽快地说好。只一会儿，就见远处一个攒动的身影穿越人

流朝我跑过来，纤尘不染的清纯与阳光般的青春气息簇拥着他。

他接过我手里的袋子，说：“好娇气哦！”旋即又弄乱了我的发。

我要他闭上眼睛，变魔术一样伸出藏在身后的一只手，在他面前晃悠。一串糖葫芦，一串烤肠。

他的眼睛都在笑呢。

我日渐羸弱，他日渐强大，多么好啊。

（二）

上班路上。

一辆加重自行车的后座上驮着好些个塑料袋，一个伛偻的背影在奋力蹬车。

有东西掉下来，他浑然不觉，仍在用力蹬车。

我紧走几步捡起来，是一小袋米。喊住他，提上前还他。他系好米袋，嗫嚅着。我朝他笑，离去。

脑袋后面热热的，知道那是他感激的目光。我没回头，继续往前走，开心地笑了。

有时候，举手之劳，温暖了自己，也会温暖了另一些人，甚至，一个世界。

（三）

雨大点大点砸下来，几瓣雪斜在风里。夜漫开来了。路灯昏黄的光里，坠着雨飘着雪。我加班晚归，街道清冷而寂寞。

正掏钥匙，妻已经拉开了门，她点起脚尖为我捋发上的雨珠，嗔怪我穿得少了回得晚了，唠叨听我的脚步声已经好一阵子了，又忙碌着为我递棉拖鞋，捧上一杯热水，还张罗着给我端烫脚水。

劳累在她的絮叨里悉数散尽，感动涌动在我的胸膛。

这是我的家我朴素的女人啊。

这是俗世，俗世的阳光。

（四）

那女孩，十四五岁的样子。

她把头偎在男人的肩上，胳膊挽着男人的胳膊。时而停下来晃动着男人的手臂，似在娇嗔着要挟。

爸爸，爸爸。爸爸！她一声声叫。

男人时而摇头，时而点头。一双背影，都在笑，在笑呢。

我跟在他们身后，和他们保持着不远不近的距离，也笑了。

一串一串的路灯，也在笑呢。不信？你瞧瞧。

（五）

冬终是来了，凉意窜入衣领，呼出的气息，变成是白白的一团雾。

清晨上班，路过一家包子店。

蒸包子的笼屉刚好揭开，满笼的热气一下子腾空而起，四散开来。热气腾腾中，包子出笼，丰满圆润，好可爱哦。

突然记起小时候也是冬天，我们兄妹赖在被窝里嬉闹，妈妈揭开大黑锅的一瞬，热气腾空至窑洞顶，又顺着窑洞壁铺开。满满一窑洞的热气啊，我们成了卧在云雾里的仙子唷。那一瞬，馒头的香味直直钻入鼻孔勾饥饿的魂。妈把热腾腾的馍盛在大黑碗里端过来，我们争着抢着掰开，塞进嘴里，那叫一个香甜。

妈不在已经好久了。好久了！

买两个热包子捏在手里，慢慢走着，像是又牵到了妈的手。

（六）

是周末。

我要去加班时，儿子睡得正甜呢。在他的床边坐了一小会儿，看他猪猪一般的睡态。临走，替他压了压被角。

小时候家里棉被少，我们姐妹常合盖一床被子。被子中间总是撑起来，身子凉得很，母亲便常常给我们压被角，她轻轻地细心地压，眼睛里闪着温柔的光。

上中学，住校。有一天晚上，迷迷糊糊中，觉得有人为我压被角，睁眼，是巡夜的老师。暗夜里，那双眼睛，亦如母亲的眼睛。

给儿子压被角，想起那些事，心柔软至无骨。

（七）

瞳儿回家，笑逐颜开。说他们组的德育积分一跃成为全班第一。

攀谈。知道他们组同学课堂发言格外积极，实在找不到好事做他们就用零花钱买橡皮交公。我笑眯眯继续问询，该同学得意忘形，全招了——捡到的一串钥匙被他们拆开逐人上缴了，一个人交一串只积五分，每个人交一把总积分就是三十分。眉飞色舞说老师怎么也不会想到这一招。

年少时，总会有些小把戏的。这一个一个小把戏，分明是小粉蝶，蹁跹在岁月的原野上。

幸好有个童年，让每个人存放顽劣。幸好有个童年，让每个人把喜乐安放。

低处，风景独秀

（一）

他有一个大众的名字——师傅！至于姓什名谁，少有人在意过。

在安泰花园一号楼面街处租下店铺修自行车才是去年的事，之前，他一直摆地摊修车，一箱子家伙什儿，一顶遮阳遮雨褪了色的木把大伞，是他的全部家当。

四五十岁的他，个矮，黝黑，瘦，话不多，但人很精神。

每次路过，总见他蹲在自行车旁，要么给车轱轮充气，要么翻动车轮的胎打磨、修补，要么手里拿着扳手钳子，拆拆卸卸，很少见他有空闲的时候。

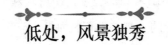

师傅干活又慢又稳，一点都不急躁。你跟他打招呼，他就停下手里的活儿，应一声，回一个朗朗的笑脸给你。正忙着手

里的活儿，有修车的人来，他就放下手里的工具，帮着仔细查看，仔细回答车主的问询，若是问题不大，当下便解决掉，人家推车走了，他还望着远去的背影，笑，笑得清澈、自在。若你恰好没带钱或者钞票面值大他换不开，就说“算了吧，下次给”，还笑，笑容里全是真诚与和善。

歌星影星的笑，大都是对着镜子练出来的。对着镜子练出来的笑，很迷人，但掺了假。他的笑，自然、真诚、温良、谦恭，是从心底里溢出来的那一种，像白云飘在蓝天上，笑里全是祥和与安宁，他的笑有安人心的力量。

有一次，我上班时才发现车子出了问题，急匆匆推车到他店铺处，却吃了闭门羹。时间紧促，索性把车子锁在门口打车上班去，中午下班去时，竟然已经修理停当了。我由衷地道谢，他说顺手的事，笑得很开心。前几日瞳儿的自行车断了链子，我的车子也生涩难骑，一并送到他的摊位上去修理。去时已经是傍晚时分，告诉他瞳儿第二天上学骑车，必须得修好了，他笑，让我们放心散步去，八点来推走，看样子还没吃下午饭。八点多我们去时，两辆车子精精神神、干干净净地站着，都被修理好了，还给我的车子换了色彩、大小相匹配的车篮，却只收了十五元。我过意不去，执意留下二十元，他翻出五元硬塞给我，叮咛瞳儿的车子空闲时再推过来，他得重新组装一次，这样孩子骑上会更轻快些。

师傅活儿做得好，人实诚，又事事为车主考虑，各色各式的自行车便总在他门前排着队。这不，从摆地摊到有了自己的修车铺，真正鸟枪换炮了唷。

每次从他摊位前过，看他安静地忙碌着，一颗染尘的心就会豁亮许多。

（二）

我有两截压柜子底的碎花布，一截素白底子兰花花，一截浅粉底子小白花。碎花布是朋友送的，又柔软又好看，几年了，总也舍不得用。前几日被一旗袍裙样式击中，花了些工夫描出裙子的草图，一门心思要用这两截碎花布做那样的旗袍裙来穿。

是奔着那些装潢精美的制衣店去的，一连跑了几家，都拒收。成衣店的师傅们自带尊贵，漠不经心瞟一眼我手中的布料，就以活多忙不过来为由把我拒之门外。恰好是周末，我便一家接一家寻遍了小城里有名气的制衣店，却没有一家愿意收我的碎花布。

有好心人告诉我市场上有揽零活的，活精细着，可以去试试。

走进贸市场，扫视一圈心就凉了。市场成了大杂烩，卖衣服鞋袜的，卖小吃的，卖农用品的，各自为阵。蹬缝纫机的大嫂常年在市场里揽活做活，貌相体态都粗糙。彼时她正在扎一条布褥子，缝纫机针嗒嗒嗒走得飞快，给人“粗针大麻线”的粗陋感觉。却热情，停下手里的活儿，摩挲我的布料，说这样的好布这些年少见了，有读书人遇到一本好书般的惊喜。看了我画的旗袍裙式样，连声说做得出做得出，一副成竹在胸的样子。

下决心把布料给了她，却闷闷不乐，担心我钟爱的碎花布会毁在她手里。

磨蹭了好些日子才去取，是忐忑不安的，在看见布裙的那一刻却眉开眼笑。裙子式样好，做工也精细，一点都不比成衣店做的衣服差，只是宽大了些。我连夸大嫂好手艺，她便腼腆地笑，又说："棉布缩水呢，担心你洗一水会窄小，所以缝宽大了些。"

试穿的时候有一点点失望，裙子宽，腰身便显不出来，有大腹便便的感觉。想起大嫂说棉布缩水，就在水里浸泡，晾干。居然真缩了一寸多，再穿，旗袍裙很贴身了。

棉布对皮肤的脾气，柔软贴身，又是朋友送的，有温情暖意在里面，现在添了质朴大嫂的手泽，每次穿，都有不一样的开心。

（三）

今夏流行的那种类似水晶的鞋子又漂亮又凉快，恰好遇到，乐滋滋买了一双。

却鞋底子薄，按照以往的经验，这样薄的鞋底子穿着必定脚受罪，便想去鞋摊上多粘一层鞋底。

家福乐超市不远处，修鞋的小师傅眼熟，却想不起来在哪里见过。他看过我的鞋，告诉我得十元。我习惯性讨价还价——八元！他看一眼我，慢吞吞说："别人都十五元呢，就给你收十元啊！”听他的话，我猛地打了个激灵，猜度他要么是我曾经的学生，要么是学生家属，暗自红了脸。

小伙子因小儿麻痹症而残疾，走路得拄拐。

我告诉他得去买些零碎东西，之后来拿鞋子，他点头。小伙子长得帅气，看样子不到三十岁，许是因为经历过磨难，有超乎寻常的安静。

我买完东西回去时，他已经粘好了鞋底，正在修理。我坐在摊位前的小凳子上等待，他用刀子慢慢削去鞋底多余的部分。修鞋子的他，认真，安静，鞋子在他手里成了工艺品，修一会儿，瞄一下，又修，像是爱读书的人沉到书里去了，像是鱼儿游入深水里去了那样投入。

鞋子递到我手中，竟然一点都看不出有修理过的痕迹。我递过去十元纸钞，真诚的道谢，准备转身离开。他从装零碎纸币的小箱子里翻出两元钱给我。我连连摆手，他执意要给，推辞不过，只好收下。

走出一段路，回头，他在忙手里的活儿，不远处车来人往，他的安静却不受干扰。

骄阳似火，唯他这一处，满是清凉。

（四）

低处，有对生命的尊重，有对生活的热爱。

低处，那些平凡如大海里一滴水的人，尊贵地活着。

低处，风景独秀。

那些清宁温和

（一）

遇见他俩，是六月。

安定街上的国槐很有些年头了，根深叶茂，空中的树枝几乎对接到一起，炎热时节在树下或驻足或行走，人啊，车啊，都凉爽惬意。槐树上结满槐米，新绿衬苍绿，分外好看。槐米是国槐的花朵，浅浅绿色，米粒样碎小，一簇簇藏在槐叶丛中，淡淡散香。

那一天阳光饱满明亮，穿越槐叶摩挲过槐米溅到地面上，随叶缝造型，洒在地面、人的身上，像湘绣，朵是朵，叶是叶，又浑然一体。

轮椅上的她，头发挽成一个圆髻，用发卡扣着，整齐滑亮。她脸色红润，白胖的手不时挥舞两下。她冲行人笑，笑得无遮无拦，纯真如初。

轮椅前有一张特制“饭桌”，上面摆着一小碗米饭。他喂她，一小勺一小勺，喂几口饭又递给她水喝。不知怎么她就生气了，一把推翻碗，米饭撒了一地。他左手拉着她的手，右手一下一下拍她，“叫你不听话，叫你不听话，以后还敢撒饭不？”她冲他嘿嘿笑，使劲往回抽手，像个淘气的孩子。看得出故意出错的事她常常干。

他是她已中年的儿子，她是他瘫了傻了的妈。他推着她晒太阳遛街道已经十多年。

熟悉他的人说，他天天给母亲洗脸梳头做饭喂饭，饭食总离不了鸡蛋水果蔬菜。她的被单衣服被他洗得干干净净，十多年身上没有生一个褥疮。她闹他就推她出来玩，养孩子一样惯着她。她被惯出坏毛病来了，他上班的时候她安安静静的，他在家时她就闹，故意尿裤子，故意把身边够得着的东西撒得满地。说他想尽办法巴结妻，在单位也谨小慎微，最后叹一句——为了妈不遭罪，半辈子矮着身子活人呢！

槐米一星半点地从槐树上落下来，有一朵恰好落在她手边，她捉槐米，捉到了就呵呵呵笑。他用手掸去落在母亲身上的槐米，也笑，笑得温和满足。

这是我见到的最好的——儿子对母亲的养育。

（二）

马甲最初在男人身上。

昨夜下了一夜大雨，清晨，雨雾在车窗外环绕，微凉。他要脱下马甲给身边坐着的妻，她不允。他退出的一只胳膊在她的劝说下又伸回到马甲之中。一让一劝，自然天成，是日子里朴素本真的样子。

他俩是一对喜欢摄影的夫妻，我们同坐一辆车去参加全县组织的新农村采风活动。车子里的人随意说着话，他的摄影作品在车内传递，引来啧啧赞叹。他们夫妻俩为人和善，谈起摄影，有说不完的话题。就摄影而言，夫是妻长期的指导老师。

去年冬天滑雪场里，我看见他俩长时间趴在雪地里，抓拍雪地上舞着红纱巾腾空的女孩子。说起那件事，她告诉我摄影是个苦差事，得起早，得跑好远的路，又说拍到好照片就很开心，觉得值。

人要在生命里生出一种痴，也是不易。

那天中午艳阳高照，下午我们突遇骤雨袭击。返回时车外雨点如注，她在他身旁，安安地坐着。现在，唯一的马甲穿在她身上了，护着前心贴着后心。

尘世里有一对人，名叫夫妻。素日里相互挑剔是常有的，并不见得恩爱有加，却，一旦你有难，我就挡在你身前。只要你无恙，我才心安。

夫妻是尘世里修来的亲人，那一种亲近，是你活在我的命里，而我，长进了你的血肉中。

（三）

大姐住院，我去病房时正打着点滴。大姐是二十床，二十一床是一位大娘。

我陪姐姐闲聊，外甥在床畔剥核桃瓤，一瓣又一瓣，全给我吃。小时候长在身边的孩子，就是亲。

大娘刚输完液，起来就收拾床铺，因为输液鼓针的缘故，右手肿得团都团不住，手背上还存着粘针眼的贴子。

她的床单上有血迹，很明显是输液鼓针导致的。

只见她左手伸入床单下托起血迹那一块，右手端一杯水洒了一些，放水杯，取香皂，在污迹处揉搓。我们提醒她医院里的床单不是很干净，用卫生纸垫垫就好了，手上有针眼，小心染上什么病。大娘不听劝，继续揉搓冲洗，回说没事，床单弄这样脏见不得人的。她一点一点洗净，拧干，下面垫上卫生纸吸水，这才坐下来。

老人家的满头白发梳理得纹丝不乱，穿暗紫金丝绒棉袄，黑裤子，衣服整洁，穿戴整齐。最是那一双眼睛，清澈如初。竟看不出有半点病人的颓唐。看得出勤快干练是她一生的习惯。

问她的年龄，她说："八十一岁了。"我们夸她人精干眼睛明亮，她回说身体总出这样那样的毛病，把娃儿们害苦了。不知何时进来陪在她身边整理东西的她的五十岁左右的儿子说："不能这么说，小时候我们害你更多呢，现在，你能动能说的，算不得害我们啊。"

子孝母慈，犹如阳光，照亮了整个病房。

（四）

遇见她俩，在小树林，是春天。彼时，小树林里花朵无数，丁香的香跟着人满林子跑。我在小树林的小径上漫步，沾沾花惹惹草逗逗蝴蝶，春天总是让人忘记了年龄。

橘黄色的条椅上，坐着两位大娘，一胖一瘦，一高一矮。白发丝从矮瘦大娘的帽边突围出来，亮得耀眼。胖大娘没有戴帽子，头发也犹如霜染。她俩坐在椅子上说快板呢，竹板声声响，词句亦铿锵响亮。我停下行走的脚步，聆听，大娘们却停了竹板，羞涩地抿嘴笑，再不出声。她俩衣着朴素，乡音未改。

我赞她们竹板打得好，记性好，说词好，声音响亮好听，完全可以上舞台表演。大娘还我以慈祥笑意，说已经表演过了，台下黑压压一大片人，吓得腿都发抖呢，根本没敢看台下人，只一路说过去，出了一头汗，没想到刚说完就听得底下巴掌拍得像打雷一样。说话间又低下头，声音越低，神态里满是羞涩。胖大娘补充说："我俩搭档，她右我左，那天表演，她手抖得不行，我踩了她一脚才安定下来。"瘦大娘拽胖大娘的袖子，不让她说下去。"一辈子没上过舞台，老了老了，还显摆一回。电视台都录像了！"她俩的骄傲藏都藏不住，眉目间却羞涩不减。

"你们说的那么好，我也要录。"我边说边摆弄手机。她俩瞬间严肃起来，腰板挺得笔直，竹板打得铿锵，声音高昂热烈，害羞还藏在眉间。我认真录像，一眼一眼看她俩，舍不得错开眼睛。

纯净与羞涩陪伴一个人走到老，是多么美好又不可思议的事情。

哦，差点忘了告诉你，瘦大娘六十八岁，胖大娘七十二岁。

（五）

人这一辈子，孩童时清纯明净，长大后在名利欲望里打滚，难免沾染些私利狭隘的柴草。生命往衰老处走的时候，看山是山，看水是水，佛性回归，慈祥驻足，竟又纯净可爱如稚子。

一个人活到很老，又老的慈眉善目爱意萦怀，也是极温馨浪漫的哦。

儿在江湖

（一）

那一天天蓝如洗，金黄色的小雏菊开得漫山遍野。我采了一怀，仍贪心着往山深处赶。走累了，坐在半山腰弯弯曲曲的小路边休息。

倚着小路的一户农家小院里，面东有五六间砖木结构的房屋，小腿般粗的木椽子排队撑着屋檐，素瓦木门，小院整齐干净，一丛大丽花开得红艳。院子里拉着的长条铁丝上骑着几件洗好的衣服。满院子明媚阳光。

意欲凑近了去拍那丛红艳的花儿，正嚷嚷着，木门吱呀一声，掀帘走出来一位慈眉善目的老妈妈。我们跟她打招呼，问能否进去给花儿拍照，她欣然应允。问及年龄，说六十八岁了。老妈妈好客，端来小板凳让我们坐，又泡了茶水一一捧给我们。

院子里那丛大丽花有一人多高，碗口大的花朵展翅欲飞，旁边六行嫩韭菜，贴着韭菜一溜儿摆着几盆兰草，有两盆已经在抽蕾。喜欢不尽那些旺盛的兰草，夸赞她是个细致人。老妈妈说兰草苗是小孙孙几年前从山里挖来的，当时像韭菜苗一样弱，她养满一盆，又分一盆，不知不觉就养了一排。她说兰草年年秋天开好看的花儿，可香了。

攀谈中得知，老妈妈年轻时不生育，抱养了个男孩。农村人爱憎分明，对抱养的孩子有半分不周到都会遭人谴责。于她而言，抱疙瘩是金疙瘩，自是心肝肉肉般疼着护着。那孩子果然为她带来了福气，三十五岁上，她终于开怀生了小儿子。感念大儿子带给自己福气，疼爱更胜，新衣服给他穿，好吃的他先吃，供他上学给他娶媳妇，又一扑心带小孙子，还用娘家陪嫁的银镯偷偷给小孙子打了“富贵百岁”的长命锁。后来，大儿子去新疆务工，一年后带走了媳妇和小孙子，起先还零星有电话来，再后来就换了电话号码联系不上了。老两口挂念儿子，全村人托付遍，竟打听不到儿子的半点消息。思儿心切，老妈妈就年年给孙子做棉袄绣书包以寄托，老伴盼离世前能再见儿子一面，拖着病身子苦撑苦熬多活了两年，咽气前叮咛老伴：“若娃回来，一定到坟前给我烧张纸报个信儿。”娃终究没有回来，因为日子不宽裕，小儿子又去了城市务工，至今尚无力娶妻，只留她一人守着这小院子天天月月，月月年年。

老人空巢，是这个年代里无法言说的尴尬无奈。儿女离开家乡外出谋生也不是什么稀奇事。可儿子以选择自动消失来遗弃父母，我还是第一次听说。

老妈妈说：“一个人守家，天长夜长，反过来倒过去想，二十多年来没亏着娃没伤过娃。天天盼月月等年年寻，眼睛哭坏，咋就不见娃的影呢？我都是黄土埋半截的人了，这辈子，怕是见不到我的娃了。”最后一句，说得哽哽咽咽，悲悲切切。

开解的话儿我们说了不少，越说心里越发虚，就又问些种菜种花的事岔开话题。

离开的时候，老妈妈拣开得最旺的花儿给我们一人摘了一枝，说带回家插水瓶里还能开一周。又拿来刀片，割下两行嫩韭菜执意让我们带上，她说嫩韭菜和炒鸡蛋包饺子可好吃，她一个人也吃不完，糟践了菜，觉得可惜。

那一晚，我辗转难眠。之后，逢年过节，老妈妈的身影总晃动在眼前。

不知道她闯江湖的大儿子回来看她了没?

父母心在儿女上，儿女心在石头上啊!

（二）

另一个故事是听亲戚讲的，地名人名皆有据可查。

故事的主角还是娘亲，乡村的娘亲，空巢的娘亲。我们且唤她王婶吧。

王婶算得上是个有福之人。王婶生了儿育了女，儿女个个聪颖，从小学到大学，成绩一直叫呱呱，为此王婶没少骄傲。儿女成才，对于父母而言是难得的花好月圆。王婶和所有供养儿女上学的父母一样，养得了牲口，务得了果园，种得了庄稼，冬天也不闲着还找零活干挣钱。只要儿女有出息，父母累点苦点算不了啥。

王婶的儿女的确争气，大学毕业后一个北京落户，一个上海立足。王婶素日里常跟邻居们学说大城市里的生活速度快得像高铁。她不知道高铁是啥玩意儿，只听一直坐高铁的儿女们形容过它的快——高铁嗖的一下，就从城市的这头蹿到那头了。村里人羡慕王婶要到大城市跟儿女们享清福去了，王婶就说孩子们在城市里混也不容易，工作不好干不说，房子还贵，孙儿们这个班那个班的补习费多得吓人。王婶心疼孩子们过得不易，七十多岁了还给东家包苹果、替西家掰玉米挣自己的柴米油盐酱醋钱。王婶不忍心给孩子们添乱。

村里人好长时间没看到王婶，寻过去看，家门锁得好好的，寻思她可能被孩子们接走了。王婶的儿女们有大出息，十里八村的人都知道。

村里的一块空田不知何时生了一丛草，那丛草旺相得怪异。村子里给牛割草的人在草丛旁看到了王婶素日里挎着的那只藤条大笼，笼里的镰刀长满铁锈。旁边躺着一具尸体，面目全非，肥硕的蛆虫在尸骨上蠕动。匆忙报案，警察聚了一堆，查验结果：死者确是王婶，非他杀，是血压高自己跌倒毙命的。

王婶长成一丛旺相的草得好几个月吧，这好几个月，王婶的尸骨遭烈阳暴晒，遭暴雨冲刷，遭蛆虫啃噬，咋就没个人找找她呢？

王婶有头有脸的儿女着急忙慌回老家，给王婶办了场面宏大的丧事，匍匐在地凄惨惨一声声哭：“娘亲啊，儿在江湖行走，实在身不由己啊！”他们给王婶立了墓碑，碑文文采出众，历数王婶教子有方，一生不易。他们为王婶修筑的坟墓阔大富贵，村里数第一。

埋葬完老母亲，王婶的儿女又回了他们如鱼得水的江湖。

他们的江湖在村庄之外遥远的繁华的城市里。那个江湖中，永远都不会有人知道，他们的娘亲曾经长成过村庄里最旺相的一丛草。

妈守村里

小时候，我是母亲倾尽全力疼着护着的娃。如今，母亲老了，她眼花了背驼了忘性大了，病病痛痛的……母亲啊，我是您的儿，是您身上掉下来的一块肉。有儿在，您千万莫害怕……

——题记

（一）

项目上马迫在眉睫，我们四五个人熬了个通宵，有些问题仍在争议之中，早餐就边干活边嚼些面包对付。真是火烧眉毛啊！

刘总抬腕看表，告假，说有件事得马上处理一下，建议大家休息片刻，我们愕然。

他拨电话，一遍又一遍，好长时间对方才有回应。

“妈，你起床了没？喝水了没？”

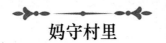

“今天准备干什么？”

“衣服下午洗吧，吃点东西到门口走走呗。”

电话持续了十多分钟，刘总收线后冲我们笑笑说：“我妈总像娃娃一样耍性子，不督促就不按时吃早餐不出去散步，得每天逼着她按时出工。”年近五十的刘总，家大业大，工作起来雷厉风行，是业界的翘楚。

晚八点，刘总又给母亲打电话了。

“妈，睡下了没？脚洗了吗？窗子留缝了没？药吃了没？”老太太慈爱的声音从电话里传过来。母子俩絮絮叨叨好一会儿，就像面对面聊天一样。

“瞧我这人高马大的，走路肚子都能撞倒人。可每次回去，我老妈总说我瘦了……”刘总说起母亲，骄傲得像个孩子。

他告诉我们给老母亲打电话是他们家的大事，一家人还排班当值，他一天，老婆一天，儿子一天。老婆儿子每天给老人打过电话后，必须得向他汇报老人家的情况，这是家规。他说母亲年龄大了，一个人在家难免松散任性，不按时吃饭、吃药、锻炼，必须得有人管着才行。孙子、儿媳的电话，比儿子的还管用。看着一家人和和乐乐的，母亲才心安，这样做，妻子和儿子也有了责任感，培养了他们的爱心。说有一次忙的三天没顾得上打电话，老母亲急坏了，竟病了好长时间，他赶回家看时，老母亲抽抽噎噎说了一句：“听到你们的电话，比我吃什么药都见效。”

粗犷坚毅的西北汉子，生意场上处变不惊的大老板，说着说着母亲，眼睛红了，泪盈盈的。说着说着母亲，又笑成孩子的模样。

（二）

刘某，石油工人，长得五大三粗胡子拉碴的，热情，风趣，典型的大西北男子汉，特别好打交道。

那次我去西安出差，他乐呵呵来看我。手里提着一捆书，说是自己写的，算作见面礼，着实惊了我一跳。书名《乡音乡情石油梦》，分诗歌篇和散文篇两部分，读过几篇，文字朴实，情感真挚，有春风扑面之清新。他的诗歌和散文，都是写母亲开篇，扉页里有他和母亲的合影，母慈子孝，惹人羡慕。

刘某说他老母亲大字不识一个，却是他最好的老师。那天我们一起边聊天边喝酒，他谈的最多的就是母亲——我们童年时能干、坚强的母亲，老年时渐渐羸弱却爱心不减的老母亲。那一天，我们就着酒想念母亲，醉了，睡了，浑然不觉。

后来每次翻开他的那本书，总让我心生涟漪。

“母亲对我乳名的深情呼唤/温暖了我一生/母亲在村头那棵老槐树下/伫立的影像/已经沉积成/我心中最温馨的记忆。”

“多少年来/在岁月的轮回中/虽然我前行的步履/时而踉跄/时而歪斜/但母亲歪斜的背影/已经雄壮成为/我生命中悲壮的旋律。”

——这是他诗歌中的母亲。

“孩子，人比人没活头，驴比骡子没驮头，咱家孩子多，日子过得不如人，你一定要好好念书，将来才能吃油饼、放鞭炮。”

“母亲总能用一些平凡朴素的话教我做人，她说‘石头大了绕着走’。此后几十年里，无论上大学，还是参加工作，总有一些疙疙瘩瘩的人和事，让人一时半会儿想不通，特别是在自己无端遭到误会、中伤、指责的时候，常常心里颇不服气，甚至萌生出跟人吵架或大干一架的冲动。每每这时，母亲的话就跳了出来，仿佛母亲的眼睛静静地盯着我的一举一动。躁动不安的心便逐渐静了下来，慢慢地，自己的心态变得平和起来、豁达起来。单位领导说我心大，同事们说我心态好。我成为单位上最善于与人相处的人、朋友最多的人、心情最愉快的人，工作上更是左右逢源，得心应手。我知道这是自己多年来修身养性的成果，而母亲的培养教育像根一样深深扎进我的心里，二者缺一不可。”

——这是他散文中的母亲。

母亲，我们同声同气的乡村的老母亲啊，您可知道，我们一直以您为老师，为荣光！

（三）

“五一”小长假结束，朋友乐滋滋告诉我，这个假期他从六峰山麓引了一股清泉水到母亲的水缸边，解决了母亲的用水问题，假期过得最有意义。

他老家中的用水原本是三五家邻居合作开挖山泉，引泉入户，足够使用。这几年，用洗衣机的人家多了起来，用水量增加，每到傍晚用水时分，就会接济不上。他便决定再寻觅一眼泉水接到母亲的水缸边。

后来在他的文章中读到这么一段：

——我扛着锄头，经过两个多小时的登攀，上到了毗邻主峰的小青坞山顶，那一带地方属于地质学上的空隙泉，泉水丰富，泉水透过石英砂岩渗流出来，形成一汪汪泉水，水体清冽无比，富含微量元素。唯一的缺点是山高林密，引水线路过长，铺设水管的费用过高，架设水管的工事繁难，一直少有农户来此取水。我中意于滴翠崖下的一汪清泉，泉水自岩壁里渗出，洒空成雨，滴沥下溜，汇流入一马蹄形池子，铮铮淙淙的泉声，与山崖之侧不绝如缕的溪流声，如琴似弦，使人深思悠然。从泉水丰富的这片滴翠崖向东行进二里许，就是历史悠久的佛寺江山寺了。一首古诗油然浮上脑海："遐想云外寺，峰峦渺相望。松门接官路，泉脉连僧房。"选定了这方宝地筑池引水。劳作数日，起早贪黑，建起了数公里长的引水管，一泓清水从高山之巅的滴翠崖蓄水池翻山越岭而来，汩汩山泉水接引到家里的水缸。

他说，人生于世，第一滴水来自于母亲的乳房，滴水之恩当涌泉相报。

他说，能够引得这一汪清泉水来陪伴母亲的起居，他的心中充满了无上的快乐与喜悦。

那一刻，我似乎看到那一股清流，从山的深处泠泠而来，携着山风裹着雨露涌入老妈妈的水缸里。

那是清泉水，那是儿子对母亲血脉情深的挚爱啊！

（四）

电话里的静姐姐，鼻音很重，声音沙哑，感冒得着实不轻。

有一次说起瞳儿喜欢吃肉臊子，静姐姐就记在了心上。周末专门回了老家，买了肘子肉，烹煮，煎炒，做了一小锅。竟然感冒了，我心里实在不安，她说也不全是这样，还打扫了老屋，可能因此着凉的。

我嗔怪她——老屋子早就没人住了，这么冷的天，扫它干啥？

静姐姐沉默良久，才说："老屋是公公婆婆生前住着的屋子，里面的陈设我一直保持多年前的样子，八仙桌，靠背椅，红木柜，让人觉得分外亲切。"又说老人家在世时待她如亲生女儿一般，虽说过世已经多年，但她每次回家都要把那间屋子清扫一番，扫着抹着，那些旧光阴里的慈爱就都回来了，仿似婆婆仍然坐在床上，温言软语疼爱她……多一份怀念，亦多了一份幸福。

年过半百的静姐姐，是这个尘世里替母亲来疼宠我的人。听着听着，我的眼泪哗的就下来了。

我轻言慢语对她说——乖，有我在，有我在呢呀！

那一刻，好想紧紧地抱她，就如同抱住母亲一样。

第六辑 杏花村里

老碾坊

现在回娘家方便得很，村道都硬化过了，又有车，过去父亲拉着架子车卖洋芋从鸡打鸣走到午饭时候的路程，差不多半小时就到了。村庄也旧貌换新颜，果园连片，新村一应的新崭崭，户户门前有花圃。若秋天回娘家，花儿朵朵红艳，架上成摞的玉米棒子赛金子，若再挂几串红辣椒，就完全是电视剧里的小康镜头了。这是我缺吃少穿的父辈们做梦都想要的村庄的样子。

只是，日子过得这样红火的时候，村头大槐树下晒太阳的大爷们前年少一个，去年少两个，今年去，只剩下一两个伛偻的身影蜷在太阳光里了。寻过去问好，却整个人都糊涂了，哆哆嗦嗦擦了又擦眼睛，贴近我的脸看了半天，问："你是秀花？是爱钗？"点点头又摇摇头，怎么也记不起琴儿了。

村庄安静极了，孩子们在学校里，青年和中年人散落在城市的角角落落。麻雀、花喜鹊们由着性子，从麦田野到果树枝上，又野到电线上，你追我逐的，倒欢乐成了我和伙伴们小时候叽叽喳叽叽喳的模样。满村庄马嘶人欢的情景，一去不复返了！

随父辈们老去的，还有村东头的碾坊。它低矮，陈旧，顶上的旧瓦缝里杂草丛生，草苗儿在风里晃呀晃，晃呀晃，落寞得紧。

关于碾坊的记忆，不请自来。

碾坊是我和小伙伴们的乐园。那时候，我们觉得劳动是让人很高兴的事情。劳动的时候，一声口哨，小伙伴们就能聚拢几十个，玩打仗，玩踢方，玩搥（duǐ）腿，都拉得开阵势，喊声震天的，热闹极了。新打的糜子谷子得碾掉皮才能用来熬稀饭、焖米饭、酿酒。深秋，地里的活儿消停下来，碾坊里就热闹起来。母亲刚露了要碾米的口风，我们就一天几趟奔碾坊排队，若恰巧这一家的大人离开磨棍，我们便争着抢着替补上去，把碌碡（普通话叫 liù zhou，我们村里人用方音叫 lù chú）推得风车一样转。碾坊里天天都欢声笑语的。

碾坊的陈设很简单，一个圆形磨台，台上搁着一个大碌碡。碌碡是个头巨大、身子超重的石头轱辘，是碾谷物碾麦秸碾压场地的用具。有的碌碡是用巨大的石头凿成的，有的是用石子灌浆做成的，对应的两端有轴孔，可用来套拨架。一个碌碡有几百斤重，碾坊里场院里随意放置着，从不带回家去，用的时候再套起来。套碌碡用的木框叫拨架，由两道横梁两道边梁两个圆木销子组成，边梁上凿有长方洞。拨架要用绳子绞紧才可以和碌碡成为一体。把磨棍子帮在拨架上，就可以推着碌碡碾米了。

因为碌碡奇重，乡亲们戏谑某人笨，就说他是“笨贼偷碌碡”。碌碡还是我们的大玩具呢，我们小伙伴们常常以在场院里推碌碡来赛力气。

碾房的磨台旁边有一个小泥台，是放置谷物用的。碾米的时候，把糜子谷子倒在磨台轴心处，推着碌碡转圈时，糜子便一层一层从轴心移开来，渐渐地平铺在碌碡下面了，碾压出皮的就一点一点褪出来，垒高，像连绵的小山峰。有的谷粒不听话，还没褪掉皮，自己从碌碡下面偷偷溜出来，被细心的女人们用小笤帚又扫到轴心处。

乡亲们守信用，谁家排在前谁家排在后，从不会乱了秩序，若碰上哪家人恰好有急事，大家伙定会把他们让到最前头。一家人与另一家人，这个村和那个村的人，都不生分，等待的人帮着前一家推磨棍。磨完米的人也不急着走，帮后面的一家添谷扫米。各家的女人们各色大手帕盖在头顶，边用簸箕簸米里的糠皮边拉家常。孩子们争夺磨棍，起了口角，哭叫的骂人的，母亲们便喝三声喊四声地制止，哄人家的娃惩罚自己的娃，平息纷争。孩子们泪痕还在，就又赛起了牛力气，两个人推着磨棍跑，不几圈就跑出一头汗来，气喘吁吁地败下阵来，大人们便换上去，一圈一圈慢慢走，还边走边扫谷粒到轴心。唠嗑的唠嗑，打闹的打闹，气氛浓烈，人人亲和，不知不觉碾出一袋子又一袋子金灿灿的新米来，新米的清香满碾房都是，可好闻。

有一首《推碌碡》的欢快曲子，真实再现了我儿时碾坊里的热闹。

也有人家用驴推磨。推磨的驴嘴馋，会偷吃新米的，便给驴带上了笼嘴（铁丝编的镂空笼子）。老绕着磨道走是一件枯燥的事，驴子受不了会发倔脾气的，便给驴子戴上眼罩。驴推磨驴推磨，走的是旧路，眼前一抹黑。我们觉得驴子可怜，会趁大人不注意偷一把谷粒留着，待活儿干完摘下驴笼嘴时偷偷喂给驴子吃，那个时候，驴子尾巴一甩一甩，眼泪汪汪的，是在感谢我们呢。

现在，碾坊旧得不成样了，父老乡亲们老去一茬又老去一茬，添一茬新又添一茬新。历史的车轮总是滚滚向前，更好的日子总是在前头。

这个清晨，记录碾坊的种种，于我而言是一种幸福的回望。在这回望里，我捡拾真情与快乐，也提醒自己莫要被物质的欲蒙了心。想吃啥吃啥，想穿啥穿啥，天天开开心心着，人信人、人敬人、人爱人，才是父辈想要我们过着的好日子吧。

碾坊简陋陈旧，终有一天会倒塌不在，但是，它是一座篆刻着善良、淳朴、诚信、友爱的丰碑，值得我们每个人立在心中。

槐花深处

泾川的洋槐树可多了，一树又一树，一片接一片，一山连一山，山山峁峁、沟沟岔岔里全是。

每年，槐花都开得隆重而虔诚，像是在答谢泾川人的知遇之恩，诉说槐花深处的故事。

（一）

前些日子下乡“双联”，槐花正在开放。西关村面东的沟壑里全是槐花，我们闻路边槐花的香味，摘槐花朵品尝，还笑闹着交流做槐花饭菜的方法。村里一位拄着拐杖晒太阳的老伯笑呵呵看我们忙活，让我们多摘点。说，缺粮的年代，槐花救过村里人的命。

“这条沟里的洋槐树都是我年轻时那会儿栽的。那时候有劲，也胆大，常常下到半山腰里、山崖边上去栽树。当年，这面山上全是植树的人，密密麻麻的一大片，几天下来，就栽满了山坡。”老人很自豪。

“几十年前，这里到处光秃秃的，一刮风，黄土把人的眼睛都能给迷了。现在，槐树这么多，到处绿，空气好，天天是蓝天。”又念叨洋槐树像农村里土生土养的娃娃，皮实，耐摔打，一棵小苗苗三五年就长成胳膊粗的椽子了，盖房子最实用。

泾川是甘肃省实现绿化第一县。泾川人栽树是舍得花工夫出力气的。

我已经调到泾川工作十多年了，每年春秋两季我都参加植树劳动，栽过洋槐，栽过桃杏树，栽过油松和柏树。经我手栽植的树苗，如果能集中在一起的话，也应该有一小片林子了吧。

每次植树，村民、学生、干部，泾川能栽树的人都在山里洼里活跃着，地头上红旗招展，整面山上撒满了人。出去植树可不是“皇帝的母亲剜苜蓿芽——散散心”，而是实实在在地干活。堤坝要垒得规范，树坑要挖得深，树苗要站成队，树要栽瓷实，抽查时若被拔出栽下的树苗，会被通报批评。栽好的树苗须浇水再浇水保活。今年栽不活，第二年再补栽。栽绿一个山头，又换另一个山头去栽。

有人在微信上发植树的图片，旁白曰：我哩泾川人背上干粮，挽起裤腿在为新植的树苗浇水，不信山绿不了！

植树，已经成为泾川的一种习惯、一种默契、一种精神。

（二）

春天，桃花开了，芍药开了，菜花也开了，红的、黄的、紫的，喧闹极了。越到春末，似乎越有些泛滥，浓烈得有点闹心。可是立夏之后，当各种浓妆艳抹的花儿次第退场，槐花便以素净、安闲的样子出现了，如乡村姑娘、邻家小妹，更像山中清泉、清晨鸟鸣，清新着、简单着。

在黑河岸边，槐花深处，有一户人家。

门口的婆婆唤我们进去喝口水歇歇脚，盛情难却，加之天热时长，也乏了，便跟着去了。

院子不大，房屋旧了些，却干净整齐。院子里的柴垛都是方方正正的。院子正中有一簇芍药开得旺相，鸡在窝里猪在圈里。屋子里井井有条，木桌旧椅，擦拭得明赞赞的，彰显着主人的干练精细。

老人家搬出好几个小板凳来，冲茶，给我们每人倒了一杯，就闲聊起来。婆婆说家里就她和老头子两个人了，两个孩子大学毕业后，大女儿在市里学校当老师，儿子在外省工作。前些年因为供孩子上学，没有积蓄，村子里的人都搬到小康屋了，只他们留了下来。

院子里，串串槐花从墙头上挂下来，洁白如玉。老人家环顾着四周说，这槐树于我家有恩哪，前些年孩子上学，全靠育了洋槐树苗子给孩子攒点学费，秋天采摘些槐树籽，卖给其他育苗的人，也有一笔收入。

老人指着对面山上的林子说，那一片还是附近的树籽繁育的，按家族论，应该是下一辈哩！孩子们要接我们去城市，还真舍不得这片林子呢。

放眼望去，沟里洼里，槐花静静地绽放着，那么的从容、安静、闲适。花香缕缕，淡淡的，甜甜的。

（三）

跟随先生回老家，去九大沟看槐花。

九大沟的槐花铺天盖地。身旁是，头顶是，远山上莽莽苍苍全是。

我笑言这样的沟一抓一大把，咋还起了个如此伟岸的名？大爷爷坐在一棵高大的洋槐树下，慢悠悠地说：“可别小瞧这条沟，这里出过一个大人物王浩勋呢。”大爷爷神情肃穆。

“听说王浩勋被八路军一路追击，挨了好多枪子，鞋窝窝里都是血，依然跑得像旋风，直到身上的血都流干了，才死。是条硬汉子啊！”大爷爷的口气里满是惋惜。

大爷爷十五六的时候，曾经给王家扛过枪，干过活儿，常常以讲述王浩勋的故事为自豪。

王浩勋是当地的传奇人物，长得雄伟气魄。他喜好武艺，一杆九节鞭舞得水泼不进针扎不进，好生霸气威武。在他的影响下，那一带村民习武者、拳棒手众多。后来，他召集了一批人马，组建了自己的武装力量，方圆几十里有点功夫的人都听他的号令。王家是当地的大户、财东，王浩勋喜欢打富济贫，喜好替人们说公断直、处理家务事，在当地很有威望。谁家的男人打了女人，谁家男人好赌，谁家男人抽大烟，都会被他派人抓去，用绳子捆起来吊着打；欺男霸女、屡教不改、杀人越货的，常常被他用扫把蘸着烧沸的清油毒打致死。王浩勋重情重义，娶了四房老婆，大老婆颇有能耐。二老婆有个抽大烟的爹，是王浩勋用钱赎出来的。他驭妻有方，四房妻子形同姐妹。这一点最让当地男人们羡慕嫉妒恨。

全国解放，土地改革之际，当他的霸主地位受到威胁时，他暴戾的性情便显露出来，残酷杀害了几名八路军战士，夺取武器，进行对抗，最终被击毙。

大爷爷讲完故事，吧嗒吧嗒地抽着旱烟，出神地望着沟的深处。

九大沟里，洋槐树郁郁葱葱，槐花占据着沟壑，占据着山梁，像是在奔腾、在呼啸，又好像是在叹息。

（四）

约了同学去四方沟看槐花。

四方沟的槐花开得邪乎。对面的山山势陡立，刀刻斧凿一般，却整个被槐花覆盖。近处的花儿，分外洁白，样子也比别处的槐花玲珑可爱许多。

站在半坡望向远方沟底，有两座大山被两条百米深的有清泉流水的沟所割裂，与其他山地自然分开，随行的朋友说那座山叫“斩断山”，还有一段传说呢。

不知道是哪朝哪代的开国皇帝，派风水先生从北平出发向西安方向行进，从东往西行进，沿途选择适合定都的地方。当来到四方沟流域，但见塬平地阔，坳怀乾坤，河纳日月，三水合围（南绕黑河北流泾水东出蒲河），群山称臣，一条主山龙脉绵延，遂备选为定都之地。后来王朝正式定都西安。皇帝便派遣将士前往四方沟斩断龙脉，以除天降草莽英雄惑乱天下之后患。

也真是奇妙，士兵们白天辛辛苦苦干了一天，山体被挖出深深的沟壑来，可一到晚上被挖开的地方就会自动愈合。反复多日都如此。士兵们只好昼夜不舍换班挖掘。

有一天，他们终于挖出了一条如水缸一样粗的龙皮条（葛根，当地人叫龙皮条），斩断龙皮条后，流出一股血来。血水一路沿着长武城流向泾河，无法阻挡。据说龙皮条的血一旦流入泾河，龙脉又会被接上。就在血水快要流入泾河时，遇到了当地农民饮牛时牛踩下的牛蹄窝，血水进了牛蹄窝后，便再没有溢流出来。龙脉便因此而断。

看远山起伏，大家伙儿唏嘘感叹。我们被裹在槐花香里，像多饮了一点点酒，有些微醉，很是享受。置身于槐花之中，有恍然隔世之感，让人忘了今夕何夕。

远处，槐花似轻烟，泾水如飘带。

（五）

五月的泾川，是槐花的舞台。老树新干，都挂着数不清的洁白的槐花串儿。

饱吸阳光之后的槐花，每一朵都散香，是那种甜滋滋的让人觉得亲切的清香。林子里盛不下了，槐花香溜入小区里，四处逡巡，偷偷钻入敞开的窗户里，下班的人一开门，家是香的了；槐花香涌进车窗里，沾满人的衣襟，过路的客人眯着眼睛一吸，槐花香就藏在人的五脏六腑中，被带到更远的地方去了……

核桃熟了

晚饭后戴皮手套褪核桃的青皮。核桃是前些日子回娘家时哥从大核桃树上摘下要我带回家的。核桃树是父母在世时栽植的，有二十多年树龄了，树冠纷披，双柯杈的核桃结得满树都是。

核桃的青皮最容易染黑手指，小时候，每逢核桃成熟的时节，村子里小伙伴的手都是青黑的，大人们喊我们“黑手党”。那时候我们弄不清楚党派的意思，以为一群人手黑着，就是黑手党了。青皮核桃吃多了，我们的嘴唇也被染成黑青色，黑手黑唇滴溜溜转的黑眼睛，跟聊斋里的妖精有一拼。

吃青皮核桃有专用的核桃小刀。核桃小刀是每家大力气的男人把一根大铁钉的一头用锤子砸扁磨出刀刃，用钳子折弯成小镰刀的形状，另一端没砸扁的按上木柄做成的。用核桃小刀的刀尖扣住青皮核桃的尾部，用力一扭，核桃就会一分两半，再用核桃刀沿壳内壁推着往前旋一圈，半个核桃瓤就剜出来了，剥掉核桃瓤的皮后吃，油黏黏的香。

村里的男孩们挑拣了造型优美的大核桃，用锥子沿核桃柄往尖上钻透，把核桃瓤钻成细末倒呀吹呀弄干净，又在核桃壁上钻出一个圆孔来。顺着钻好的核桃穿一根小木棍做轴，木棍轴上拴好线从核桃壁上的圆孔里引出来。左手执核桃罐罐右手拉线，会发出如蝉叫一样的美妙声音来，我们把这种核桃空罐罐玩具叫“转车子”。转车子的线拉着轴转动的声音跟母亲拧纳鞋底的细麻绳拧车子发出来的声音也很像。我得被哥支使着干好多活儿才能换来一个。一扯线，“吱——”“吱——”像小老鼠叫，可好玩。有时候不小心，线头会从罐罐核桃的壁孔里缩进去，求哥哥把线扯出来，哥嫌烦不管，我便放开嗓子到父母跟前哭诉。小时候，哭喊是我的杀手锏，拿它治哥哥，一治一个准。

青核桃油性大，吃多了会拉肚子，村里人说是吃“漏油”了，以此嘲笑嘴馋不顾饥饱的我们。

我打小就胃寒，秋天更甚。吃些核桃呀苹果呀，傍晚时分肚子就胀得跟个小鼓一样。母亲便把我抱在怀里，用掌心揉啊揉。父亲总说自己力气大揉起来比母亲管用，我就又被换到了他怀里。父亲双手搓热，用他那长期做农活变得异常粗糙的手，一圈一圈拿掌心在我圆鼓鼓的小肚子上画圈，我嫌弃他手糙，会闹，父亲总把我骂哭，又想着法子把我哄笑。母亲父亲的手轮流替我揉肚肚，也真见效，不久就不觉得胀了，迷迷糊糊睡了好觉。

先生和我一起给瞳儿剥了一些核桃瓤存在小碗里，念叨着儿子上高三了，书读得挺辛苦的，让他多吃些补补脑子。又回忆起我父母亲在世时对他种种的好，念起前天晚上他梦见瞳姥爷了，说梦里的父亲身体健旺，乐呵呵的，眉眼笑容都清晰，当时话也说的清清楚楚。我抬眼看他，心里油然生出暖意来。夫妻在一起生活久了，早就成了亲人，对方的父母也便真正成了至亲。

儿女对父母的思念是伴随一生的吧。一直记得电视上的一个画面——一位九十九岁的老人，牙齿掉光了头顶秃了眉毛全白了，他捧着母亲的遗像一遍遍看，眼睛眨巴眨巴的，相框中的母亲头发黑而亮，面容清秀。老人一遍一遍念叨，我参军回来后，再也没见到母亲，声音沧桑而深情。原来，活得再老的人，也会想妈妈啊。

母亲离开我二十二年，父亲去世也有九个年头了。母亲在时，家里的那棵核桃树就已经挂果了，记得我每年秋天去外地上学前，常常是父亲剜核桃母亲剥核桃瓤，我或跟同学唠嗑或读书，他们会悄没声儿端进来一小碗核桃瓤来，看我吃得香甜，连皱纹里都藏着满足。

父亲在世时不止一次对我说过，即使哪一天他不在了，他种的核桃树还在。他说，每年你都能吃到我种的核桃呢！父亲不善表达，有核桃树年年结一树核桃来替他疼爱我，应该是他的心里话。

每年秋凉时，我打小落下的腹胀的毛病又会犯，总会恋念父母亲的热手掌。现在，吃着娘家的青皮核桃，和瞳爸给儿子剥核桃瓤，才几天工夫啊，我们就又到了当初父母精心养育我们一样疼宠自己孩子的年龄。这安暖，这爱的传承，让人暖意满怀。

家里的核桃树越发高大繁茂了，结的核桃一年赛一年多，未及吃完，哥又会送一些来。只是，人世间把我当宝贝疼爱的那两个人，究竟去了哪里呢？这样想着，无端的，眼睛里又起了雾。

玉米的记忆

（一）

晚饭后，给花瓶里的富贵竹冲洗了根系，清除了牵牛藤蔓上的枯叶，把我的宝贝花儿们一一侍奉完毕，给嫂子拨了个电话。

嫂子在电话里喜滋滋说，今年雨水好，一棵玉米株上大多背两个玉米娃娃，最大的有一尺长呢。又说家里种了十亩玉米，今天刚和哥搭玉米架来着，等新玉米下来，打了玉米榛子，会让哥带一些给我，做玉米溜榛子吃，很香的。还说她还做了泡白菜，腌了绿韭菜，到时候一并带给我。

关于玉米的记忆，一下子被调出来，像出操排队的一年级学生娃娃，你挤我我推你的，一点一点把我拽回到了过去。

（二）

掰玉米是个辛苦活儿。玉米地里湿气重，窝在玉米地里就出汗，浑身黏糊糊的。寸宽的长玉米叶子，硬，边缘锋利，一不小心就划破人的脸。背上的背篼是用来装玉米棒子的，背着它在玉米株间穿行，磕过来碰过去，行动很不方便。玉米棒子沉，装九、十个背篼绳就勒人的肩膀，得背到地畔倒在架子车上，来回往返，一干就是几个小时。

当然，辛苦是属于大人们的。那时候的我们，猫着身子在玉米地里乱窜，找到细又嫩的结不了玉米的那种甜玉米秆，一脚踏倒，折断，挎掉玉米叶子，折下中间一截来，用牙齿扯掉玉米秆小节上的硬皮，咔嚓，咔嚓，咬玉米秆穰穰当甘蔗嚼，可甜了。有时候也眼神儿不济，嚼到涮锅水一样的玉米秆，就呸呸呸，唾了，轮起来扔了。运气好的时候，还会找到几个拳头大的香瓜，摘下来，用袖子擦擦，吃，不好吃就破坏掉。大人们忙不过来，喊一阵骂一阵，我们就又顺顺溜溜跟着掰玉米，把地里的玉米棒子排整齐，抱得满怀，运送到地头的架子车上去。

农村里不养闲人，孩子也不例外。

（三）

玉米棒子要及时剥皮，否则会被捂霉了，捂霉的玉米，连猪都不好好吃。村里人白天、晴天掰玉米，夜晚、雨天剥玉米皮是常态。

天上的星星都睡了呀，我们一家人还围坐在一起，就着一盏油灯剥玉米皮。父母亲手快，边剥边说话，谋划明天的劳动，也盘算着卖了玉米后添置我和姐姐的新衣服、哥哥的新书包，激励我们好好干活。真是瞌睡啊，剥着剥着玉米皮，会突然打个盹儿。我们边剥玉米皮边积攒玉米缨子。玉米缨子一条一条的，像头发丝一样细，嫩得鲜活，颜色红飕飕的，像电影里外国女人的头发。我和大姐二姐把积攒的玉米缨子编到自己的发辫上，结出长及腰或脚踝的毛辫子来，袅袅娜娜地走。哥把剥下的玉米缨子，用一溜儿玉米皮绑成一束，拴在耳朵上当胡子，故意吹胡子瞪眼惹我们笑，还弄了好些拴在木棍上扮成红缨枪，逮空就出去和邻居男孩们拼刺刀玩。

剥玉米皮也是个技术活，得先把玉米棒子尾部的长把给折断，剩下的玉米皮翻起来，摘掉很多，留下几束，再把两个长度对等的玉米棒子挽在一起，才好挂在玉米架上。我们不小心把玉米剥得精光是常有的事。有时候明明只留下一点点玉米皮，根本挂不住的，却假装没看见继续把两个玉米挽在一起，直到挂架上时掉下精光玉米来。我们用这个瞒天过海之计逃过父母很多指责。

（四）

我们把手工给玉米脱粒叫麻玉米。麻玉米的时候，多半是深秋或冬天了。

端一簸箕玉米，一家人围坐在热炕上。玉米珠在玉米芯子上排兵布阵，简直天衣无缝。母亲用做针线活的锥子在玉米棒棒上戳出三四个空行来，我们用玉米棒子或玉米塞塞（脱粒完的玉米芯子）靠在一起，揉搓，玉米粒就被麻下来了，金灿灿的，珍珠一样，渐渐堆满簸箕。

麻玉米久了，手会疼，我们就又抢着戳玉米，被锥子戳了手鲜血淋漓是常有的事，把母亲心疼得直嚷嚷。受了伤，便名正言顺被解放，可以跑出去疯玩一会儿。

麻下的玉米粒晒了半院子，金黄金黄的，让人觉得很富足，也极有成就感。

玉米芯子摞在院子里风干后，当柴火烧。火的强度略低于木柴，硬炝，熬粥正好。

（五）

我小的时候，玉米榛子是推着石磨磨出来的。

到现在我都想不通，为什么石磨的磨眼中插几支竹签子磨出来的玉米粒就粗得像沙粒。母亲把磨下来的玉米粒，用纱罗搁在长擀面杖上筛，细面就落在纱网下，玉米榛榛则被隔在纱罗里了。玉米面用来做搅团、漏鱼鱼，玉米粒用来做溜榛子。

秋天、冬天吃玉米溜榛子，滑溜，香甜可口，还暖和。

做玉米溜榛子很简单，把玉米粒下到沸水里煮，越烂越黏糊，如果想喝稀的，直接盛在大碗里，就着酸辣洋芋丝、泡菜、咸韭菜，嗞溜，嗞溜，一口菜一口玉米溜榛子，边喝边吃。

在玉米溜榛子里撒一点点面粉，搅匀，就类似于米饭了。灶火舔着锅底，大黑锅里冒出一个个大泡泡，炸开，热乎得很呢。全家人一人盛一碗。吃玉米榛榛饭是有技巧的，不会吃的，碗里被搅得乱七八糟的。会吃的人，两根筷子并拢，沿碗边匀匀刮过去，筷子上面聚的刚好一口。吃掉，又转着碗刮，碗里的玉米溜榛子，就成上面小碗底大的圆柱形，顶上搁上点菜，一口菜一口榛榛。那爽口，那美劲儿，现在想起来，都让人口舌生津呢。

（六）

那时候，玉米是全村人的主食，煮嫩玉米棒子，炒玉米颗颗，缠搅团，蒸发面黄黄馍、金裹银馍，喝玉米溜榛子……餐餐顿顿玉米垫底，吃的人胃里泛酸，人们爱着玉米又愁吃玉米。

当初父辈们梦寐以求的白面馒头的好日子，我们早就习以为常。现在，去饭馆里聚餐，若能点着搅团，有煮玉米棒子、蒸土豆，就是难得的美餐。玉米食品早就扬眉吐气，成了调口味的稀欠物。

这一刻，回想玉米的故事，想起亲爱的父母，想起陪伴我长大的许多叔伯婶婶，只觉世事温暖，所有的沧桑均已忘怀。

杏花村里

（一）

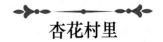

杏树像一个灵性高、情感丰富的人一样，心智和触角都灵敏。阳光暖活起来，风轻悄起来，它就知道春天来了。树皮还暗褐皲裂着，树枝上也没抽出一片叶芽来，倒春寒还躲在角落里觊觎呢，杏花苞苞们心思单纯，只轻信了阳光，在树枝上悄悄隆起，一点一点鼓胀，终于憋不住气了，扑哧一笑，开了，开得满树枝都是。杏花身轻赛过飞燕，满树枝都是花朵啊，枝条却高擎着，连颤都不颤一下。

杏花一开，村庄就秀气起来。杏花朵薄单单的，杏花瓣薄单单的，杏花蕊也薄单单的，一副清纯样儿，跟王婶单眼皮、羊角辫、蹦蹦跳跳、薄单单的小女儿丫丫一样乖。一棵杏树上的杏花多得哪里数得清呀！远看一谷堆一谷堆的，像落了满枝的雪花，像飘着一大朵一大朵祥云。

村子里杏树奇多。房前站着几树，屋后立着几树，栅栏门外斜着几树，高台上挺着一树，阴沟里钻出一树。你家院子里土墙外开着杏花，我家院子外斜坡处也开着杏花，田埂上、山洼里都开着杏花。杏花开放的时候人们才知道杏树原来有那么多。杏树们排兵布阵，一棵树挽着另一棵树的胳膊，把整个村庄拢在臂弯里。

每年杏花开放的时候，塬上所有村庄都有一个共同的名字——杏花村！

杏花粉白如雪，清香随风而动，飘得村子里到处都是，村子沦陷在杏花的香气中了。柳树是杏树最好的伙伴，万条垂下绿丝绦，来衬杏花的粉。绿柳粉杏花，村庄成风景画了呀。

泥土在杏花身畔松软，人心在杏花身畔柔软。

农活开了，一家人在杏花身边翻地，施肥，栽蒜，割春韭。蜜蜂寻着花香来了，嗡嗡嗡，嘤嘤嘤，绕着杏花跳舞，后腿上粘满米粒大的花粉，飞回去卸下花粉又飞回来。

人勤春早，蜂勤蜜甜，都是杏花起的头。

（二）

花朵的青春期可以无限长，譬如月季，一开就将近半年。

花朵的青春期可以短到七八天，甚至三四天，譬如杏花。

风轻轻抚摸杏树的枝条，杏花瓣就纷纷扬扬地落，像下着花瓣雨。黛玉姑娘手把花锄唱“花谢花飞飞满天，红消香断有谁怜”，落花变成了文化人心里伤春的清愁。

杏花却没心思没时间悲观。杏花是果花，果花有更神圣的使命。果花是为着孕育果实而开放的。

花瓣落尽时，杏花的花托里已经怀上小宝宝了。起先，杏宝宝豆粒儿一般大小，顶着一条毛毛触角，藏在花托里。不几天就显怀了，鼓囊囊的，再过些天，小杏儿撑破花托钻出来了。

拇指蛋大小的青杏，核儿最可爱。模样儿俏，活脱脱一枚小心脏，鸡蛋壳一样白，软嘟嘟的，捧在手心里像珠宝。老母鸡把鸡蛋藏在身体下，三七二十一天，孵出一群可爱的小鸡娃来。我们依法炮制，把软嘟嘟的青杏核裹上棉花塞在耳朵里也孵鸡娃。女孩子嘁嘁嗓嗓的，憧憬着孵出小鸡来的种种美妙，吵死个人。男孩子不屑一顾，却也偷偷塞了杏核儿在耳朵里。那个时段，用杏核孵鸡娃是村子里每个孩子都干的事情。却耐不住性子，一会儿取出来看一遍，塞进耳朵没几分钟又取出来看一遍。嫩杏核在耳道里受热后，表皮变得青楚楚红迹迹的，又蔫又难看，指甲一使劲，破了，流出清水水来。全村的孩子当然没有孵出一只鸡娃子来。却每年都不厌其烦地孵，孵出相同又变异的种种笑话来。

青梅煮酒论英雄，是读了又读的好故事。远方的朋友写青梅泡酒的文章，妙笔生花，惹我动心，就琢磨着啥时弄些青梅来尝尝。北方无梅，颇多遗憾。忽然有一天，从书中知道青杏也称青梅，所谓青梅泡酒，原来是拿青杏泡酒啊，一个人乐了小半天。

（三）

村子里家家户户的男孩子都是骑在杏树上长大的。

放学进家门，他们扔下书包，手脚并用，噌噌噌，三两下就爬杏树上去了。“桃吃饱，杏伤身，红李子树下埋死人。”杏子吃多了伤胃，奶奶们就围着杏树狗狗牛牛哄娃娃下来。母亲们忙碌，孩子不听话，闹得不可开交，一生气，拎着笤帚疙瘩追出去，小家伙们无处躲藏，噌噌噌，又爬杏树上去了。

我家的杏树在学生娃娃上学的必经路上，那些个捣蛋鬼呀，上学时飙一石头，放学时飙一颗土坷垃，杏子落得满地，

我追出去一喊，他们就逃了。我刚一离开，他们不知从哪儿又冒出来了，又飙出一块石头去，杏子就又被打下来。吃得少损坏的多，把我心疼得直跺脚。

自家的杏子吃烦了，眼

睛便瞄上邻居家杏树上的“接杏”，刚好人家都出去劳动了，便顺着自家的墙头猫儿一样轻手轻脚走过去，偷了好多揣怀里。偷杏子时紧张的心怦怦跳，得手后开心无比，真刺激。一来二去，邻居家的墙头就被一帮坏小子溜得光溜溜的了。

但吃杏子却也有危险的时候。

村子里顽皮的大虎二虎俩兄弟，大虎走过墙头去摘杏子，二虎在树底下做流动哨，一来二去，低处的杏子早就被摘完了，大虎又去够高处的，够不着，便大着胆子抓住树骨往上爬，一脚踩空，悬在半空中。杏树太高，地面上又堆积了砖头瓦块，要失人命了呀！

二虎吓傻了，连哭带喊，惊动了好多人。二虎的爷爷闻讯赶来，冲着树上喊，娃，不怕，爷在呢！腰里拴了绳子，爬上树，侧着身子，把大虎弄进绳套里才救下人来。从此，这个典型案例就成为家家户户训斥男孩子的活教材。后来，那堵墙头就被大人们悬了一堆有刺的酸枣树枝，树身也绑了一圈刺棘阻止孩子们爬树。有

时候，栽上刺，也是大人疼爱、保护孩子的一种方式，表面坚硬，骨子里温情。

因为再也无法被祸害到的缘故，那棵杏树上的杏子长得格外好。

（四）

再平凡的人，都有自己的性格。杏树也是有个性的，每一棵杏树结出的杏子，形状、色泽、味道又各不一样。

杏中的杏王，如同百花中的牡丹。花开的早，杏子结的早，结出的杏子也是个大色艳，最奇妙的是它的核肉吃起来也是甜的，这种杏有一个名字——接杏（嫁接而成的意思，说明品种好）！

有的杏子跟懵懂的人一样，开化得迟。开花迟，结果子迟，果实小，果肉酸甜里藏着些微苦，核是苦的。我们叫它次杏子，也叫苦核子杏。

麦黄杏麦黄杏，麦子上场的时候，杏子也就跟着成熟了。红红黄黄的杏子藏在绿叶间，像是挂了满树的彩色珍珠，特别好看。人们割麦子碾麦子累了，摘一篮子杏子靠着麦垛吃。杏子色艳，果肉甜甜酸酸，好看，吃了提胃口。乡亲们聚在一起干活，休息的时候坐在树荫下吃杏子，你让我我让你，挑个大色艳的给别人，把个小上色稍差的留给自己，一伙人融融乐乐的，又热闹又温馨。

杏子熟了的时候，家家户户把自家的杏子给东家送，给西家送。喊过路的孩子们上树摘杏子吃，整个村子里都成一家人了。

接杏吃完的时候，次杏子就相继成熟了。杏子能持续吃一个月左右。

杏子吃不完的时候，每家的女人孩子们就掰了果肉，整整齐齐摆在高粱秆缝制的水缸盖子上晒杏干，太阳下的杏肉，亦散发出酸甜好闻的味道来。

（五）

杏核也是有用的东西。

收集起来，晒干，砸开，把核肉泡软，稍微煮一下，用凉水一次次拔掉苦味儿，母亲炒了葱花，拌了面素素，和着杏仁煮了做成油茶，是美餐呢。前几天，和我们做了十几年邻居的嫂子做了杏核油茶送过来，美美吃了一顿，吃得人心里亦如春天般温暖。

孩子们玩抓杏核的游戏，一颗在手，抛高，一一抓起地面上的几个，还能接住落下的这一颗。把杏核抛起来背在手背上，弹起，抓住……抓杏核游戏花样繁多，名目繁多，一代一代的孩子们玩出快乐来，玩出创意来，玩出聪慧来。

杏核收集得多了，一个一个砸开，取了果肉，晒干，拾掇了半袋子，拿到城里卖，能换回一个学期的书本费来。那个时候，我们兄妹总是去杏树下捡杏核，用以筹集自己的学费。

（六）

一枚杏核一棵杏树。

杏树极易存活，顺手扔掉的杏核也能长出一棵杏树来，更别说用心栽植的杏树苗了。杏树苗三两年就长大了，能开花挂果了。

杏树木头材质细密，用来做案板做家具都极好。杏木做的案板擦点油就红釉釉的，又结实又好看。母亲在杏木大案板上擀长面，用长刀切细面条，当当当，又响亮又有节奏，我的童年是在听母亲擀面切面的声音里一天天流逝的。

家里要娶儿媳妇了，大喜事啊，就砍了最大的一棵杏树，请来木匠给新媳妇做式样时兴的大衣柜，描大红的漆面，又实惠又喜庆。

千万不要心疼。

杏花村杏花村，村子里最不缺的就是杏树啊。

杏树也登得了大雅之堂。

杏林是中医学界的代称，《神仙传》记载："君异居山，为人治病不取钱，使人重病愈者，使栽杏五株，轻者一株，如此十年，计得十万余株，郁然成林……"

杏坛是为纪念孔子讲学而建，孔子第四十五代修庙时，将正殿后移，除地为坛，环植以杏，名曰"杏坛"。杏坛便成了教育的代名词。

我有个朋友叫杏坛心语，在南京一所重点中学教语文，爱学生如自己的孩儿，教书下得了功夫，又善创新，把语文课上得风生水起春意盎然的，一批又一批孩子被他亲手送进了心仪的大学，桃李满天下呢。

杏林，杏坛，杏花村，杏树连绵，杏花簇簇，春满人间。杏林植健康，杏坛育智慧，杏花村呢？得美景，得美味，得美意。杏林杏坛杏花村，结的都是幸福果啃。

（七）

“试问酒家何处有，牧童遥指杏花村。”是一首美诗里的景致。

“家居桃杏花间，人住康乐村里。”是一副情意满满的对联。

杏树总是与村庄伴生，杏树的温暖、凡俗和烟火，最能够让人想起家乡，想起老屋，想起母亲。

每年杏花开时，我默默思念如杏树一样平凡、普通、烟火、温暖的亲人们，觉得见到的每一棵杏树都是他们，看见的每一朵杏花亦是他们。

田家沟印象

我一直觉得，田家沟的美在于她蕴含着建设者的汗水、智慧和心思。

田家沟是个栖息灵魂的好去处。

沟里涓涓溪水，汩汩有声，绕着山根流淌。刚走进沟里不远处有一摊浸漫在水中的芦苇荡，水鸟们在水草里藏着呢，忽然就窜了出来，忽然又没了踪影。

去年在那里我还看见过戏水的野鸭子呢，两只，一前一后，人靠近些，就扑棱扑棱地飞起来了。今天在芦苇间穿行的这对，可是曾经的遇见？亦或是它们的宝贝？看见它们也是一前一后地追逐着、嬉戏着，我被相似的情景、一样的依恋和快乐感动着。

再往深处，沿着一条蜿蜒的道路上山，不到一二百米的路程便可看见一处青砖青瓦的庄园了，这就是王家大院。每次玩累了，我总喜欢到大院里来休憩。大院背倚王家山，怀抱峰峦水脉。站在门前的平台上放眼四望，沟底远山，皆是密密层层的绿。

田家沟的树真是多啊！

沟里宽阔处有苹果园、梨园、柿子园，据说是景区管理人员包地块包山头栽植的。满沟遍山的洋槐树、桃杏树、松柏……是机关的干部、附近的人们春秋两季、年复一年、一株一株栽植的呢！十多年坚持下来，田家沟本来光秃的山壑梁峁就成了树的天下、绿的海洋。我也是植树大军中的一员，路边好一溜开花的树，沟里好几洼郁郁葱葱的树木都是我栽植的呢。亲手栽的树，像我的孩子。看见它们散枝开叶，从齐我肩膀高，到高过我许多，从指头样细弱，到胳膊般粗壮，心里荡漾着微暖。与我一同栽树的一位老师，已经去世三年了，可我们与她一同栽植的那些树木却依然长得很茂盛。每次经过，远远地看着那一片绿，心里总有一些怀念与感慨。

大院对面远山上杏花粉桃花艳，宛如朵朵祥云。夏季里槐花盛开时，到处洁白如雪，整条沟都是清香甜蜜的。

大院由民居改造而成，是一座典型的仿明清陇东民居风格的四合院。青砖墙壁，青瓦房舍，飞檐翘角，古朴中透着清丽。大院门楼高耸，须拾级而上方可进入院内。俩石狮颔首迎宾，祥瑞可爱。木门旧锁，铁钉铜环，满是古意蕴、旧时光。大院分前院和后院两部分，中间一墙之隔，有圆门连通。前院内设有上房和左右厢房。后院是厨房和用餐的地方。

初来王家大院，我被这里满是记忆和传统的摆设激动着。

我一直想着要带年迈的父亲来这儿一趟。如果恰逢他的生日就最好不过了。我会在上房正中八仙桌上满满当当地摆上寿桃与米酒，搀扶着他坐在太师椅上，然后让我的哥哥姐姐们、侄子侄女们，还有我的瞳儿、老公，在客厅里、在院子里欢天喜地地给老人磕头、祝寿!

接着我会把老贫农出身的老爹按在炕桌旁，给他腰里垫上黄绸圆枕，给他沏上热腾腾的茶水，点上旱烟，听他谈旧事、唠家常……

可这只仅仅是个愿望了。父亲去世后，每次来到大院，我觉得有一些遗憾在萦绕。

前院里有四株树，坐在绿荫里，我每每能感受到一种用心和智慧。

靠近大门两边有两棵七叶树，一左一右。

七叶树又叫娑罗树，因其树叶似手掌多为七个叶片而得名。原生长于印度，被称为佛门圣树。据说，古时候印度有一条名叫希拉尼耶底的河，岸边长着一片十分高大茂盛的娑罗双树。释迦牟尼八十岁时的一天，他走进希拉尼耶底河里洗了个澡，然后上岸走到娑罗双树林中，在两株较大的娑罗双树中间铺了草和树叶，并将僧伽铺在上面，然后头向北，面向西，头枕右手，右侧卧在僧伽上，涅槃升天了。

娑罗树原产喜马拉雅以南的丘陵山国，是热带植物，怎么会在大院里边扎根生长呢？我疑惑地问一位年长的管理人员。他告诉我，2006年大院建成之后，院里到底栽植什么树，也是颇费了心思的。因为大云寺曾出土过佛祖舍利的缘故，大家想到了娑罗树。在前往崆峒区索罗乡考察了那里生长了几百年的一棵娑罗树之后，大家都觉得娑罗树是适宜在泾川生长的。随后便通过多种渠道寻找娑罗树苗，真是出人意料，居然在与镇远接壤的红河乡一带找到了两棵。树苗运回来的时候只有一把粗。没想到栽植到房檐底下，不到十年工夫便有碗口粗了，长得这样的茂盛、精神！

去年夏初，我有缘看见了这两棵圣树开花的情景。花如塔状，又像烛台。花开之时，手掌般的叶子似托塔，似奉烛。四片淡白色的小花瓣尽情绽放，花苞内七个橘红色的花蕊向外吐露芬芳，花瓣上泛起的黄色，使得小花更显俏丽，而远远望去，整个花串又白中泛紫，像是蒙上了一层薄薄的面纱。

管理人员还告诉我，娑罗树干可割采龙脑香，有名的印度蚊香就是用龙脑香制造的。虔诚的佛教徒常用龙脑香油点佛灯，常用娑罗双木材点香敬佛，会使佛堂满屋清香。

我想，泾川佛窟众多，佛迹遍布，被誉为“佛宝圣地”，如果没有娑罗树茂盛着、芳香着、神圣着，那将会是怎样的遗憾。泾川应当是娑罗树喜欢的沃土、扎根的家乡才对！

上房台阶前面的绿地里还有两株葡萄树，一右一左。

据说，七夕的夜晚，牛郎织女鹊桥相会，凡人可以在葡萄架下听到他们的私语呢。

看来，这两株葡萄藤应当与织女的母亲西王母有关了。

想想，王母也真是狠心，为了不让锦衣玉食的女儿嫁给贫寒卑微的牛郎，竟做出将他们这对恩爱夫妻拆散的糊涂事来。又想想，也许是爱女心切吧，其实我们做父母的谁又愿意让自己的孩子贫困着、清苦着呢？细想想，原来王母也是位慈爱的母亲，也有常人心哪！

大院里也是个可以尽享泾川美食的地方。

黄羊肉应当算是远近闻名的了。田家沟水草丰美，是放养羊羔的理想草场。陈师傅做羊肉的方法堪称一绝。反复多次的冷水漂洗、沸煮火候的微妙把握、家传调料的配方秘密，有序而神秘。饭桌上的调味更是讲究了，韭菜汁、鲜蒜汁、芥末汁……香菜、葱末、熟油辣椒一字摆开，心片、肝片、肺片码成花型，手抓、泡汤先后登场……

黄羊肉只有在田家沟里吃，被荠荠菜、苜蓿菜、黄花菜、萝卜、菠菜、小葱，千层饼、金裹银、罐罐蒸馍等农家菜肴和薄酒浅意娇宠着；让王小凤擀面皮、玉都老豆腐、王村手工面、延风豆腐花、泾川火烧子陪衬着；被幽静闲适、绿树芳草、溪水蓝天浸染着，才能品尝到其鲜味、美味和不一样的高贵味道来。

当黄羊肉被端出大院里，离开了田间沟，来到豪华宾馆的大餐桌上，被红烧鱼、大盘鸡、带把肘子陪伴着，便就成了一道俗菜，吃出的尽是俗味了。

原来，大院里的美食适合存在于清新里、简单中，它们是有个性的。

眼看着沟里的槐花就要开了。昨晚，我在电话里约大丫、三丫下周末来大院里走走，看槐花噼噼啪啪开放的样子，闻槐花丝丝香甜的味道，品尝槐花麦饭、槐花羹汤……

不知陈师傅肯为我们下厨吗？

挽头坪上

春雨一场又一场，春风一阵又一阵，桃杏花开了，迎春连翘开了，海棠的花苞一天赛一天鼓胀红艳，花儿们性子急得让人心焦。终于熬到周末，家务不干了儿子不管了，看花去。

车子春风一样顺着川道往东荡，又沿着一条新建的水泥路攀援而上。山路窄，又曲曲绕绕，好在只有我们一辆车，山空阔风轻巧，沿途百年柿树布阵，柿子幼园、苹果幼园鳞次栉比，间杂麦苗青青，风景如画。过烦了城里人与人摩肩接踵的日子，一下子占据这么大的空间，让人觉得无比宽松和舒展。

不大一会儿就到了半山腰里坪地上的一个村子。

坪，是高于河川低于山峰的一处开阔地，像塬面一样平坦，却比塬区的面积小很多，放眼四周都是山尖。村口三树迎客桃花开得馋人，遂停车追花去。细腰肥臀的蜜蜂们，绕着花蕊挠呀挠，往腿上蘸花粉呢，嗡嗡嘤嘤，热闹极了。长尾巴喜鹊站在桃花枝上，你一言我一语，忽而又展翅滑向远处。两只小黄雀谈恋爱呢，追逐呀追逐，逃避呀逃避，就范了，叽叽呀呀欢叫不休。

村子里行道树整齐茂密，水泥路蜿蜒洁净，庄户人家院落温馨安静。同伴感慨地说，看看这么好的树木、这样好的庭院和果园，就知道这里的庄风好，人厚道、善良，守秩序。沿途的村民热情地跟我们打招呼，把我们当成了来村里联村联户的干部。

我溜下几个土台，去拍低处的一树杏花。窑洞、土墙、旧院落、粉杏花，是照相的好景致，正乐滋滋拍着照，不知何时身后就缀了条小尾巴——一个虎头虎脑的男孩，脸蛋红扑扑的，眼睛亮赞赞的。我蹲下身子，把拍得桃杏花照片一一翻给他看，他就和我迅速熟络了，小雀雀似的，话多起来，举着小手画了一个大圈，说这些桃花杏花都是他家的，又告诉我他和妈妈住在花丛包围的那个窑洞里。村子里小康屋成阵，一溜儿高门大户，家家琉璃瓦洒金，只他俩住在窑洞里，想必生活不宽裕吧。我夸他家的桃杏花是全村开得最好的，男孩就仰着头冲我笑，笑得像花开了一样。

村头赫赫然立着“挽头坪”的村碑，我问屋门前站着的老伯村名的来历，他说：“小庙里的九天圣母是王母娘娘的三女儿，当娘的在这里给女儿挽过头发呢。”言语间满是自豪。

好有风韵的村名啊，我似乎看见一幅图景：住在小城王母宫山的王母娘娘思念女儿，早也盼晚也盼，心焦不已，在桃杏花盛开的三月，踩一朵祥云来到坪上探看女儿。坪上是乡村，偏僻、简陋、荒芜，九天圣母因为忙于恩泽四方百姓，辛勤操劳，颜面憔悴、青丝散乱也浑然不觉。王母娘娘看在眼里疼在心里，打一盆清水为女儿洁面，持一把木梳为女儿梳头，一梳心疼，一梳慈爱，一梳祝福，梳梳爱缠绵，梳梳念吉祥，她精心为女儿结发辫，挽发髻，簪夭夭桃花于九天圣母的发丛中，母爱慈心，让人动容。想着想着，放眼四望，觉得村庄既有诗情画意，又添慈悲情怀，顿觉挽头坪清韵依依仙音袅袅。

村子深处，一所村小学雅静得紧，围墙处桃杏花开得眉清目秀，校园正中松柏挺拔，绿意葱茏。教室屋高墙白，秋千架闲闲，乒乓球台安静，窗玻璃透亮，整个校园静谧可人。

我突然想起前两年关于撤并村学的一些争论。有专家说，应当撤掉处地偏远、生源较少村子的小学，让孩子们集中到乡镇中心小学或中心村的学校里就读，利于优质教育资源共享，提高教学质量。可一位在乡村教了四十多年书的老校长却说，村子里有一所学校，每周有国旗升起，村民心中便有一份神圣；每天有歌声飘荡，村子里便有倾听；每个清晨有朗朗书声，乡亲们就会受到一种文化、文明的浸染和熏陶。看见孩子们在路边蹦蹦跳跳，村民的爱心会更丰盈一些，学校里有图书馆，也举行各种活动，村民得闲来参加参加，利于更新观念与外界接轨……老校长动情地说，村子里有学校在，就有灵魂在，有希望在啊！

路上碰到几个前往果园帮家长干活的十三四岁的女孩，问起，说在远处的乡镇上初中，好十几里路呢，全村十来个孩子都住校，周末回一趟家，路上得走一个多小时，去学校时带些食物，前三天吃，之后就在学校灶上吃饭。我心疼她们走那么长的路辛苦，她一笑，说习惯了。

中学生都如此辛苦，我不敢想象村子里的小学如果撤并，那些七八岁的孩子上学该是怎样的艰辛？村庄该是怎样的死寂？我在村子小学的门前站了好一会儿，隔着校园里层层绿柳、树树桃花，仿佛能看见那位睿智的校长、那位慈祥的老人在教室前经过、在花园里培土……

村西南大片大片的果园旁边，一位大娘在大门前缝褥子，招呼我们歇歇脚。一家人的场院里有五只出生不久的小黑狗在柴垛处，或趴或卧，你挠我一下，我拨你一下，还用脑袋相互拱，追逐，好可爱。沿村道一路走过去，有三三两两的村民在果园里施肥。沿途遇到的大娘们邀请我们进家里喝口水缓缓脚，宛如母亲。

村子里，这儿一树杏花，那儿一树桃花，还有金黄的连翘映在门前。乡村的朴素、慈爱、美好，把人的心软成一泊起着涟漪的湖水。

挽头坪上，有一个关于母爱的传说，有一所充满希望的小学，有家家户户过上好日子的梦想。被爱、希望和梦想托举的地方，春天必定久久长长。

离开时，回望挽头坪，果园里，一排排果树精神抖擞，树枝上花蕾簇拥。山岭上、沟壑间，桃花、杏花漫山遍野，烂漫着、喧闹着。田野中，一派勃勃生机。

春正往深处走呢。到了夏天，挽头坪上，硕果盈枝，一定会是另一番美丽景象。

核桃树下

周末，阳光正好，我去田家沟，静坐在两棵核桃树下。

树荫如盖。树干上几年前挂好的牌子上赫赫然写着“树龄二十八年”。

我仰望树冠，从树叶缝隙间漏下来的阳光给叶子染上了光泽明暗；一小块一小块形状各异的蓝天从叶子稀疏的空间漏下来，叶绿得好，天蓝得好，瓦蓝配鲜绿，两种色彩相得益彰，那种生动与和谐，是顶尖的画家都描绘不出的。

核桃树到底有多大呢？我学父亲丈量土地的办法，在树荫下规规整整走，从东到西二十六步，从南到北二十四步，是我见过的最大的核桃树呢。

两棵核桃树面对面站，间距不到两米。

两个人近距离面对面站二十八年，会怎么样？两小无猜时，彼此陪伴，近了还嫌远；长大些，各自有了棱角，生了间隙；再长大些，鹬蚌相争……两棵核桃树各自长了一颗慈善的心，面对面站，却没有为争夺养分和阳光而动干戈，相向的一面接触而不抵触，相背的一面则无限向外扩展。一起活，活到老，是两棵核桃树的誓言。

有人说它俩是夫妻树，有人说是兄弟（姊妹）树，还有人说是母子树。哪一种说法都美好，都让人浮想联翩。

我在大核桃树下坐。树盖纷披，有一枝甚至垂到了地面，绿而柔软的核桃叶、拇指大小对生的两枚又两枚毛茸茸的绿核桃匍匐在我的膝盖上，时间走得慢而安宁，让人觉得生命稳健，灵魂安逸。花喜鹊在树枝上梳理羽毛，叫了几声，从这边的树枝飞到那边的树枝上，又慢慢飞远，打开的花尾巴像一把花扇子。蜜蜂的叫声、蝴蝶的歌唱都落入人的耳朵里去了，嗡嗡嗡，嘤嘤嘤，此起彼落。在大核桃树底下消磨时间，是很奢华的生活。核桃树旁飞檐、红柱、雕花的屋子里在播放轻音乐，或古筝，或钢琴，或琵琶，或大提琴，都是疏放心情又万种缠绵的那一种曲子。于是想，若有水袖、绣花衣、绣花鞋的伶人在核桃树下曼舞唱曲，定是人间绝美风光。

这两棵核桃树到底是怎么来的呢？

该是两只花喜鹊从山外抱来两颗核桃，没抱紧遗落此地长出来的树苗吧？也或许是一对被封建父母拆散的情人植树为念？我把自己的猜测说给景区的管理人员听，她就笑，说这沟里原先有人住，现在都搬到山顶塬地去了，建景区时只剩下一户人家，核桃树就是他们栽植的，那些年粮食紧缺，听说这树上的核桃顶几个人的口粮呢。

我们往田家沟深处走，槐花成阵，花香直向人身上扑过来，千年土剑群在密密实实的树背后站，树怀抱着一池一池的水，偶有彩凤被谁惊着了，凌空而过，华丽的羽翼俊俏的貌相养眼更惊喜人的心。寸长的两只小花雀，在池塘边的石子上站，又迈着碎步追逐，十分淘气。

遇到了收景区塑料瓶的大妈，问路，真是巧，她竟然是从沟里搬出去的村民。问及沟里当初的情况，大妈爽快健谈，说当时沟里十几户人，日子苦，可沟里的水养鱼养田地，随便开一点地就能种菜，山上多的是草，就养牛羊，家家户户人勤快，生活还过得去。说起大核桃树，大妈眉开眼笑，说了好多事情：核桃树叶子又软和又结实，一点都不脆，女娃娃就摘叶子包指甲花泥，染出红红的好看的指甲来；男娃娃淘气，老用弹弓打树上的青核桃练靶子，没少挨揍；麦子上场核桃满瓤，娃娃们嘴馋，一石头飙上去，总会打中几个，就砸开吃，男娃女娃的手指嘴唇都被染黑了，第二天到学校被老师查，满教室举起来的都是小黑手，像黑手党。又念及核桃树的主人人好，每年打了核桃，东家西家都送，剩下的晒干挂窑门口，过年取下来给拜年的娃娃们发，整个沟里的人亲和如一家人。“建景区时，县城里的干部都来田家沟栽树，树长得好，保护得更好，你们看，核桃都快铺到地上了，也没人乱摘。我们一天天老了，说不定哪天就奔黄泉路上了，可大核桃树在呢！”大妈说得很动情。

后来无意间听说田家沟建风景区时，核桃树的主人是最后搬迁的一户，关于大核桃树，有人建议她砍伐了做家具用，核桃木可是好木材。有人建议她卖给政府，说这么大的核桃树，又在景区中心，肯定能卖个好价钱。女主人淡淡地说：“就留下吧，核桃树在，也算心里有个念想。”临走，两口子绕着核桃树走了好几圈，说树上的鸟窝，说核桃树哪一年结了多少核桃……大核桃树听得一句不落。

光阴的眼睛里揉不得沙子，是泥，总会一层层沉淀下去；是水，终会清得能映出一轮皓月来；是两棵面对面站的核桃树，就长到枝繁叶茂，遮阴，结好多好多的核桃，把自己修炼成慈眉善目的模样。时光让一个人一棵树成熟，懂得怎样去付出，才能收获幸福，因为心中有爱，所有的付出，都不觉得苦与负担。凡尘俗世，人因为拥有一颗爱植物、爱人的心而美好。

返回时，我又在大核桃树下坐了好久，核桃树绿得沉静、浓深、温润，像荷花，安安静静落在池塘里。树安心地长，人开心地活，生命，原本就应该这样静好、无华。

雾里白家

去白家村的那个清晨，是初夏，有薄薄的雾笼在天地间。雾中的白家村，山隐水藏，却又轮廓分明，成了一幅水墨丹青，又像是一个谜，一个曼妙的梦。

白家村，在绿树深处，在清泉深处，在谜一样的古人类深处。我们怀着好奇的心情，欣然靠近，再靠近它，想一点一点掀开迷雾，把美丽的白家看个真切。

一、树之幸

出了县城，车子沿着新修的北大路一直向东行进，沿途村庄零落，田畴交错，山峦连绵。尽管已是草木葱茏的季节了，可贴着山根前行，映入眼帘的北山还是褐黄一片、光秃一片。

半个多小时后，四周的山上突然全部绿了起来，我们被绿树、被青山一下子包围起来。同行的老三说，前面就是白家村了。

一进入白家村，一排高大的楸树站在田埂边上，高擎着一树繁华列队欢迎我们。

这是我多年来遇见过的最为高大、排列的最为整齐，也是集中在一处数量最多的一排楸树！大约有二十棵吧，它们像士兵，昂着头，挺着胸，一身盛装，一股英气，使我惊讶不已。

我们也正好赶上了楸树开花的时节。楸树的花跟桐花的模样色彩都有点像，只是楸树花因为有绿叶相衬，显得更清幽，更精致、妩媚一些。每一朵花的小铃铛都朝着天空，像星星，像波粼，新鲜可爱。稍远一点的，在雾中，身姿绰约，如缥缈的轻纱，又如淡紫色呓语。桃杏花、梨花清秀过了，油菜花浩荡过了，田野只剩下一种颜色——绿色，浅绿，鹅黄绿，翠绿。麦苗正出穗灌浆，田野安宁。这个时候，楸树的花儿把整个乡村晕染得楚楚动人，余韵袅袅，风情无限。

楸树是白家村独特的风景。沿着村庄内窄窄的水泥道路行走，会看到这家的门前一片，那家的屋后数株。东边道路被楸树掩映着，西边土丘被楸树簇拥着。有的碗口般粗，有的能抱个满怀，还有从大树根部分蘖出来的一簇簇、一丛丛，挤在路边、拥在埂上。

我们在山路上行走，楸树一路陪伴着。我们在农户门前休息，楸树静静地守候着。一位九十岁的老人，支着小板凳坐在楸树下吹风。他指着村口那一排高挺的楸树说，容易成活得很！当初从山上刨出来的树苗只有半人高、手指头般粗，四五十年天气，长得抱不住了。像是在述说着昨日的事情，更像唠叨着孩子们的故事，平静而简单。

白家的楸树基本上是围绕屋舍、道路生长的。再远一点的沟壑间、山峦上却都是遍野的洋槐树。白大伯告诉我们，山上密密层层的洋槐树大多是二十世纪六七十年代人工栽植的。八十年代包产到户之后被村民砍伐过一次，整条沟都被洗劫一空了。九十年代又开始封山育林，被砍伐的树，因为根尚在，便不断蘖生，林子又长起来，加上退耕还林又栽植了些，整座山就全绿了。

八十年代为什么没有砍伐村口的那排楸树呢？我不由得追问。

老伯想了想，慢悠悠地说：不舍得啊！

他说，楸树生长慢，木头硬、不易虫蛀，过去是人们打造家具的好木料，所以家家户户在庄前屋后种植的多。包产到户时，大家把锯子、砍斧都拉到了那排楸树旁边，准备砍伐后分给各户。可几位社员和老队长围着这排楸树转了几圈后，感到遭罪，觉得不舍，遂放了工，不再提砍伐的事了，楸树便保留了下来。

这些楸树不仅要很好地保护，以后还要大量栽植，让它成为白家的特色风景。同行的小鲁自信满满地说。他是刚参加工作不久在白家驻村的大学生。

楸树在微风中摇曳，窸窸窣窣，窸窸窣窣，是在微笑、在点赞吧。薄雾穿绕在楸树的花与叶间，楸树越发姿态曼妙，雾里赏花，令人心旌神摇。

我突想，再过几年、十几年、几十年，在初夏、在那淡紫色的花儿开放的时节，白家，又会是怎样的一番迷人景象呢？

二、水之诉

进入村子深处，水声潺潺。路边的小水渠里，流水淙淙。

雾，似有形，又无形，朦朦胧胧的缥缈于水的身畔。

在牛角沟口新开的鱼塘里，水面如镜，柳树对镜梳妆，顾影自赏，婀娜的身姿便留在水中了。云朵飞鸟，也在水里映着呢。白鹅在水边走，看见水中也有两只鹅，嘎嘎嘎，嘎嘎嘎，冲着水面说着话。风轻轻地吹过来，水面皱了，波纹一层一层漾开去，柳态鹅影，弯曲了，碎了。

村庄里的青砖屋舍、精巧园林、古意亭榭、蜿蜒小径，因这畦水、这方塘，添了灵气，多了俊俏。庄稼、树木也长得旺相喜人，像女人家补足了水分的脸蛋，是吹弹即破的水嫩。

这么清澈、丰沛的水，源头在哪呢？

白老伯笑笑说，我带你们去看看吧。

我们沿着沟底，逆流而上。沟里的槐花尚在开放，花香扑面，绿叶拂肩。有小野花在脚跟前，挠人的痒痒。我们在水渠边地埂上，水在沟底，亮晶晶的，娟秀、轻缓、清脆。

约莫走了一半的路程，半山腰里悬着一处石崖，水从石缝里溢流出来，滴沥成一幕雨帘，淅淅沥沥地挂落下来。下面的石坎上聚集成清冽的一汪，沿着岩石继续挂落，又变出一帘雨幕，像是传说中的水帘洞。

老伯说，村子里的人们前些年就是在这里取水做饭的。石缝里流出的水冬天的时候冒着热气，直接喝了，一点都不觉得冰冷。夏天凉爽香甜，喝上一瓢挺舒服，是不会闹肚子的。这些年各家各户虽然通上了自来水，可勤快的人家还是喜欢来这里挑水。

我们惊喜不已，爬到石崖底下，掬一捧水品尝，好清冽甘甜的泉水啊。

看见泉水，我想起了小时候的事情。孩提时，我经常在泉边疯跑，有一次意外扭伤了脚腕，红肿的厉害，母亲背着我看了医生，服了药，又用热水反复敷过了，可好多天还是不见好转。母亲便又扶着我来到沟里的“泛水泉”边，先绕一圈，用手将孩子们踩在围堵水源的土埂上的脚印一一掩埋，把溢水的豁口进行了修复。随后便拉着我跪在泉边，焚香、化表（烧黄色的纸）、磕头，并祷告说着，孩子们不懂事，踩着您了，我回去收拾他们，请您饶恕他们之类的话。在母亲的心目中，泉，是神灵的恩赐，生命的源头。每眼泉里因为有一条小青龙驻守，才得以涌流不断，清冽甘甜，滋养乡邻。母亲认为崴了脚腕，是因为我们踏了泉水，踩着小青龙的缘故。长大后我才明白，母亲那一代人是多么的敬畏自然，呵护生存，爱护乡亲共同的水源！

我把小时候的故事讲给大家听。同行的大伯说，我们白家也有这样的说法，传说有小青龙守护的泉还在沟里边呢，那才是这条沟里最初的、真正的源头！

我们遂继续前行，一路向北摸索。途中遇到溪流曲绕，大家便都小心地跨了过去。

穿过了一处芦苇荡，二十多分钟之后，终于来到了沟的最尽头。在山根下，我们仔细端详才发现了草丛下面的涓涓清泉。原来溪水源头没有我们想象的那么充盈和宽阔，她仅仅是细细水脉、纤纤弱流而已。她安静、清澈得有些神圣，让人不忍说话，不敢挪动脚步。

我想，可能正是这样一汪弱小的涓流，默默地滋润着这里，山才这样挺拔，树才这样繁茂，人才这样柔善吧。也许正是这样一汪弱小的涓流，一路不回头，接纳其他的支流旁系，携手、融入、前行，不避阻碍，不曾停歇，也才越走越宽阔，越走越深远吧！

水雾扑面而来，润湿了我的情怀。

三、人之谜

牛角沟沟口处有块石碑，石碑上刻有“牛角沟遗址”“全国文物保护区”字样。这里便是“泾川少女”的发现地。

我们蹲下身子阅读碑文，历史的深邃感让人不由得屏住呼吸，倾听一个真实的故事。

二十世纪七十年代初，两万多人在白家村东庄社牛角沟一带进行植树造林大会战。两万多人的双脚，足以踩平白家村所有的道路，两万多人的镢头锄头，足以把白家村的山山沟沟挖个底朝天。

一位叫刘玉林的青年，是千千万万个参与大会战的人中的一位有心的大学生。刘玉林应该是低着脑袋走路的吧。他一低头，竟揭开了一个惊天的秘密。

那是1974年“五一”前后，一天下午收工后，刘玉林在牛角沟新植的林带里一个土堆上发现了一个类似石头的薄片，他拿起来看了看觉得像化石，随后又在土堆中找到了另外的一些碎片。他简单地拼凑了一下，觉得很像人类头盖骨。他将这些碎片粘合在一起，从此便开始搜集和查阅资料，进行初步研究。十年之后，刘玉林取得了一定认知，才将头盖骨送到北京。北京的贾老贾兰坡教授吩咐有关人员进行研究。

后来经中国科学院鉴定，刘玉林在泾川县泾明乡牛角沟——旧石器遗址中发现的头骨化石，属旧石器时代晚期智人阶段的化石，蒙古人种，约二十岁，女性，是泾河流域发现的最早的人类化石，被中国科学院命名为“泾川人”，比北京“山顶洞人”的出现还要早，证明在五万年前泾川境内就有人类繁衍生息。

我站在发掘“泾川少女”的洞窟前面，不由得想，科学也许能够揭示泾川少女的生物学特征，但却永远不会讲述她的感情、她的生活和她的故事。她到底是一位怎样的女子呢？五万年前的她，应该是部落中的一员吧。二十岁的她，应该很漂亮，炯炯野性的眼神，迷人率性的微笑，修长健美的双腿，还有野花围扎的裙摆。她也应该是站在山上，也是在这样的初夏早晨，在幽幽清香的高大的楸树之下……

这样一个年轻美丽的生命又是怎样消逝的呢？是生存所迫，追赶一只野兔，迷失在沟中河畔，从此再也没有回得了家？或是因家族陋规与所爱的男子出走，在山里饥寒病痛而去？爱她的男子将她埋葬在树下溪边……

我远望牛角沟深处，雾气还在蒸腾，山在隐约之中，树影幢幢，水流寂寂，美是美的很，却靠不近、拨不散。

走在有古人类生存足迹的白家村，我莫名的兴奋与惆怅，亦小心翼翼，担心会惊扰了一个沉睡已久的梦。

四、情之切

白家村的村民分两块居住，一块居住在山脚下，被叫作川里人；另一块居住在以北的坪地——白家塬上，被叫作塬上人。川里和塬上相距四五里路程。

小鲁是大学生村官，他在白家已经驻扎了三年，每天在川里和塬上跑，哪户的庄籍向阳，谁家的地里今年种了什么庄稼、果树挂果了没有，都清楚得很。小鲁也是我们函授班的学员。半年前，他就给我发建设白家新农村的各种资料，发白家的山水图片。他不止一次说，老师，到泾明乡白家美丽乡村走一走吧，来探秘历史踪迹、品味山水画卷、体验乡土风情。我很欣赏他的这份执着与敬业。

小鲁很高兴为我们当向导。途中，他如数家珍介绍着村里的遗迹、发展和蓝图。我能感受到他和他的同伴是深深地爱着白家的。

我们穿行在白家塬上的阡陌之间，农家院落安静地坐落在绿树之中。俯视川里，簸箕形的山脉横卧在泾河岸边，安详而又适意。目光所及，树木郁郁葱葱，生机勃勃。我的心里充盈着一种感动。

我们在高大的树木下休息，田间、路畔的村民都热情地跟我们打招呼，锄草的大婶一再邀请我们进家里坐坐、喝口水去。他们的微笑、真诚、善意，像白家沟里的清流一样洁净、温软。在白家，我感受到了最质朴的情感，触碰到了爱的源头，我的胸间流动着一股暖意。

在山路上，我们遇到了几个规划测量道路的人员。一位建设者说，这条从川里通往塬上的道路今年就可以硬化，孩子们上学、村民们上街就更方便了。通往泉水源头的那条小路年底前也就铺通了，会有更多的人来白家观光的，白家人的日子会一天天地好起来的。他还说，他们已经在白家干了三年了，看着村庄一天天在变化，觉得欣慰，每天不来走走、看看，挺心慌的。

我想，有人深深地爱着白家，有人不为白家建设做点事就觉得心慌，应该是白家的福分吧！白家也许真是因了这幽思、这温厚、这深情，才在很多人的心里扎下根来的吧。

雾渐渐散了。白家，川平山青，云白天蓝，一派安宁祥和的气象。

后记

在岁月的指缝间，盛放安暖

写作，于我而言是一种坚守，我愿坚守生命质地的柔软；还是一种信念，我坚信尘世里的挚爱与美好；亦是自己与自己对饮一盏清茶，眼神交汇处，淡淡幸福淡淡愁，指尖触碰时，冷暖自知。

我用花开结绳记事，草木自在成长，花儿美丽盛开。每一个生命都创造着奇迹，我以草木的努力、乐观与安静来开解自己，鼓励自己，获得自信与勇气。我有不少篇幅写花儿，但我笔下的每一种花都有其个性，都给人不同的感悟。实际上我写的又不仅仅是花儿，我是把许多人和物从其最美的侧面进行描述，展示摇曳姿态，呈现生命原味。

我写融入我血脉里的乡村，写地畔上长着的花花草草，写田地里耕耘播种的父老乡亲，写大槐树下边做针线活边唠嗑的婶婶奶奶……我淡淡会意时光，我感悟生命中那些细小清美的意义。儿时的乡村，流逝的光阴，远离的亲人，就这样走到我面前，让我在埋怨时惭愧，在疲惫时坚强，在尘世冷硬时心灵回软，在被欲望裹缠时警醒。

我记录生活中的点点滴滴，是担心当我老了的时候只记得柴米油盐、艰辛烦恼，而忽略了曾经的温馨和感动。当然我更害怕把什么都给忘记了。我想让我的孩子长大后，能看到自己成长的足迹，懂得感恩，懂得珍惜，懂得付出，懂得用心去拥抱生活、热爱人生。我把虽然琐碎却也不乏温暖和快慰的婚姻家庭记录下来，以文字为记，珍藏与另一半彼此陪伴、共同成长的寸寸时光。我更想告诉大家，把一个孩子养育得充满活力、富于创造，是一件多么有意义而又让人幸福的事情啊；把婚姻和家庭经营得山高水长，是件累并快乐着的俗常幸事、人生乐事！

边学习边写作，在这个过程中我渐渐觉得尘世原来是有香味的。草有草香，花有花香，麦有麦香，情之香德之香才之香一点一点把我裹缠。提着一大包菜回家，地上的影子让我觉得自己成了一棵倒着的树，结着茄子辣椒，也结着苹果和梨子；绿辣椒红萝卜被我做成各样饭菜，我成了变魔术的人；猫在床上，我听鸟儿在树枝上私语……素朴的日子是温馨的，恬淡的心境是有香味的，光阴是有情意的。我把爱的力量、友情的至真、他人的关怀、生活的体验和偶然的感悟流于笔端，我以文字为媒介传承善良与美好。我希望我的文字成为一束明净的阳光，能照进人的心房，让如我一样的平凡人心里亮堂堂，过得暖洋洋。

自2007年我在新浪建立了自己的博客，一口气写到现在，写了九百多篇。写着写着，与外界的交往多了，眼界渐渐开阔，文字得到他人的关注和肯定，我赢得了大家的喜欢和尊重，觉得感悟着、思考着、记录着是多么有意义、有价值的一件事啊。有朋友说，读了我的文字后抱怨生活少了，心态平和多了，觉得做饭带孩子也很有意思……能劝慰人与生活和解，能带给别人一些快乐和感染，一直都是我想要的呀。

当然，通过写作，我还想要一个更满意的自己。阅读学习别人的好文章，让我心胸的天地越来越广阔；无处不在的观察和启悟，让我情感的触角越来越灵敏；一些思考与收获让我越来越安静。那些善良的人，温馨的事，盛开的花儿，让我越来越喜欢这旖旎红尘、情意人间。我以写作这种方式，来丰富自己，修炼自己，建设自己，以增加自己生命的厚度；我以写作这种过程，来赋予生命以热爱、活力、温暖、尊贵等全新的意义。我觉得生命短促，它应该不系于任何重物；我喜欢焐暖浮生，让生命处于自在的状态；我在乎把小小的善意，一点点累积，找回生命本质上的尊严。我提醒自己要做个心中有光阴，心中有悲悯的女子。我愿意在岁月的指缝间，盛放安暖，以此，获得生命的安宁与丰沛。

自2010年散文集《月色女子》《指尖的温暖》面世之后，我的新书《慢时光，暖浮生》现在就要和读者见面了。我忐忑不安。我还只是一个厨艺差劲的厨师，只会做几样家常小菜。我知道我是浅的，是薄的，我担心读我文字的你们会失望。但我还是义无反顾地把这些真诚的文字奉献给大家，我相信我文字中的那些善与美，也会成为盛开在你们心里的花朵。衷心感谢编辑史小东老师的约稿和推荐，让我的文字有机会走得更远。还要特别感谢懂我人、懂我文、懂我活的祁云小妹，一个“懂”字，让我的文字有了阐释，让我的眼里噙满泪水！

愿读到我文字的你，也心中有光阴，有爱。愿尘世里的每一个人，都能以喜欢的方式来照看好自己的生命，安顿好自己的心灵，从而生命丰沛、灵魂安详！

琴 儿